Quartbuch

1965 bat Klaus Wagenbach zahlreiche deutsche Autoren »ihren« Ort zu beschreiben, sei es der Geburtsort, der Wunschort oder der Bestimmungsort.

So entstanden dreiundvierzig Texte, die Auskunft geben über ein Land und eine Zeit. Eine Art Heimatkunde – von Königsberg bis Freiburg – und eine Momentaufnahme der sechziger Jahre, dem Ende der Restauration und dem Beginn eines politischen Erwachens.

Aber es war auch – für viele Jahrzehnte – die letzte gesamtdeutsche Anthologie: Anna Seghers wie Carl Zuckmayer erzählen von Mainz, Johannes Bobrowski, Siegfried Lenz oder Günter Grass von Ostpreußen, Arnold Zweig von Glogau, Hans Werner Richter von Usedom, Wolfgang Koeppen, Günter Kunert und Marie Luise Kaschnitz von Berlin, Peter Weiss von Auschwitz, Stephan Hermlin von Chemnitz.

Viele dieser Orts- und Zeitbeschreibungen stehen inzwischen verstreut in Schulbüchern und Gesamtausgaben. In dieser Ausgabe erscheinen sie wieder in ihrem ursprünglichen Zusammenhang.

Atlas

zusammengestellt von deutschen Autoren und
herausgegeben von Klaus Wagenbach

Verlag Klaus Wagenbach Berlin

Mit 43 Figuren

Inhalt

Atlas

Warum dieses Buch keinen Herausgeber hat

Geographie – das hieß bei den Griechen zweierlei: Einmal beschreibende Länderkunde, Sammlungen von Materialien zu einzelnen Ländern und den Sitten ihrer Bewohner, und zum anderen spekulative Welterklärung. Der Doppelsinn des Wortes ist verlorengegangen, wohingegen unsere Bezeichnung eines Landkartenwerkes, ›Atlas‹, in der Antike nichts anderes bedeutete als der Name des Titans, der seinerzeit gegen Zeus kämpfte und deswegen mit dem Tragen des Weltgebäudes bestraft wurde. Ein Titan allerdings mit berühmter Verwandtschaft: dem Bruder Prometheus, dem Neffen Deukalion und vielen Töchtern – den Pleiaden, Hyaden und Hesperiden.

Seit Mercator 1585 seine Kartensammlung mit der Figur des Atlas schmückte, wurde sie zur Bezeichnung für das Ganze, bis heute, bis zum kleinen und großen Diercke. Seitdem ›wissen‹ wir, was ein Atlas, was Geographie ist. Solcher Meinung gegenüber, man habe ›die Landkarte im Kopf‹ und dieses Bild sei unverändert, weil nachmeßbar, möchte dieser Atlas Zweifel erwecken. Er kehrt zurück zum Begriff der Alten von Geographie als einer Mischung aus Beschreibung und Erklärung. Ein Atlas, der nicht von Bevölkerungszahlen ausgeht, sondern von Bewohnern, der Zeichenerklärung wörtlich nimmt, der nicht Höhenunterschiede vermerkt, sondern Unterschiede in Bewußtseinslagen und Verhaltensweisen. Ein Atlas, dessen Gradnetz von Ort zu Ort wechselt und dessen Maßstab nicht von Instrumenten gesetzt wird: Geometer sind vielmehr Schriftsteller, deutsche Autoren der Gegenwart, die ›ihren‹ Ort in diesen Atlas eintragen.

Herausgeber dieses Buches sind also die Autoren, und ihren Maßstab hatte der Verleger jedenfalls zu respektieren. Er konnte nur den Plan vortragen und erklären, mit Materialien die Arbeit unterstützen, die Figuren und das Register beisteuern. (K.W., 1965)

Nachbemerkung nach vierzig Jahren

Dieser »Atlas« war das erste umfangreichere Buch des Verlages, der im März 1965 mit den »Quartheften« begonnen hatte, einer Broschürenserie, in der nebeneinander ost- wie westdeutsche Autoren erschienen, ein damals (vier Jahre nach dem Bau der Berliner Mauer) abenteuerliches Projekt, das auch noch den »Atlas« einschloß, der im Herbst 1965 erschien.

Etwa ein Jahr zuvor hatte ich begonnen, vielen deutschen Autoren die Idee der Anthologie zu erklären: die Beschreibung des Ortes, der für ihre Arbeit oder ihr Leben wichtig gewesen war, es konnte auch ein fiktiver sein. Das Echo war ungewöhnlich positiv – die Zeit (der Auschwitz-Prozeß begann, die Adenauer-Ära ging zu Ende) schien reif für Neubewertung und Selbstvergewisserung.

Am Ende kamen Texte von 43 Autoren, darunter viele aus der DDR, selbst vom schon sehr alten Arnold Zweig. Allerdings zogen auch einige Autoren ihre Zusage zurück (wie, zu meinem Bedauern, Paul Celan, nachdem ich ihm »Meine Ortschaft« von Peter Weiss geschickt hatte). Oder fanden sich in ungewohnter Nachbarschaft (wie Anna Seghers und Carl Zuckmayer, die beide über Mainz schrieben). Oder: Stephan Hermlin bestand auf seinem Geburtsort Chemnitz (statt Karl-Marx-Stadt), was historisch korrekt, politisch damals aber höchst unkorrekt war. Hans Werner Richter tat es ihm gleich und berichtete die Gegenwart des Badeorts Bansin auf Usedom als Teil einer Geschichte, die er offenkundig nicht für abgeschlossen hielt (was unangenehme Folgen für die örtliche Parteibürokratie der SED hatte). Johannes Bobrowski erzählte von Königsberg, das in der offiziellen Sprachregel längst Kaliningrad zu heißen hatte. Und mit diesem Text fing der »Atlas« (geografisch geordnet) auch noch an...

Deswegen wählte ich auch vorsichtshalber die Formulierung »zusammengestellt von deutschen Autoren«, weil Vorspiele schon hatten erkennen lassen, daß die Sache ein Nachspiel haben könnte und da wäre ein westberliner Herausgeber hinderlich gewesen. Er hätte nämlich auch zugeben müssen, daß Johannes Bobrowski für alle ostdeutschen Dinge stets seinen Rat gegeben und seine freundschaftliche, erfahrene Hand über die Anthologie gehalten hatte. Als Bobrowski am 2.9.1965 starb, war der »Atlas« schon in Druck, aber ich konnte durch einen Anruf in der Druckerei erreichen, daß noch eine Widmung zu seinen Ehren eingefügt wurde.

Das Buch, das dann im Oktober 1965 erschien, blieb nur noch wenige Wochen unbehelligt: Anfang Dezember fand das berüchtigte Plenum des ZK der SED statt, das sich nicht nur gegen unbotmäßige Schriftsteller in der DDR richtete, sondern auch alle ›gesamtdeutschen‹ Bemühungen unterbrach. Der »Atlas« blieb für Jahrzehnte die letzte, den Autoren aufgetragene ›gesamtdeutsche‹ Anthologie.

Klaus Wagenbach

In memoriam Johannes Bobrowski

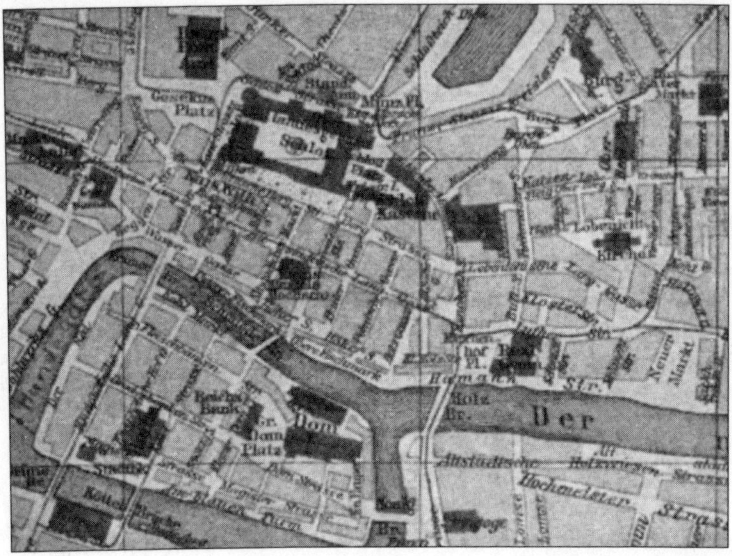

Johannes Bobrowski

Der Mahner

Es gibt Ortschaften, die schmücken sich, wie manche Leute auch, mit berühmten Verwandten. Sie legen sie sich zu aufgrund von Oberlehrerauskünften, nennen sich auch sogleich entsprechend und wünschen durchaus so angesehen und so angeredet zu werden: Elbflorenz, Spreeathen, Klein-Paris und Groß-Brittanien. Letzteres ein Dorf zwischen Heinrichswalde und Linkuhnen.
Diese Stadt hier hätte es so nötig nicht, aber Rom ist auf sieben Hügeln erbaut, sie also auch, denn sie ist im Besitze einer Universität, einer Kunstakademie, mehrerer gelehrter Gesellschaften, darunter einer Altertumsgesellschaft.

Von den hiesigen Hügeln liegt nur einer im südlichen Stadtdrittel, also südlich des Stromes, der die Stadt teilt: ein Sandberg, früher von Kiefern bestanden, später mit Hafer bebaut, jetzt von einer Kirche, einem längst geschlossenen, jedoch sehenswerten Friedhof und dicht aneinandergedrängten, regelmäßig aufgestellten Mietskasernen zugedeckt. Die übrigen sechs Hügel finden sich auf dem Nordufer. Und weil Erhebungen und Niederungen ziemlich gleichmäßig zugebaut sind, mit kleinen Häusern auf den Bergen und höheren in den Tälern oder Senken, gleichen sich die Unterschiede eigentlich aus, man denkt nicht, daß es wirklich so viele Hügel sein könnten, sieben, nur die Straßen dazwischen führen auf und ab und heißen Rollberg, Altstädtische Bergstraße, Krumme Grube und Schiefer Berg, sind aber eng und kaum erkennbar, selbst von einem der Kirchtürme aus, verborgen im Schatten der Giebel, die sich zueinanderneigen.
Das sind die Giebeldächer. Da unten, im Halbdunkel, gehen die Straßen. Wäre man gerecht, man erwähnte noch einige hübsche Plätze, der eine sogar auf einem schrägen Abhang angelegt.

Dennoch, die Hügel, diese vielbeschrieenen sieben, zählt man leicht ab: von einem der Kirchtürme aus. Man sieht sie, aber nur sechs, denn auf einem befindet man sich dann selber, den vergißt man. Von da oben also erkennt man sie, weil sich auf jedem eine Kirche erhebt: die Löbenichtsche, die eigentlich St. Barbara auf dem Berge heißt, die Schloßkirche, die Neuroßgärtsche, die Altstädtische und so weiter. Nur zum Dom in der Unterstadt gehört kein Hügel, dafür nimmt er beinahe die Hälfte einer ganzen Insel ein.

Am höchsten allerdings ist der Oberteich, höher als alle diese sieben Hügel, ganz oben, und er fängt gleich an, wo die Bodenerhebung ihre volle Höhe erreicht hat und nun so weitergeht, nordwärts, als eine Art Hochebene, aber so hoch denn doch wieder nicht, so ganz wohl nicht.

Auf jeden Fall trifft die Bezeichnung Oberteich zu, er ist oben und ist ein richtiger Teich, nämlich rund und nicht zu klein. Zwei Badeanstalten – eine Zivil, die andere Militär –, am Ufer Parkanlagen mit Sträuchern und Baumgruppen und dann aber Bastionen, Wälle, sogenannte Kavaliere, detachierte Forts, trockene Gräben, Wallgänge, Glacis – so etwas, früher zur Stadtbefestigung gehörig und jetzt mehr zur Ausschmückung, wie eben Historie, und jedenfalls zum Vergnügen der Bürger, in Charakter und Verwendung von Zeit zu Zeit wechselnd, wie dieses.

Also der Oberteich macht sich oben breit, und tiefer, nach Süden, der Schloßteich. Aber der macht sich eher schmal als breit und kriegt ja auch sein Wasser von oben, vom Oberteich, und es kommt gehüpft oder gestürzt, je nachdem wie die Schleuse oben eingestellt worden ist, über eine vielstufige Kaskade hinab, erst aus einem Häuschen, dem runden Becken davor, und dann über immer breitere Stufen hinunter; zuletzt geht es durch ein Eisengitter und in einen kurzen Kanal, schließlich ist es, von Uferwegen begleitet, im Schloßteich angekommen, der stinkt etwas.

Trotzdem, man fährt mit Kähnen dort umher, in hellen Kleidern auf dem schwarzen, moorigen Wasser, denn am Ufer überall sind Gärten angelegt, Biergärten, Kaffeehausterrassen, da macht man abends einen Bootskorso. Am Südende des Schloßteichs erhebt sich das Schloß mit einem achteckigen Eckturm und einem komplizierten Torgebäude nebenan.

Es gibt da noch zwei Türme an diesem Schloß, auch nicht besonders hoch, aber rund, am höchsten ist der Schloßkirchenturm. Man kann, wie gesagt, hinaufsteigen, aber wir tun es nicht, wir stellen uns vor den Turm an der Südwestecke, mit Blick nach Süden, aber noch oben an den Abhang, lehnen uns meinetwegen an die Turmwand. Da stehen schon zwei. Der eine sagt: Haltet Gottes Gebote. Er ist klein. Der andere ist groß, er sagt nichts. Dafür ist er auch Kaiser und aus Bronce und steht auf einem steinernen Sockel, wo er nicht herunterkann. Der andere kann fortgehen, dorthin wo er benötigt wird, um seinen Spruch aufzusagen. Hier oben sagt er ihn vielleicht bloß in den Wind. Aber er sagt ihn doch über die Autos, Wagen, Motorräder, Fahrräder, Straßenbahnen, Gemüsekarren, da unten führt die Hauptstraße vorbei, und das hat alles seine Ermahnung nötig, da unten, seinen Segen auch.

Jetzt geht der Mann weg, die Treppe hinunter, auf den Platz und fort. Und wir gehn ihm, denke ich, nicht nach, wir kennen ihn ja nun. Da unten trifft er den alten Generalsuperintendenten, sie begrüßen sich und sagen sich Aufwiedersehn. Der Mann geht weiter, ein einfacher Mensch, aus dem Litauischen gebürtig.

Da ist schon mal einer aus dem Litauischen gekommen und hat ganz ähnliches gesagt, vor dreihundert Jahren. Doch der hat große Worte gebraucht, sich Adelgreiff und Schmalkilimundis oder Schmalkallaldis genannt und schlankweg einen Sohn des Höchsten – obwohl er das ja nun wirklich gewesen ist, ein Kind Gottes wie jeder –, eine lateinische Bibel in der Hand. Dafür hat man ihn damals, nachdem ihn, wie es heißt, das kurfürstliche Frauenzimmer höchstselbst – und vergeblich – vermahnet, allerdings hingerichtet, hier in der Stadt, mit dem Spektakel seines Todes den Spektakel seines Auftritts auszulöschen.

Hier ist kein Spektakel, mit diesem litauischen Mann nicht. Nur Kindergeschrei tönt ihm nach, und einiges Kopfschütteln bleibt hinter ihm zurück, und eine kräftige Anekdote geht hinterdrein. Aber dieses letzte nur, weil der Mann mit einem anderen verwechselt wird, übrigens sehr gern und mit voller Absicht, denn sonst bliebe man mit dieser kräftigen Anekdote bei einem Säufer hängen, auf den sie sich tatsächlich bezieht, dann wäre sie schon nicht mehr so gut.

Zur Anekdote muß man einiges wissen.

Daß Geheimrat Quint am Dom, unten auf der Insel, noch vor dem richtigen Gottesdienst, frühmorgens seinen Schiffergottesdienst hält, das alte Mannchen, für die Eigner der Zwiebel-, Kohl- und Fischkähne, die nach dem Sonnabendmarkt in der Stadt übernachtet haben und nach dem Gottesdienst früh zurückrudern, stromauf, dann durch den Flußarm zu den Haffdörfern, weil sie dort wohnen. Weiter: daß Motz, der Steindammer Pfarrer, eine Stunde früher als gewöhnlich seine Kirche hält; da kann er ausführlich reden, wie seine Pfarrkinder es mögen, die im Prostituiertenviertel um die nach einem Arzt benannte Wagnerstraße leben, da kommt man trotzdem immer noch gerade zur Zeit bei Pastor von Bahr im Tragheim. Dann geht es ganz schnell zur Altstadt. Herr von Bahr nämlich spricht seine abgemessenen zwölf Minuten, die Leute folgen ja doch nicht länger, Konsistorialrat Claudin aber absolviert elegante fünfundzwanzig Minuten. Pfarrer Schreitberger im Löbenicht kommt stets auf gute vierzig. Am längsten spricht Dompfarrer Käßlau, eine Stunde. Das also muß man wissen.

Der Mann nämlich, den wir jetzt meinen, geht Sonntag für Sonntag von Kirche zu Kirche und kommt überall zum Abendmahl zupaß. Er hat sich das so zurechtgelegt und er hat einen guten Zug. Und wenn der Dompfarrer, jetzt im großen Gottesdienst – denn so schließt sich der Kreis, diese genau berechnete Rundreise –, den Kelch vielleicht schon wegziehen will, besagt jedenfalls die Anekdote, greift unser Mann, der andere wohlgemerkt, zu, sagt laut: Meinen Jesum laß ich nicht, und nimmt noch einen schönen Schluck.

Aber wir wissen ja, es handelt sich nicht um unseren stillen Litauer. Wir reden ihm die Geschichte nicht hinterher. Wir treffen ihn vielleicht wieder, jetzt wo wir ihn kennen.

Es hat so den Eindruck, als wollten wir unsere Stadt mit Skurrilitäten bevölkern, das macht sich so nett. Aber es ist eine große Stadt, von der hier erzählt wird, mit vielen ordentlichen

Leuten, mit Industriewerken, Werft und Waggonbau, einem ausgedehnten Hafen und viel Handel, ein Umschlagplatz von Bedeutung. Was sind da schon ein paar Skurrilitäten, sie verschwinden einfach.

Wir wollten dann aber doch noch dem Mann nachgehn, viel zu spät leider, da hatten wir ihn schon aus den Augen verloren, gingen bloß so die Treppe hinunter und über den Platz, an einem Kaufhaus vorbei, über eine Brücke, sahen hinüber zu den Speichern, bei denen Schiffe vor Anker lagen, kamen noch über eine weitere Brücke, zur Vorstadt. Und da wurde im gleichmäßigen Straßenverkehr eine Unruhe bemerkbar, es teilte sich einem gleich mit, es kam da etwas durcheinander, einige Wagen bogen in Seitenstraßen ein, Motorfahrzeuge hielten, und da war eine schneidende Musik zu hören, dahinter Geschrei, Kommandos, da kamen berittene Polizisten und hinter ihnen auch gleich die Nazis, ein ganzer Zug, braun in braun, bis auf die Augen, die blau sein sollten, nach Möglichkeit. Aber wir kommen um die Skurrilitäten, oder wie man es nennen will, nicht herum.

An dem Zug der Braunen rennt Straßenflötist Preuß entlang, schreit ihnen seine Meinung: Tagediebe, Rumtreiber, Liederjahne und anderes entgegen und droht mit der Flöte. Und meint eigentlich die Kommunisten, denn er sagt: Mußt ja der Kaiser den Krieg verspielen, mit euch Ochsen. Er unterscheidet das nicht, Demonstration ist Demonstration, es ist das Jahr 32, keiner der es ihm erklärt. Wer sollte es tun?

Unseren stillen Litauer würde der Preuß auslachen. Das wäre vielleicht nicht schlimm; schlimmer, daß er ihm gar nicht erst zuhören würde, einem solchen Dummkopf. Ach, Preuß.

Ja, aber wer sollte es dann tun? Der Saufkopp aus der Anekdote?

Der sagt bloß verächtlich, und meint die Braunen: Der ihr Führer trinkt nicht.

Oder der Dompfarrer? Aber der ist zu gelehrt, um mit dem Preuß reden zu können, oder doch vielleicht nicht gelehrt genug.
Womöglich geht er zum Pfarrer Motz am Steindamm. Der sagt ja, er möchte sich alle seine Gemeindekinder aufpacken und geradewegs in den Himmel tragen. Aber wo wird er denn, der Preuß. Obwohl er dahin gehört, jedenfalls in diese Steindammer Kirche, schon weil er dort wohnt.
Dabei ist es längst Zeit geworden, für alle. In einem halben Jahr sind die Hitlerleute dran. Da werden nicht nur die Kommunisten gejagt, deretwegen der Kaiser den Krieg verlor, nach Ansicht von Preuß, sie zu allererst, sondern sie fangen auch den Preuß ein, in seiner Behausung in dieser Wagnerstraße, die jetzt in Richard-Wagner-Straße umbenannt wird, aber sonst so bleibt, als einen Staatsfeind oder Volksfeind, wie sie sagen, aus dem gleichen Grund also wie die Kommunisten und wenig später den Dompfarrer. Da nehmen sie auch gleich den Sonntagssäufer mit, als asoziales Element, und bald danach unseren stillen Mann, als geistig minderwertig.
Haltet Gottes Gebote, ruft er ihnen entgegen, als sie kommen. Aber das tun die nicht.

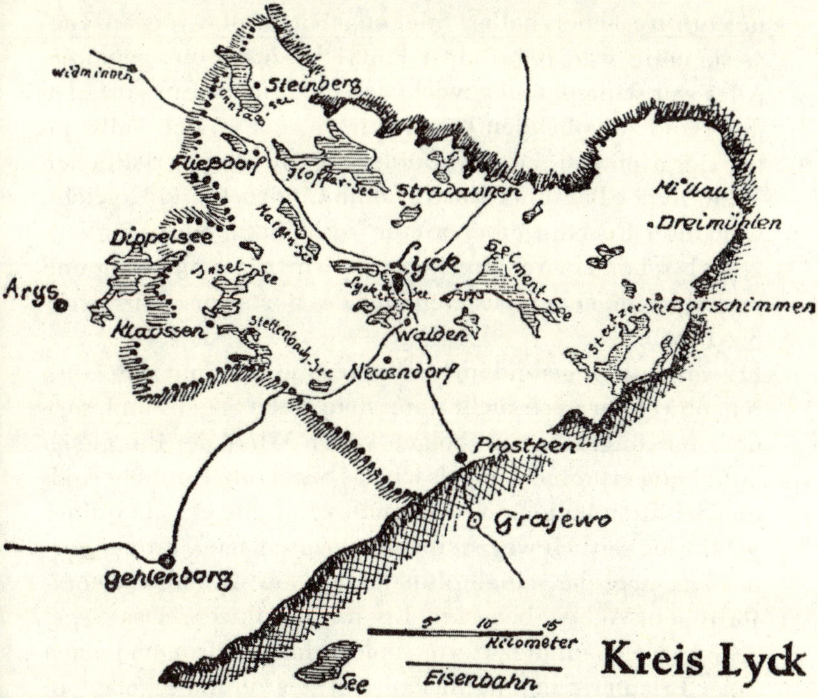

Siegfried Lenz

Die Schärfe der Kufen

Natürlich soll alles leicht und schlank sein beim Eis-Segeln, und so hatten wir Sperrholz für die Sitze genommen, Bambus für den Mast, und als Segel zogen wir eine rote Leinwand auf: die stand für nettes Wagnis und Gefahr. Drei Schlittschuhe, die wir an leichtes, aber hartes Holz genagelt hatten, spielten die Kufen – zwei an den Seiten, einer achtern unter dem luftigen, schmalen Kreuz –; als Steuerpinne hatte sich uns ein trockener, halber Stiel angeboten, und was an Tauwerk nötig war, hatte einst Postsäcke zusammengehalten. Alles war schlank und gewichtslos, ein offener Entwurf, den der Wind zu vollenden hatte, ein Angebot an den Fallwind bei der Domäne, eine Aufforderung für den verläßlichen Wind in der Baranner Bucht. Ohne Eindruck und Gewicht, war unser Eisschlitten eher eine Verheißung oder Möglichkeit als schon ein Versprechen, und wir trugen ihn eilig und mühelos zum eisverkrusteten Steg des Bootshauses am Lyck-See hinab.

Da war eine Ungeduld im Schlitten, eine Neigung zum Gleiten, obwohl er noch nicht unter dem roten Segel stand, sondern nur ungetakelt im böigen kalten Wind, der ihn gleich anfiel und erprobte. Und als ich das Segel setzte, mußte Rudi den Schlitten halten, so ruckte und schüttelte er sich; immer gefährdet, seitlich wegzukippen, umzuschlagen, immer darauf aus, über das schieferdunkle, nur von schmalen, sichelförmigen Wehen bedeckte Eis davonzuflitzen. Das Segel schlug gleich und flatterte und verlangte dringend nach einer Erlaubnis, und da nickten wir uns zu und schoben an und sprangen auf.

Der Wind war aufrichtig, er bewies uns gleich seine Unzufriedenheit und drückte uns zur Insel mit dem weißen Gefängnis hinüber, aber wir waren anscheinend glücklich, zogen die Mantelspitzen über die Knie, lernten entspannt zu sitzen, doch ja, wir waren glücklich, während die Notkufen knisterten und drei sehr schmale, scharfe Linien in das dunkle Eis schnitten, die unsere sichtbare Spur darstellten. Wir ließen dem Wind seinen Einfall und waren einverstanden mit dem Kurs, glitten hart, angestrengt, jedenfalls weniger schnell als wir gedacht hatten, auf das weiße Gefängnis zu, parallel zur Brücke und dem befestigten Damm, den glasiertes Weidengesträuch flankierte. Unterhalb des Dammes lagen auf hölzernen Böcken kieloben die Ruderboote, die

uns der Verleiher im Sommer für eine halbe Stunde überließ, wenn wir sie am Vormittag leerschöpften; ihre Kiele waren mit Reif gepudert wie mit Farin, Lacke und Farbe lösten sich da schon unter dem scharfen Fingernagel des Frosts, und die Boote sahen jetzt gar nicht aus, als ob man etwas mit ihnen erleben könnte. Sie kamen mir unbegabt vor für den See, und ich stellte mir vor, daß sie ertrinken könnten, – so, wie sie dort lagen unterhalb des Dammes hinter dem schiefgedrückten Bootssteg, für dessen graugescheuerte Pfähle das Eis eine kurzfristige Garantie gegeben hatte: im Frühjahr würden sie ersetzt werden müssen.
Das fordernde Rot unseres Segels konnte den Wind nicht beeindrucken, der uns stetig zur Insel hinüberzwang, das weiße glitzernde Gefängnis wachsen und wachsen ließ, bis wir auf einmal in seinen Schatten gerieten, ausglitten, mit schlaffem, nur noch fächelndem Segel unter den Blicken der Gefangenen lagen, die die Fenster besetzt hielten. Ich glaube, die Gefangenen baten uns stumm, weiterzufahren; sie wünschten sich, uns in Bewegung zu sehen. In der stillen Beharrlichkeit, mit der sie uns beobachteten, lag die Aufforderung, ihnen das nutzlose Glück der Bewegung vorzuspielen. Aber Rudi hatte etwas am achteren Steuerschlittschuh auszusetzen, dessen Drehfähigkeit er zunächst biegend und hämmernd verbesserte, bevor wir von neuem anschoben, aufsprangen und zu den vergitterten Fenstern hinaufwinkten, hinter denen unser Winken langsam, fast nur angedeutet, erwidert wurde. Weit vor uns in Richtung Sybba, dort, wo die tiefste Stelle unseres Sees sich befinden sollte, brachte der Wind die schmalen Schneewehen in Aufruhr, sammelte sie, warf sie stäubend in die Luft, machte sich zierliche Kreisel aus ihnen und entrollte sie zu unterwürfigen Wimpeln, die er dann dem Schilf schenkte. Dorthin wollten wir, und wir glitten aus dem Windschatten des weißen Gefängnisses hinaus, und gleich drückte ein unglaubliches Knie auf

uns, der Bambus bog sich und knackte, der Schlitten hob sich seitlich, ließ eine Kufe frei in der Luft hängen, und das Segel war einverstanden mit der Kraft, die es prüfte. Jedesmal, wenn wir über Risse im Eis glitten, die der Frost besorgt hatte, ruckte und hüpfte der leichte Schlitten, und ich hatte schon Angst, die Kufen würden von den Blöcken abbrechen, doch wir sackten nicht durch.

Wir flitzten knapp vor dem braunen Schilfgürtel, parallel zum verschneiten Uferweg, zunächst am Böhmer-Denkmal vorbei, wo rostige Konserven, Flaschen und Zeitungen, deren Schrift nur noch schwach oder schon gelöscht war, an den Sommer erinnerten, an behäbiges und freimütiges Badeleben, das sich aus unerklärlichen Gründen für einen Ort entschieden hatte, an dem der Major Böhmer ertrunken war und wo Binsen, Schilf und kauzig gewachsene Kalmuswurzeln lediglich eine sehr schmale Bucht freigaben, deren Wasser trübe war, deren Grund die samtene Glätte des Schlamms besaß. Jetzt hockten Angler auf ihren Holzkästen dort, gekrümmt unter dem Wind, manche mit kaltem Glitzern im Schnauz, und sie hoben und senkten den kurzen Stock mit der Schnur, blickten in die gezackte, sorgsam geschlagene Wune, neben der hartgefrorene Fische lagen. Schwerfällig wandten sie sich um bei unserem scharfen Kufengeräusch, doch sie hatten noch nicht einmal die Warnung überdacht, da waren wir schon leicht und rot vorbei und ließen sie zurück gegen einen Hintergrund nackter Erlen.

Das Eis seufzte unter den Kufen, deren Spur klar und dünn war, von drei Diamanten gerissen, die der Wind führte mit Hilfe unseres Gewichts. Warum nur keine anderen Eissegler zu sehen sind, dachte ich, und dachte: der See gehört uns allein und er eignet sich als unser Besitz mehr als alles andere, weil er so schnell ist unter uns oder wir auf ihm. Wir zitterten nur und verlangten nach mehr, als wir an der steilen Böschung des Rennplatzes vorüberflogen, dort, wo das feldgraue Unglück exerzierte und sich bereit machte und wo wir unter Schnee, Dreck und vergeßlichem Sand leere Patronenhülsen suchten – rasch und spielerisch vorbei, und gleich darauf, vor dem verläßlichen Wind der Baranner Bucht, in leichtem Bogen Richtung Sybba zur tiefsten Stelle des Lyck-Sees, der sich, wie viele der dreitausend Seen in Masuren, bei der Ablagerung des Moränenschuttes gebildet hatte, wem das etwas sagt.

Jetzt machte der Wind aus unserem Schlitten einen Vogel, er warf und schleuderte uns nur so über das dunkelglänzende Eis, stellte uns schräg, drückte den Bug – oder doch das, was wir an unserem Brettkreuz den Bug nannten – aus dem Kurs, und überstäubte uns mit trockenem Hagelschnee, so daß wir keine Zeit hatten, der Tiefe des Sees innezuwerden. Diese feinen, stechenden Schmerzen überall: das war die Freude, und das war auch die Angst, daß das Tauwerk reißen könnte, aber die gewachsten Schnüre vibrierten nur im Wind und ließen sich nicht ihre Spannung nehmen, so sehr wir auch geschüttelt wurden, nein, nicht geschüttelt, sondern mit einem unglaublichen Katapult über das Eis geschossen, zur Wittko hin, zu der flachen Halbinsel, wo ein gemütlicher Schießstand war und wo sie an Sommertagen, das Bier in Reichweite, ihren Pappkameraden gemütliche Herzschüsse beibrachten. Da sahen wir die Besen im Eis, Stangen mit einem Strohwisch dran, und wir verstanden die Warnung. Rudi befahl etwas der Pinne, und die Pinne überzeugte sogleich den achteren Steuerschlittschuh, worauf wir mit knatterndem Segel abdrehten. Wir fuhren um die Wittko herum. Wir fuhren so, daß wir uns nicht festhalten mußten, und wir waren sehr glücklich und sprachen kein Wort miteinander.

Eine Bucht öffnete sich, doch wir fuhren nicht hinein, denn die Bucht war gefüllt mit geschnittenen Kieferstämmen, die im Eis festgefroren waren, ein ganzes Floß war festgefroren,

und die Flößer waren zuhause, tranken Nikolaschka und verwechselten ihre Kinder. An den Stämmen, deren Schnittflächen gelblich leuchteten, saß eine beratende Versammlung von Krähen, die sich bei unserem Anblick protestierend erhob, sich mit hochgestellten Flügeln dem Wind anbot, Richtung Sperrholzfabrik abwinkelte. Wie mochte unser Schlitten von vorn aussehen? Wie von der Seite? Man müßte sich selbst sehen können, dachte ich, hier und da, beteiligt und unbeteiligt: dann wäre das Gefühl vollkommen und die Einsicht in das Geheimnis dieser Bewegung, die sowohl dem Gleiten entsprach wie dem Flug.
Vor den Stämmen lagen höhere und breitere Schneewehen, doch sie zwangen uns nicht zum Halten, verringerten nur unsere Fahrt. Ich blickte auf das dunkle Eis, das mehr als einen halben Meter dick war und in seinem Innern, in einem ganz und gar durchsichtigen Gefängnis, Luftblasen und Binsen und Borkenstücke gefangenhielt. Der Grund des Lyck-Sees allerdings war nicht zu erkennen. Vielleicht hätte ich ihn erkannt, wenn wir angehalten hätten, doch wir hatten nur den Wunsch, eilige Erfahrungen mit dem See zu machen, und so flogen wir nach Sybba hinunter.
Da waren die Arbeiter einer Brauerei beim Eisschneiden. Sie hatten sich ein Viereck abgesteckt, gekennzeichnet, und dann sägten sie mit einer Handsäge gleichgroße Blöcke aus dem Eis, fischten sie mit Bootshaken auf, schoben die Blöcke knirschend zum Ufer, wo andere Männer sie in Empfang nahmen und über Gleitbalken auf einen Schlitten luden. Die Blöcke schimmerten und gefielen mir sehr, und ich fand sie durchaus geeignet für ein Spiel, obgleich ich das Spiel mir selbst nicht vorstellen konnte.
Wir winkten den Arbeitern zu, die nicht zurückwinkten, sondern nur dastanden mit ihrer schwerfälligen Bedenklichkeit, und wir mochten sie nicht, nein, und wie wenig wir darauf angewiesen waren, daß sie zurückwinkten, zeigte Rudi

ihnen, indem er unseren Eisschlitten nach Sybba lenkte gegen die grünschwarze Flanke des Waldes. Dort fuhren wir dicht ans Ufer, kreuzten ein bißchen, immer auf und ab vor den Buden, Fischkästen und Netzstangen der Sybbaer Fischer. Weil niemand zu sehen war, wendeten wir und segelten am Wind zurück, – etwas gekränkt, das muß ich wohl zugeben. Aber auf der winterlichen Seepromenade waren Leute zu erkennen, und wir nahmen Kurs auf sie, hielten auf Lyck zu, das sich dem östlichen Ufer anschmiegte auf seiner ganzen Länge, vom Wasserturm bis zur Mündung des Lyck-Flusses. Ich dachte daran, jemanden, den wir gar nicht kannten, zu einer Fahrt einzuladen, das wäre etwas gewesen, aber außer Rudi und mir hätte niemand auf unserem Eisvogel Platz gefunden.

Wieder an der Wittko vorbei, der Wind ließ nach, und als der Schlitten plötzlich hüpfte und stumpf ruckte, sah ich im Eis eine Anzahl toter, festgefrorener Wildenten, über deren steife Körper unsere Kufen nur so hinschnitten. Es waren zwanzig oder sogar dreißig Wildenten, die im Schlaf festgefroren waren. Ich wäre gern angehalten und hätte mir eine Ente aus dem Eis gehackt, aber der Schlitten machte einen Satz, als ob er elektrisch gezündet wäre, schien sich hochzustellen und ohne Berührung mit dem Eis Ohles Flußbadeanstalt zuzufliegen. So schnell wie wir hatte sich noch niemand der Flußbadeanstalt genähert. Das befestigte Ufer erwachte aus seiner Starrheit und stürmte auf uns zu, und wir entbehrten nichts mehr, außer vielleicht einigen Zuschauern, aber sonst nichts. Ich sah das Sprungbrett, die Umkleidekabinen und die zierlichen Papierkörbe, die an Bäume genagelt waren, obwohl meine Augen tränten, und dann sah ich auch, auf der hölzernen Seufzerbrücke, einen Mann, doch er überquerte die Brücke nur, ohne uns zu bemerken.

Es ist wahr, ich hatte nicht gedacht, daß unser Eisschlitten sich so aufbäumen, so taumeln könnte wie kurz vor der Flußbadeanstalt, doch der Wind stellte mühelos den Mast schräg und das Brettenkreuz, so daß ich abrutschte und auf dem Rücken über das Eis trudelte, bis mich eine Schneewehe auffing. Aber Rudi ließ sich nicht abwerfen, das erkannte ich, er bot alles auf, um den Schlitten mit einem Manöver gegen den Wind zu stellen, doch Pinne und achterer Steuerschuh ließen sich nicht von ihm überzeugen, und er flog der Flußmündung zu, der offenen, geriffelten Stelle, die nie fror, weil da die Strömung dem Eis widersprach. Er flitzte in das offene Wasser, und ich dachte, der Wind werde ihn unaufhörlich weitertragen.

Aber dann sackte der Schlitten durch, mitten im Wasser schlug er auf und wippte, und das Segel flatterte nur mäßig, neigte sich tief und tiefer.

Es verlor sein Rot.

Es wurde schwarz vor Nässe, noch bevor es flach und erstaunlich langsam ganz niedergedrückt wurde.

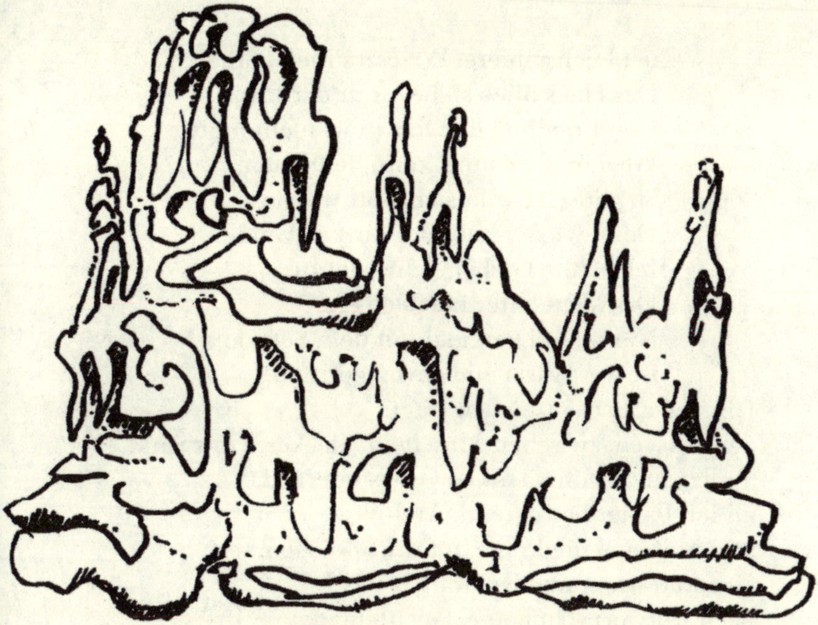

Günter Grass *Kleckerburg*

Gestrichnes Korn, gezielte Fragen
verlangt die Kimme lebenslang:
Als ich verließ den Zeugenstand,
an Wände, vor Gericht gestellt,
wo Grenzen Flüsse widerlegen,
sechstausend Meter überm Mief,
zu hause, der Friseur behauchte
den Spiegel und sein Finger schrieb:
Geboren wann? Nun sag schon, wo?
Das liegt nordöstlich, westlich von.
und nährt noch immer Fotografen.
Das hieß mal so, heut heißt es so.
Dort wohnten bis, von dann an wohnten.

ich buchstabiere: Wrzeszcz hieß früher.
Das Haus blieb stehen, nur der Putz.
Den Friedhof, den ich, gibts nicht mehr.
Wo damals Zäune, kann heut jeder.
So gotisch denkt sich Gott was aus.
Denn wieder hat man für viel Geld.
Ich zählte Giebel, keiner fehlte:
Das Mittelalter holt sich ein.
Nur jenes Denkmal mit dem Schwanz
ist westwärts und davon geritten.
Und jedes Pausenzeichen fragt;
denn als ich, zwischen Muscheln, kleckerte mit Sand,
als ich bei Brenntau einen Grabstein fand,
als ich Papier bewegte im Archiv
und im Hotel die Frage in fünf Sprachen:
Geboren wann und wo, warum?
nach Antwort schnappte, beichtete mein Stift:
Das war zur Zeit der Rentenmark.
Hier, nah der Mottlau, die ein Nebenfluß,
wo Forster brüllte und Hirsch Fajngold schwieg,
hier, wo ich meine ersten Schuhe
zerlief, und als ich sprechen konnte,
das Stottern lernte: Sand, klatschnaß,
zum Kleckern, bis mein Kinder-Gral
sich gotisch türmte und zerfiel.
Das war knapp zwanzig Jahre nach Verdun;
und dreißig Jahre Frist, bis mich die Söhne
zum Vater machten; Stallgeruch
hat diese Sprache, Sammeltrieb,
als ich Geschichten, Schmetterlinge spießte
und Worte fischte, die gleich Katzen
auf Treibholz zitterten, an Land gesetzt,
zwölf Junge warfen: grau und blind.
Geboren wann? Und wo? Warum?

Das hab ich hin und her geschleppt,
im Rhein versenkt, bei Hildesheim begraben;
doch Taucher fanden und mit Förderkörben
kam Strandgut Rollgut hoch, ans Licht.

    Bucheckern, Bernstein, Brausepulver,
    dies Taschenmesser und dies Abziehbild,
    ein Stück vom Stück, Tonnagezahlen,
    Minutenzeiger, Knöpfe, Münzen,
    für jeden Platz ein Tütchen Wind.
    Hochstapeln lehrt mein Fundbüro:
    Gerüche, abgetretene Schwellen,
    Verjährte Schulden, Batterien,
    die nur in Taschenlampen glücklich
    und Namen, die nur Namen sind:
    Elfriede Broschke, Siemoneit,
    Guschnerus, Lusch und Heinz Stanowski;
    auch Chodowiecki, Schopenhauer
    sind dort geboren. Wann? Warum?

Ja, in Geschichte war ich immer gut.
Fragt mich nach Pest und Teuerung.
Ich bete läufig Friedensschlüsse,
die Ordensmeister, Schwedennot,
und kenne alle Jagellionen
und alle Kirchen, von Johann
bis Trinitatis, backsteinrot.

    Wer fragt noch wo? Mein Zungenschlag
    ist baltisch tückisch stubenwarm.
    Wie macht die Ostsee? – Blubb, pfff, pschsch ...
    Auf deutsch, auf polnisch: Blubb, pfff, pschsch ...
    Doch als ich auf dem volksfestmüden,
    von Sonderbussen, Bundesbahn
    gespeisten Flüchtlingstreffen in Hannover
    die Funktionäre fragte, hatten sie
    vergessen, wie die Ostsee macht

und ließen den Atlantik röhren;
ich blieb beharrlich: Blubb, pfff, pschsch…
Da schrieen alle: Schlagt ihn tot!
Er hat auf Menschenrecht und Renten,
auf Lastenausgleich, Vaterstadt
verzichtet, hört den Zungenschlag:
Das ist die Ostsee nicht, das ist Verrat.
Befragt ihn peinlich, holt den Stockturm her,
streckt, rädert, blendet, brecht und glüht,
paßt dem Gedächtnis Schrauben an.
Wir wollen wissen, wo und wann.
Nicht auf Strohdeich und Bürgerwiesen,
nicht in der Pfefferstadt, – ach, wär ich doch
geboren zwischen Speichern auf dem Holm! –
in Strießbachnähe, nah dem Heeresanger
ist es passiert, heut heißt die Straße
auf polnisch Lelewela, – nur die Nummer
links von der Haustür blieb und blieb.
Und Sand, klatschnaß, zum Kleckern: Gral…
In Kleckerburg gebürtig, westlich von.
Das liegt nordwestlich, südlich von.
Dort wechselt Licht viel schneller als.
Die Möwen sind nicht Möwen, sondern.
Und auch die Milch, ein Nebenarm der Weichsel,
floß mit Honig brückenreich vorbei.
Getauft, geimpft, gefirmt, geschult.
Gespielt hab ich mit Bombensplittern.
Und aufgewachsen bin ich zwischen
dem Heilgen Geist und Hitlers Bild.
Im Ohr verblieben Schiffssirenen,
gekappte Sätze, Schreie gegen Wind,
paar heile Glocken, Mündungsfeuer
und etwas Ostsee: Blubb, pfff, pschsch…

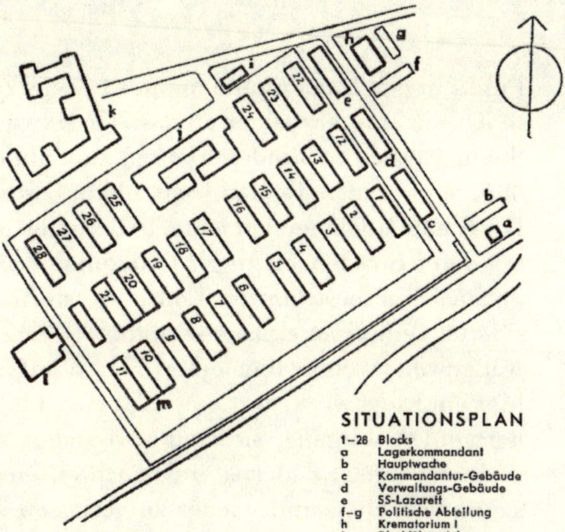

SITUATIONSPLAN

1–28 Blocks
a Lagerkommandant
b Hauptwache
c Kommandantur-Gebäude
d Verwaltungs-Gebäude
e SS-Lazarett
f–g Politische Abteilung
h Krematorium I
i Blockführerstube
j Lagerküche
k Aufnahmegebäude
l »Theatergebäude«
m Schwarze Wand

Peter Weiss

Meine Ortschaft

Bei meinen Überlegungen, welche menschliche Siedlung oder welche Gegend einer Landschaft am besten dazu geeignet sei, in diesem Atlas umrissen zu werden, tauchten anfangs viele Möglichkeiten auf. Doch von meinem Geburtsort aus, der den Namen Nowawes trägt, und der den Informationen nach gleich neben Potsdam an der Bahnstrecke nach Berlin liegen soll, über die Städte Bremen und Berlin, in denen ich meine Kindheit verbrachte, bis zu den Städten London, Prag, Zürich, Stockholm, Paris, in die ich später verschlagen wurde, nehmen alle Aufenthaltsorte etwas Provisorisches an, und dabei habe ich die kürzeren Zwischenstationen gar nicht erwähnt, alle diese Flecken, heißen sie nun Warnsdorf in Böhmen, oder Montagnola im Tessin, oder Alingsas in Westschweden.
Es waren Durchgangsstellen, sie boten Eindrücke, deren wesentliches Element das Unhaltbare, schnell Verschwindende war, und wenn ich untersuche, was jetzt daraus hervorgehoben und für wert befunden werden könnte, einen festen

Punkt in der Topographie meines Lebens zu bilden, so gerate ich nur immer wieder an das Zurückweichende, all diese Städte werden zu blinden Flecken, und nur eine Ortschaft, in der ich nur einen Tag lang war, bleibt bestehen.
Die Städte, in denen ich lebte, in deren Häusern ich wohnte, auf deren Straßen ich ging, mit deren Bewohnern ich sprach, haben keine bestimmten Konturen, sie fließen ineinander, sie sind Teile einer einzigen ständig veränderlichen irdischen Außenwelt, weisen hier einen Hafen auf, dort einen Park, hier ein Kunstwerk, dort einen Jahrmarkt, hier ein Zimmer, dort einen Torgang, sie sind vorhanden im Grundmuster meines Umherwanderns, im Bruchteil einer Sekunde sind sie zu erreichen und wieder zu verlassen, und ihre Eigenschaften müssen jedesmal neu erfunden werden.
Nur diese eine Ortschaft, von der ich seit langem wußte, doch die ich erst spät sah, liegt gänzlich für sich. Es ist eine Ortschaft, für die ich bestimmt war und der ich entkam. Ich habe selbst nichts in dieser Ortschaft erfahren. Ich habe keine andere Beziehung zu ihr, als daß mein Name auf den Listen derer stand, die dorthin für immer übersiedelt werden sollten. Zwanzig Jahre danach habe ich diese Ortschaft gesehen. Sie ist unveränderlich. Ihre Bauwerke lassen sich mit keinen anderen Bauwerken verwechseln.
Auch sie trägt einen polnischen Namen, wie meine Geburtsstadt, die man mir vielleicht einmal aus dem Fenster eines fahrenden Zuges gezeigt hatte. Sie liegt in der Gegend, in der mein Vater kurz vor meiner Geburt in einer sagenhaften kaiserlich-königlichen Armee kämpfte. Von den übriggebliebenen Kasernen dieser Armee wird die Ortschaft beherrscht. Zum besseren Verständnis der dort Werksamen und Ansässigen wurde ihr Name verdeutscht.

Auf dem Bahnhof von Auschwitz scheppern die Güterzüge. Lokomotivpfiffe und polternder Rauch. Klirrend aneinan-

derstoßende Puffer. Die Luft voll Regendunst, die Wege aufgeweicht, die Bäume kahl und feucht. Rußgeschwärzte Fabriken, umgeben von Stacheldraht und Mauerwerk. Holzkarren knirschen vorbei, von dürren Pferden gezogen, der Bauer vermummt und erdfarben. Alte Frauen auf den Wegen, in Decken gehüllt, Bündel tragend. Weiter ab in den Feldern einzelne Gehöfte, Gesträuch und Pappeln. Alles trübe und zerschlissen. Unaufhörlich die Züge oben auf dem Bahndamm, langsam hin- und herrollend, vergitterte Luken in den Waggons. Abweichgeleise führen weiter, zu den Kasernen, und noch weiter, über öde Felder zum Ende der Welt.
Außerhalb der Siedlungen, die nach der Räumung wieder bewohnt sind und aussehen, als sei der Krieg vor kurzem erst vorüber, erheben sich die Eisengitter vor der Anlage, die heute zu einem Museum ernannt ist. Autos und Omnibusse stehen am Parkplatz, eben tritt eine Schulklasse durch das Tor, ein Trupp Soldaten mit weinroten Mützen kehrt nach der Besichtigung zurück. Links eine lange Holzbaracke, hinter einer Luke Verkauf von Broschüren und Postkarten. Überheizte Wärterstuben. Gleich hinter der Baracke niedrige Betonwände, darüber eine grasbewachsene Böschung, ansteigend zum flachen Dach mit dem kurzen dicken viereckigen Schornstein. An Hand der Lagerkarte stelle ich fest, daß ich schon vor dem Krematorium stehe, dem kleinen Krematorium, dem ersten Krematorium, dem Krematorium mit der begrenzten Kapazität. Die Baracke vorn, das war die Baracke der politischen Abteilung, da befand sich das sogenannte Standesamt, in dem die Zugänge und Abgänge verzeichnet wurden. Da saßen die Schreiberinnen, da gingen die Leute mit dem Emblem des Totenkopfs aus und ein.
Ich bin hierher gekommen aus freiem Willen. Ich bin aus keinem Zug geladen worden. Ich bin nicht mit Knüppeln in dieses Gelände getrieben worden. Ich komme zwanzig Jahre zu spät hierher.

Eisengitter vor den kleinen Fenstern des Krematoriums. Seitwärts eine schwere morsche Tür, schief in den Angeln hängend, drinnen klamme Kälte. Zerbröckelnder Steinboden. Gleich rechts in einer Kammer ein großer eiserner Ofen. Schienen davor, darauf ein metallenes Fahrzeug in der Form eines Troges, von Menschenlänge. Im Innern des Kellers zwei weitere Öfen, mit den Bahrenwagen auf den Schienen, die Ofenluken weit offen, grauer Staub darin, auf einem der Wagen ein vertrockneter Blumenstrauß.

Ohne Gedanken. Ohne weitere Eindrücke, als daß ich hier allein stehe, daß es kalt ist, daß die Öfen kalt sind, daß die Wagen starr und verrostet sind. Feuchtigkeit rinnt von den schwarzen Wänden. Da ist eine Türöffnung. Sie führt zum Nebenraum. Ein langgestreckter Raum, ich messe ihn mit meinen Schritten. Zwanzig Schritte die Länge. Fünf Schritte die Breite. Die Wände weißgetüncht und abgeschabt. Der Betonboden ausgetreten, voller Pfützen. An der Decke, zwischen den massiven Tragbalken, vier quadratische Öffnungen, schachtartig durch den dicken Steinguß verlaufend, Deckel darüber. Kalt. Hauch vor dem Mund. Weit draußen Stimmen, Schritte. Ich gehe langsam durch dieses Grab. Empfinde nichts. Sehe nur diesen Boden, diese Wände. Stelle fest: durch die Öffnungen in der Decke wurde das körnige Präparat geworfen, das in der feuchten Luft sein Gas absonderte. Am Ende des Raumes eine eisenbeschlagene Tür mit einem Guckloch, dahinter eine schmale Treppe, die ins Freie führt. Ins Freie.

Dort steht ein Galgen. Ein Bretterkasten, mit nach innen herabgefallenen Luken, darüber der Pfahl mit dem Querbalken. Ein Schild teilt mit, daß hier der Kommandant des Lagers gehängt wurde. Als er auf dem Kasten stand, die Schlinge um den Hals, sah er hinter der doppelten Stacheldrahtumzäunung die Hauptstraße des Lagers vor sich, mit den Pappeln zu den Seiten.

Ich steige die Böschung hinauf auf die Decke des Krematoriums. Die hölzernen, mit Teerpappe benagelten Deckel lassen sich von den Einwurfslöchern heben. Darunter liegt das Verlies. Sanitäter mit Gasmasken öffneten die grünen Blechbüchsen, schütteten den Inhalt hinab auf die emporgestreckten Gesichter, legten schnell wieder den Deckel auf. Weiter. Ich bin noch außerhalb des Lagers. Der Galgen steht auf den Grundmauern der Vernehmungsbaracke, in der es ein Zimmer gab mit einem Holzgestell und einem Eisenrohr darüber. An dem Eisenrohr hingen sie und wurden geschaukelt und mit dem Ochsenziemer zerschlagen.
Die Kasernengebäude stehen dicht aneinander, das Verwaltungsgebäude, das Kommandanturgebäude, das Revier der Wachleute. Hohe Fensterfronten über dem Krematoriumsbunker. Überall Einsicht auf das flache Dach, auf das die Sanitäter stiegen. In unmittelbarer Nähe die Barackenfenster, durch die die Schläge und das Schreien aus der Schaukelstube zu hören waren.
Alles eng, zusammengedrängt. An den Betonpfeilern vorbei, die in doppelter Reihe die Stacheldrähte tragen. Elektrische Isolatoren daran. Schilder mit der Aufschrift VORSICHT HOCHSPANNUNG. Rechts Schuppen und stallähnliche Bauwerke, ein paar Wachtürme, links eine Bude mit einem Kioskfenster, daran ein Brett unter dem vorspringenden Dach, zur Abstempelung von Papieren, dann plötzlich das Tor, mit dem gußeisernen Textband, in dem das mittlere Wort MACHT sich am höchsten emporwölbt. Ein rot-weiß gestreifter Schlagbaum ist hochgestellt, ich trete ein in das Geviert, das sich Stammlager nennt.
Viel darüber gelesen und viel darüber gehört. Über sie, die hier frühmorgens zur Arbeit marschierten, in die Kiesgruben, zum Straßenbau, in die Fabriken der Herren, und abends zurückkehrten, in Fünferreihen, ihre Toten tragend, zu den Klängen eines Orchesters, das dort unter den Bäumen spielte.

Was sagt dies alles, was weiß ich davon? Jetzt weiß ich nur, wie diese Wege aussehen, mit Pappeln bestanden, schnurgerade gezogen, mit rechtwinklig dazu verlaufenden Seitenwegen, dazwischen die ebenmäßigen vierzig Meter langen zweistöckigen Blöcke aus rotem Ziegel, numeriert von 1 bis 28. Eine kleine eingekerkerte Stadt mit zwangsmäßiger Ordnung, völlig verlassen. Hier und da ein Besucher im wäßrigen Nebel, unzugehörig zu den Häusern aufblickend. Entfernt an einer Ecke die Kinder vorbeiziehend, vom Lehrer geführt.
Hier die Küchengebäude am Hauptplatz, und davor ein holzgezimmertes Schilderhäuschen, mit aufgetürmtem Dach und Wetterfahne, lustig mit Steinfugen bemalt, wie aus einem Burgenbaukasten. Es ist das Häuschen des Rapportführers, von dem aus der Appell überwacht wurde. Ich wußte einmal von diesen Appellen, von diesem stundenlangen Stehen im Regen und Schnee. Jetzt weiß ich nur von diesem leeren lehmigen Platz, in dessen Mitte drei Balken in die Erde gerammt sind, die eine Eisenschiene tragen. Auch davon wußte ich, wie sie hier unter der Schiene auf Schemeln standen und wie dann die Schemel unter ihnen weggestoßen wurden und wie die Männer mit den Totenkopfmützen sich an ihr Beine hängten, um ihnen das Genick zu brechen. Ich hatte es vor mir gesehen, als ich davon hörte und davon las. Jetzt sehe ich es nicht mehr.
Vorherrschend der Eindruck, daß alles viel kleiner ist, als ich es mir vorgestellt hatte. Von jedem Punkt aus ist die Umgrenzung zu sehen, die hellgraue, aus Betonblöcken zusammengefügte Mauer hinter den Stacheldrähten. An der äußeren rechten Ecke die Blöcke Zehn und Elf, verbunden mit Mauern, vorn in der Mitte das offene Holztor zum Hof mit der Schwarzen Wand.
Diese Schwarze Wand, zu deren Seiten sich kurze Bohlenstücke vorschieben zum Kugelfang, ist jetzt mit Korkplatten und Kränzen verkleidet. Vierzig Schritte vom Tor zur Wand.

Ziegelstücke in den Sandboden gestampft. Am Saumstein des linken Gebäudes, dessen Fenster mit Brettern verschalt sind, läuft die Abflußrinne, in der sich das Blut der aufgehäuften Erschossenen sammelte. Im Laufschritt, nackt, kamen sie rechts aus der Tür, die sechs Stufen hinab, je zwei, vom Bunkerkapo an den Armen gehalten. Und hinter den zugenagelten Fenstern im Block gegenüber lagen die Frauen, deren Gebärmutter angefüllt wurde mit einer weißen zementartigen Masse.
Hier ist der Waschraum des Blocks Elf. Hier legten sie, die zur Wand mußten, ihre erbärmlichen blaugestreiften Kleider ab, hier in diesem kleinen schmutzigen Raum, zur unteren Hälfte geteert, zur oberen gekalkt, voll rostiger und schwärzlicher Flecken und Spritzer, umlaufen von einem blechernen Waschtrog, durchstoßen von schwarzen Rohren, quer durchspannt von einer Duschleitung, standen sie, ihre Nummern mit Tintenstift auf die Rippen geschrieben.
Hier der Waschraum, hier der steinerne Gang, geteilt von Eisengittern, vorn die Blockführerstube, mit Schreibtisch, Feldbett und Spinden, an der Wand der Wahlspruch EIN VOLK EIN REICH EIN FÜHRER, ein Gitternetz vor der Tür, ein Einblick in einen Schaukasten. Ein Panoptikum auch das Gerichtszimmer gegenüber, mit dem langen Sitzungstisch, den Protokollheften auf der grauen Decke, denn hin und wieder wurden die Todesurteile auch ausgesprochen, von Männern, die heute redlich leben und ihre bürgerlichen Ehren genießen.
Hier die Treppe, die hinabführt zu den Bunkern. Man hat sich die Mühe gegeben, die Wände mit einem Saum von flimmriger Marmorierung zu bemalen. Der Mittelgang, und rechts und links die Seitengänge mit Zellen, etwa drei mal zweieinhalb Meter groß, mit einem Kübel in einem Holzkasten und einem winzigen Fenster. Manche auch ohne Fenster, nur mit einem Luftloch oben in der Ecke. Bis zu vierzig

Mann waren sie hier, kämpften um einen Platz an der Türritze, rissen sich die Kleider ab, brachen zusammen. Es gab solche, die noch lebten nach einer Woche ohne Nahrung. Es gab solche, deren Schenkel die Spuren von Zähnen trugen, deren Finger abgebissen waren, als man sie herauszog.
Ich blicke in diese Räumlichkeiten, denen ich selbst entgangen bin, stehe still zwischen den fossilen Mauern, höre keine Stiefelschritte, keine Kommandorufe, kein Stöhnen und Wimmern.
Hier, an diesem schmalen Wohnraum, befinden sich die vier Stehzellen. Da ist die Luke am Boden, einen halben Meter hoch und breit, dahinter noch Eisenstäbe, da krochen sie hinein, und standen dort zu viert, in einem Schacht von neunzig zu neunzig Zentimetern. Oben das Luftloch, kleiner als die Fläche einer Hand. Standen dort fünf Nächte lang, zehn Nächte lang, zwei Wochen lang jede Nacht, nach der schweren Tagesarbeit.
An der Außenwand des Blocks sind vorgebaute Betonkästen mit einem kleinen perforierten Blechdeckel. Von hier dringt die Luft durch den langen Mauerschacht hinab in die Zellen, in denen sie standen, den Rücken, die Knie am Stein. Sie starben im Stehen, mußten morgens unten herausgekratzt werden.

Seit Stunden gehe ich jetzt im Lager umher. Ich weiß mich zu orientieren. Ich bin im Hof gestanden vor der Schwarzen Wand, ich habe die Bäume gesehen hinter der Mauer, und die Schüsse des Kleinkalibergewehrs, die aus nächster Nähe in den Hinterkopf abgefeuert wurden, habe ich nicht gehört. Ich habe die Dachbalken gesehen, an denen sie an den rücklings gebundenen Händen aufgehängt wurden, einen Fußbreit über dem Boden. Ich habe die Räume mit den verdeckten Fenstern gesehen, in denen Frauen durch Röntgenstrahlen die Eierstöcke verbrannt wurden. Ich habe den Kor-

ridor gesehen, in dem sie alle standen, Zehntausende, und langsam vorrückten ins Arztzimmer, und hingeführt wurden einer nach dem andern, hinter den graugrünen Vorhang, wo sie auf einen Schemel gedrückt wurden und den linken Arm heben mußten und die Spritze ins Herz bekamen, und durchs Fenster sah ich den Hof draußen, auf dem die hundertneunzehn Kinder aus Zamosc warteten, und noch mit einem Ball spielten, bis sie an der Reihe waren.
Ich habe die Zeichnung gesehen vom Dach des alten Küchengebäudes, auf das mit großen Buchstaben gemalt war ES GIBT EINEN WEG ZUR FREIHEIT – SEINE MEILENSTEINE HEISSEN GEHORSAM FLEISS SAUBERKEIT EHRLICHKEIT WAHRHAFTIGKEIT NÜCHTERNHEIT UND LIEBE ZUM VATERLAND. Ich habe den Berg des abgeschnittenen Haares im Schaukasten gesehen. Ich habe die Reliquien der Kinderkleider gesehen, die Schuhe, Zahnbürsten und Gebisse. Es war alles kalt und tot.

Ständig gegenwärtig ist das Klirren und Rollen der Güterzüge, das Puffen aus den Schornsteinen der Lokomotiven, das langgezogene Pfeifen. Züge rollen in Richtung Birkenau durch die weite flache Landschaft. Hier wo der lehmige Weg zum Bahndamm ansteigt und ihn überquert, standen die Herren mit ausgestreckten Händen und zeigten auf die offenen Felder und bestimmten die Gründung des Verbannungsortes, der jetzt wieder einsinkt in die sumpfige Erde.
Ein einzelnes Geleise zweigt ab von der Fahrtstrecke. Läuft durch das Gras, hier und da auseinandergebrochen, weit hin zu einem verblichenen langgestreckten Bau, zu einer Scheune mit zerborstenem Dach, zerfallendem Turm, läuft mitten durch das gewölbte Scheunentor.
So wie im andern Lager alles eng und nahe war, so ist hier alles endlos ausgebreitet, unüberblickbar.
Rechts bis zu den Waldstreifen hin die unzähligen Schorn-

steine der abgetragenen und verbrannten Baracken. Nur einzelne Reihen stehen noch von diesen Ställen für Hunderttausende. Links, ausgerichtet und im Dunst verschwindend, die steinernen Behausungen der gefangenen Frauen. In der Mitte, einen Kilometer lang, die Rampe. Noch im Zerfall ist das Prinzip der Ordnung und Symmetrie zu erkennen. Hinter dem Scheunentor, an der Weiche, teilt sich das Gleis nach rechts und links. Gras wächst zwischen den Schwellen. Gras wächst im Schotter der Rampe, die sich kaum über die Schienen erhebt. Es war hoch zu den aufgerissenen Türen der Güterwagen. Anderthalb Meter mußten sie herabspringen auf das scharfkantige Geröll, ihr Gepäck und ihre Toten hinabwerfen. Nach rechts kamen die Männer, die noch eine Weile leben durften, nach links die Frauen, die zur Arbeit fähig befunden wurden, geradeaus den Weg zogen die Alten, Kranken und Kinder, den beiden rauchenden Schloten entgegen. Die Sonne, nah über dem Horizont, bricht aus dem Gewölk und spiegelt sich in den Fenstern der Wachtürme. Rechts und links am Ende der Rampe liegen Ruinenklumpen zwischen den Bäumen, die Pappeln an der rückwärtigen Umgitterung stehen reglos, weit weg in einem Gehöft schnattern Gänse. Rechts, da ist das Birkenwäldchen. Ich sehe das Bild vor mir von den Frauen und Kindern, die dort lagern, eine Frau trägt den Säugling an der Brust, und im Hintergrund zieht eine Gruppe zu den unterirdischen Kammern. An dem riesigen Steinhaufen, mit den verbogenen Eisenträgern und herabgestürzten Betondecken, läßt sich die Architektur der Anlagen noch feststellen. Hier führt die schmale Treppe hinab in den etwa 40 Meter langen Vorraum, in dem sich Bänke befanden und numerierte Haken an den Wänden, zum Aufhängen der Schuhe und Kleidungsstücke. Hier standen sie nackt, Männer, Frauen und Kinder, und es wurde ihnen befohlen, sich ihre Nummem zu merken, so daß sie ihre Kleider wiederfänden nach dem Duschen.

Diese langen steinernen Gruben, durch die Millionen von Menschen geschleust wurden, in die rechtwinklig abzweigenden Räume mit den durchlöcherten Blechsäulen, und dann hinaufbefördert wurden zu den Feueröfen, um als brauner süßlich stinkender Rauch über die Landschaft zu treiben. Diese Steingruben, zu denen Stufen hinabführen, die abgenutzt sind von Millionen Füßen, leer jetzt, sich zurückverwandelnd zu Sand und Erde, friedlich liegend unter der sinkenden Sonne.
Hier sind sie gegangen, im langsamen Zug, kommend aus allen Teilen Europas, dies ist der Horizont, den sie noch sahen, dies sind die Pappeln, dies die Wachtürme, mit den Sonnenreflexen im Fensterglas, dies ist die Tür, durch die sie gingen, in die Räume, die in grelles Licht getaucht waren und in denen es keine Duschen gab sondern nur diese viereckigen Säulen aus Blech, dies sind die Grundmauern zwischen denen sie verendeten in der plötzlichen Dunkelheit, im Gas, das aus den Löchern strömte. Und diese Worte, diese Erkenntnisse sagen nichts, erklären nichts. Nur Steinhaufen bleiben, vom Gras überwuchert. Asche bleibt in der Erde, von denen, die für nichts gestorben sind, die herausgerissen wurden aus ihren Wohnungen, ihren Läden, ihren Werkstätten, weg von ihren Kindern, ihren Frauen, Männern, Geliebten, weg von allem Alltäglichen, und hineingeworfen wurden in das Unverständliche. Nichts ist übriggeblieben als die totale Sinnlosigkeit ihres Todes.
Stimmen. Ein Omnibus ist vorgefahren und Kinder steigen aus. Die Schulklasse besichtigt jetzt die Ruinen. Eine Weile hören die Kinder dem Lehrer zu, dann klettern sie auf den Steinen umher, einige springen schon herab, lachen und jagen einander, ein Mädchen läuft eine lange ausgehöhlte Spur entlang, die sich neben Schienenresten über ein Betonbruchstück erstreckt. Dies war die Schleifbahn, auf der die toten Leiber zu den Loren rutschten. Zurückblickend auf

meinem Weg zum Frauenlager sehe ich die Kinder noch zwischen den Bäumen und höre, wie der Lehrer in die Hände klatscht, um sie zu sammeln.

Im Augenblick, in dem die Sonne versinkt, steigen die Bodennebel auf und schwelen um die niedrigen Baracken. Die Türen stehen offen. Irgendwo trete ich ein. Und dies ist jetzt so: hier ist das Atmen, das Flüstern und Rascheln noch nicht ganz von der Stille verdeckt, diese Pritschen, in drei Stockwerken übereinander, an den Seitenwänden entlang und entlang des Mittelteils, sind noch nicht ganz verlassen, hier im Stroh, in den schweren Schatten, sind die tausend Körper noch zu ahnen, ganz unten, in Bodenhöhe, auf dem kalten Beton, oben, unter dem schräg aufsteigenden Dach, auf den Brettern, in den Fächern, zwischen den gemauerten Tragwänden, dicht aneinander, sechs in jedem Loch, hier ist die Außenwelt noch nicht ganz eingedrungen, hier ist noch zu erwarten, daß es sich regt da drinnen, daß ein Kopf sich hebt, eine Hand sich vorstreckt.

Doch nach einer Weile tritt auch hier das Schweigen und die Erstarrung ein. Ein Lebender ist gekommen, und vor diesem Lebenden verschließt sich, was hier geschah. Der Lebende, der hier herkommt, aus einer andern Welt, besitzt nichts als seine Kenntnisse von Ziffern, von niedergeschriebenen Berichten, von Zeugenaussagen, sie sind Teil seines Lebens, er trägt daran, doch fassen kann er nur, was ihm selbst widerfährt. Nur wenn er selbst von seinem Tisch gestoßen und gefesselt wird, wenn er getreten und gepeitscht wird, weiß er, was dies ist. Nur wenn es neben ihm geschieht, daß man sie zusammentreibt, niederschlägt, in Fuhren lädt, weiß er, wie dies ist.

Jetzt steht er nur in einer untergegangenen Welt. Hier kann er nichts mehr tun. Eine Weile herrscht die äußerste Stille. Dann weiß er, es ist noch nicht zu Ende.

Glogau, 1) (Großglogau) Kreisstadt und Festung zweiten Ranges im preuß. Regierungsbezirk Liegnitz, 80 m ü. M., am linken Ufer der Oder und an den Linien Lissa i. P.-Hansdorf und Breslau-Stettin der Preußischen Staatsbahn, hat 2 evangelische, eine altlutherische u. 3 kath. Kirchen (darunter der gotische Dom auf einer Oderinsel), eine Synagoge, ein Waisen- und ein Armenhaus. Die Einwohnerzahl beläuft sich einschließlich der Garnison (Stab der 9. Division, der 17. und 18. Infanterie- und 9. Kavallerie-Brigade, 2 Infanteriebataillone Nr. 58, 1 Infanteriebataillon Nr. 59, das Pionierbataillon Nr. 5 und 1 Abteilung Feldartillerie Nr. 20) auf (1885) 20,028 Seelen (darunter 6117 Katholiken und 989 Juden).

Wappen von Glogau.

Arnold Zweig

Glogau und Kattowitz, zwei Jugendstädte

Meine früheste Jugend verbrachte ich in der niederschlesischen Festung Glogau. Sie verteidigte einen Flußübergang, war aber wohl eher eine theoretische Festung aus der Piastenzeit. Aber für uns genügte sie: Wälle, Gräben, Türme, Tore und Brücken, vor allem Brücken. Eine davon konnte in der Mitte hochgezogen werden, um Dampfer durchzulassen. Ich erinnere mich dieses Vorgangs, wie Leute eines Erdbebens gedenken mögen, bei welchem sich die Straße vor ihren Augen aufwölbt und platzt. Über diese Brücke zu gehen, war seither ein Abenteuer. Der mächtige Fluß unter ihr, die graugelbe Oder, galt als tückisch. Mein Vater erlaubte uns niemals, sie mit Booten zu befahren. Jenseits der Domvorstadt floß noch ein stillerer Arm, die Alte Oder. Ich weiß aber nicht mehr, ob diese Alte Oder sich auch noch in Arme spaltete und von mehreren Brücken überquert wurde oder nur von einer.

Das Innere der Stadt lag abseits von den Festungswerken, die sie umgaben. Besonders erinnere ich mich an die Druckerei der alten Firma Flemming, an der vorüber ich seit 1894 zur Schule ging und von ihr kam – den untersten Klassen einer Mittelschule, in die auch einmal, weit früher, der spätere Generalfeldmarschall von Hindenburg eingeschult worden sein soll. Inmitten des als Ring bebauten Marktes stand ein Rathaus, dessengleichen ich vor kurzem in Liberec, dem damaligen Reichenberg, besucht habe. Das Glogauer war freilich viel kleiner als das von Liberec. Aber vor dem Glogauer Rathaus beeindruckte mich immer wieder ein Denkmal, eine Bronzebüste. Sie stellte Andreas Gryphius dar, jenen vortrefflichen Barockpoeten, mit Perücke und spähendem Blick, der in Glogau geboren und nach umfangreichen Kurven seiner Lebensbahn auch gestorben ist. Irgendwelche Gedankenfäden zogen sich mir Achtjährigem zwischen diesem Dichter Gryphius und den Drucker- und Setzerräumen der Firma Flemming hin, in die ich Schuljunge durch eines der vielen Fenster hineinspähen konnte, die nach der Kleinen Oderstraße gingen. In ihr hantierten Männer an großen Schubladen, in denen metallene Buchstaben ruhten und aus ihnen wählten diese Setzer aufs emsigste Typen, um sie in großen Kästen zusammenzufügen, die dann später in die Druckerpressen geschoben wurden, denn damals gab es in Glogau noch keine modernen Rotationspressen, wie ich sie Jahre später in meiner zweiten Heimat, dem oberschlesischen Kattowitz in der Zeitungsdruckerei von G. Siwinna, Nachfolger, tätig fand.

Recht gut erinnere ich mich der Hauptachsen, welche Glogau mit den Wiesen und Feldern der Umgegend verbanden. Diese mündeten nämlich in große Tore, mit mächtigen

Metallflügeln verschließbar. Rundum, wie schon gesagt, war die ganze Stadt umgürtet von Wällen und Gräben, letztere waren mit Schilf bewachsen und konnten vom Wasser der vorüberfließenden Oder gefüllt werden.

Es muß auch einen großen, aus Backsteinen gebauten Hungerturm in Glogau gegeben haben, im Geviert der Kommandantur, in dem der Kommandierende General des 6. Armeekorps hauste. Er hatte unter sich: ein Infanterieregiment, ein Feldartillerieregiment, ein Bataillon Festungsartillerie und ein Bataillon Pioniere, die mit eisernen Pontons auf der Oder übten. Immer wieder zogen größere und kleiner Gruppen preußischer Soldaten durch die Straßen Glogaus, in dunkelblauen Uniformröcken und schwarzen Hosen, schwarze Helme mit goldenem Adler und goldenen Spitzen oder Knöpfen auf dem Kopfe und kurze Seitengewehre oder lange Säbel am Gurt. Die Leser meiner Werke mögen wohl wittern, daß eine der Quellen, aus der jene Kriegsromane stammen, auch diese Festung Glogau und ihre Bataillone und Kompanien gewesen sein mag.

Was ich aber von Glogau noch vorgefunden hätte, als ich 1948 aus der Emigration zurückkehrte, weiß ich nicht zu sagen: Herrn Hitlers Wehrmacht hatte versucht, die Rote Armee vom Überschreiten der Oder abzuhalten – von der Stadt blieb nur ein Zehntel aller Gebäude übrig. Gern hätte ich seither eine Reise nach Glogau unternommen, mit meinen beiden Söhnen und meiner Frau, die, zwar gebürtige Berlinerin, durch Mutter und Großmutter und eine große Verwandtschaft aber mit der Stadt Glogau und ihren jüdischen Traditionen aufgewachsen war. Zwischen Absicht und Verwirklichung jedoch schob sich immer wieder die unabreißende Reihe neuer Romankapitel.

Der zweite Teil meiner Jugend aber vollzog sich in Oberschlesien, der von Vaters Seite her angestammten Industrielandschaft, wo ich zehn Jahre lang die ausgezeichnete Kattowitzer Oberrealschule besuchte und Lehrer hatte, freiheitliche Deutsche, an die ich noch dankbar denke, vor allem an meinen Direktor Jakob Hacks, gestorben als Schulrat in Breslau. An ihm erlebte ich das Vorbild eines freien Geistes und Mathematikers, der uns denken lehrte, sogar philosophieren. Mein Deutschlehrer Gustav Eisenreich zwang meinen Aufsatzstil zu Zucht und Ordnung und mein Englischlehrer Bruno Arndt schrieb unter dem Pseudonym Karl Bittermann solide erzählte Romane, die bei S. Fischer erschienen, und gab so mehr durch sein Beispiel als im Unterricht Ausblicke ins Reich des Dichterischen und Einblicke in menschliche Charaktere.

Das wirkliche Leben ohne nennenswerten materiellen Hintergrund vollzog sich im Kreise von Jugendfreunden und -freundinnen; von den ersteren sind einige bekannt geworden: der Maler Ludwig Meidner, der Dichter Arnold Ulitz, der bei Langemarck verschollene Philologe Rudolf Clemens. Ich nenne diese Namen, um einen geringen Hauch des geistigen und musikalischen Lebens jener Stadt Kattowitz anzudeuten, die in Professor Oskar Meister und seinen Nachfolgern Organisatoren eines echten Musiklebens besaß und einen wirklichen Kritiker von Geschmack, Urteil und Können fand in dem Geiger und Weinhändler Paul Rappaport, Freund vieler Musiker, Kenner moderner Literaturen. Damals eröffnete mir die große Musik von Bach bis Mahler das Tor zu einer der wesentlichsten Freuden meines Lebens.

Mein Heimweg 1948 führte mich von Prag mit der Eisenbahn über Kattowitz, jetzt als Industriestadt Polens Katowice. Ich war in Birkenau gewesen, das in meiner Jugend Klein-Dombrowka hieß und wo einst von Vaters Seite Verwandte wohnten. Ich hatte das schauerliche Frauenlager gesehen und war auch an einen Teich getreten, aus dem von verwesendem Menschenfleisch noch Blasen aufstiegen.

In den Straßen von Kattowitz einherzugehen, das Café von Liborius Otto zu besuchen, auf dem Marktplatz am Theater vorüberzuschlendern, das den damals neuesten Stil des Theaterbaus, wie die Berliner Volksbühne am Luxemburgplatz, erprobt hatte und all die Straßen wiederzubetreten, auf denen wir Primaner mit unseren Mädchen flaniert hatten, ließ mich immer wieder kopfschüttelnd stehenbleiben – die Zeiten verändern sich, aber wir nicht mit ihnen, widersprach ich dem Lateiner. Auch die Buchhandlung G. Siwinna stand noch unverändert, wie ja überhaupt die Stadt Kattowitz vom Krieg nicht gelitten hatte. Nur größer war sie geworden und viel bewohnter als 1907, dem Jahr, in dem ich sie mit meiner ersten Universtität Breslau vertauschte.

Und dann beeilte ich mich, den Bahnhof zu erreichen, der mitten in der Stadt liegt, und in den D-Zug zu steigen, der mich nach Berlin führte, zum Schlesischen Bahnhof, der jetzt Ostbahnhof heißt und noch immer die gleichen Dienste leistet wie vor 50 Jahren.

Friedemann Berger

Lebus

Etwas Süden am Schuh
du stehst
der Versuch zu erkennen
ein Straßenprofil
ein Gitter
ein Schild
»Hier wurde geboren«
der Gaudy Franz oder in Crossen
aber das ist zu weit
oder der Eich
wurde geboren
hat man gelebt
ist gegangen
Seelow Berlin und weiter
Reichsstraße eins
weiter und wieder zurück
aber nicht ganz.

An Flüssen
die Gegenden
gleichen sich an
wechseln sich aus
Häuser auf ihre Dächer gestellt
Setúbal oder Crossen
aber das ist zu weit
nur was dazwischen war
Lattenwerk
Drähte
Zäune
sind zu erkennen
mit der Beschildung von einst
Lattenwerk
Drähte
die Zäune
die sind zu erkennen
mit Schildern
von jetzt.

Hans Werner Richter

Bansiner Topographie

Die Straßen des Ortes – meines Ortes – bilden ein Kreuz. Die längere Seestraße läuft von Süden nach Norden, die kürzere Bergstraße von Westen nach Osten. Sie schneidet die Seestraße in ihrer oberen Hälfte. Das Kreuz ist behangen mit ein paar Nebenstraßen, mit einem Kriegerdenkmal, mit einem vermoderten See, mit einer zweiklassigen Volksschule, mit

Villen aus der Jahrhundertwende, mit einem Kinderspielplatz und mit zwei Tennisplätzen. Der Kiefernwald, der von Westen her an das Kreuz grenzt, umschließt Kriegerdenkmal, Kinderspielplatz und Tennisplätze.

Die Seestraße beginnt im Süden am Bahnhof und läuft nach Norden bis ans Meer. Ein weißer Gürtel hält sie dort auf: der Strand. Der Bahnhof muß nicht weiter beschrieben werden: ein Schalter, eine Gastwirtschaft, eine Verladerampe. Der Strand ist steinfrei, sein Sand körnig-weiß und nur im Herbst und Frühling etwas bräunlich. Das Meer besitzt einen sandig-hellen Untergrund, läuft flach von der Küste weg zu größeren Tiefen hin, ist milde salzhaltig, und sieht in der Sonne blau, bei Gewitter grün, bei Sturm weiß und in der Nacht schwarz aus.

Im Westen stehen etwa dreißig oder vierzig Pfähle im Wasser. Auf jedem Pfahl sitzt zu jeder Jahreszeit eine Möwe. Die Pfähle sind weiß von Möwendreck. Zweihundert Meter weiter standen früher noch drei Pfähle im Wasser, die heute verschwunden sind.

*

Geschichte der Pfähle: Die ersten dreißig oder vierzig Pfähle sind Restbestände einer Brücke, die zur Zeit des zweiten deutschen Kaisers und in der Weimarer Republik dem Landen diente. Motorboote, die an der Küste entlang fuhren, machten hier ihre Taue fest. Für größere Schiffe war die Küste zu seicht. Aus Angst vor den Russen rissen die Einwohner des Ortes im August 1914 die Planken der Brücke ab. Die Russen kamen nicht. Dreißig Jahre später kamen sie, nicht übers Meer, sondern am Strand entlang – zu Fuß und mit Panjewagen – und fanden eine wiederum zerstörte Brücke vor. An den drei letzten Pfählen, die alte Schwedenbrücke genannt, band Gustav Adolf – nach dem Gerücht – seine

Kriegskoggen an, um sein Heer auszuladen und den kaiserlichen General Tilly bei Magdeburg zu schlagen. Die Pfähle hat entweder das Meer mitgenommen oder ein russischer General.

Diese Pfähle standen im Meer vor der Steilküste unmittelbar vor einer Steilküstennase, die sich Tonberg nennt. Von diesem Tonberg zieht sich die Steilküste bis zu ihrem höchsten Punkt – dort nennt sie sich »Langer Berg« – und dann bis zu ihrem niedrigsten Punkt hin, wo sie sich wieder in flache Küste verwandelt. Dieser Punkt hieß früher »Knuths Ruh«, später »Selliner Bootsstelle« und ist heute Campingplatz der sozialistischen Volksrepublik mit Toiletten, Baracken, Verkaufsständen und einem Strand für Freikörperkultur. Dort riecht es jetzt nach Strandhafer, Exkrementen, schwarz gehandeltem Aal, Niveacreme. Auf hohen Kommandotürmen stehen Lebensretter, die aufs Meer und auf nackte Damen und Herren blicken. Sie sorgen nicht für Ordnung, sondern für die Erhaltung des Lebens. Für Ordnung sorgt ein Kommando der Volkspolizei, das im Wald stationiert ist. Die Volkspolizisten sind bekleidet. Sie gehen – wie die Zeitungsverkäufer, wie zwei Rotkreuzschwestern, und andere, der Ordnung und dem Vergnügen dienende Staatsangestellte – zwischen den Nackten hin und her, als wären diese nicht nackt.
Dieser Strand war zur Zeit des ersten deutschen Kaisers und auch noch des zweiten der ruhigste der ganzen Küste. Mein Großvater Knuth hatte sich hierher mit seinem Fischerboot zurückgezogen. Er konnte alle anderen Fischer nicht leiden. Er und seine Feinde erzeugten fast alle ersten Einwohner des Ortes, etwa dreihundert.

*

Geschichte der Einwohner: Die ersten Einwohner kamen aus den Dörfern, die vier, fünf oder sechs Kilometer hinter der Küste an vier miteinander verbundenen Seen liegen und sich Schmollen-, Gothen- und kleiner und großer Krebssee nennen. Sie waren Fischer, Maurer, Bauern, Zimmerleute, Tischler, Schlosser. Angezogen von dem Geldstrom der Gründerjahre bauten sie drei-, vier- und fünfstöckige Villen, die sie Seeblick, Seeschloß, Seemöwe, Dünenblick, Dünenschloß, Meereswoge, Meeresstrand oder auch Germania, Kurfürst, Bismarck, Prinz Heinrich nannten. Sie bauten auf Kredit und stellten sich gegenseitig Wechsel aus. Platzte ein Wechsel, so begannen die betroffenen Bauherrn am nächsten Tag auf ihrer eigenen Baustelle wieder als Maurer, Zimmermann oder auch als einfacher Hilfsarbeiter. Sie arbeiteten viel, tranken viel, und waren nebenbei Husaren, Dragoner, Ulanen, Kürassiere. In ihren Wohnungen hingen Husaren-, Dragoner-, Ulanen- und Kürassierbilder, die sie auf trabenden Rossen und mit bunten Fahnen an gesenkten Lanzen zeigten. Sie zwirbelten morgens ihre Schnurrbärte mit Wachs ein, zeugten in der Nacht zahlreiche Kinder – einige bis zu siebenundzwanzig – und kamen fast alle zu Wohlstand. Im August 1914 zogen sie jubelnd aus, um Frankreich zu schlagen. Viele kamen nicht wieder. Jene, die wiederkamen, gründeten einen Kriegerverein, stellten ein Kriegerdenkmal auf, einen Findling, in den die Namen der Nichtzurückgekehrten eingemeißelt wurden, trugen das Eiserne Kreuz, waren zuerst für die Sozialdemokraten, dann für die Volkspartei, dann für die Deutschnationalen, und kamen über die Revolutionsjahre und die Inflationszeit mit der Rentenmark wieder zu Wohlstand.

1930 zogen die ersten Nationalsozialisten durch die Seestraße, SA-Männer in Uniform, drei an der Zahl. Sie sangen: »Rotfront und Redaktion erschossen«, weil ihnen das Wort Reaktion nichts sagte. Sie vermehrten sich schnell, übernahmen die Macht, und der Dümmste unter ihnen – ein Malergeselle – wurde Ortsgruppenleiter. Sie redeten viel, marschierten viel, tranken viel und waren nebenbei Scharführer, Unterscharführer, Gruppenführer. Sie rasierten sich täglich, zeugten in der Nacht weniger Kinder – drei oder vier – und kamen nach der Wirtschaftskrise wiederum zu Wohlstand. Die dreiundvierzig kommunistischen Wahlstimmen, die es im Ort gegeben hatte, schmolzen bis auf eine Nein-Stimme zusammen, und diese eine Nein-Stimme blieb, obwohl Scharführer, Unterscharführer und Gruppenführer ständig nach ihr suchten. Im September 1939 zogen auch sie aus – diesmal ohne Jubel –, um Frankreich, England, Polen, Rußland, Amerika, Australien, Kanada, Brasilien zu schlagen. Sie kamen nicht zurück. Stattdessen kamen die Russen und vergewaltigten ihre Frauen. Nur die Frauen der Fischer fanden diese unfreiwillige Siegerehrung nicht unangenehm. Sie sagten: »Dat ham wi schon lang nich mir heft.« Die anderen strichen entweder ihren Körper mit Rheumasan ein, was den Geruchssinn der Russen verwirrte, oder flohen ins Land und standen im hohen Rohr der Seen bis zum Hals im Wasser, wenn russische Krieger vorbeisprengten. Siebenundzwanzig Einwohner des Ortes, die Parteimitglieder waren, erhängten sich, einer zündete sein Haus an, eine Frau erschoß nach der dritten Vergewaltigung ihre drei Kinder und dann sich selbst. Die eine verbliebene »Nein-Stimme« wurde zum Bürgermeister ernannt. Die alte Partei löste eine neue ab. Sie verstaatlichte alle Häuser, den Grund und Boden, die Hotels und Restaurants. Die meisten der Einwohner flohen in ein Land, das sie den goldenen Westen nannten. Für sie fanden sich neue Einwohner aus dem Osten ein. Da diese rechtzeitig ihre Papiere fortgeworfen hatten und niemand ihnen nachweisen konnte, daß auch sie Scharführer, Unterscharführer und Gruppenführer gewesen waren, stellten sie bald die neuen Gemeinderäte, Bürgermeister, Ortsleiter, Polizeioffiziere, Bademeister. Nach der letzten Statistik hat der Ort seit dem Einmarsch der Russen dreizehn Bürgermeister verbraucht.

Das Gemeindehaus, von dem aus die schnell wechselnden Bürgermeister regierten, ist ein roter Backsteinbau und wird einerseits von der Bergstraße und andererseits von der Schloonstraße begrenzt. Es besitzt neben den Amtsräumen ein Spritzenhaus, in dem die Feuerwehrwagen stehen, und an dem die Feuerwehr übt. Daneben befindet sich die heutige Polizeistation, in der man sich an- und abmelden muß. Gab es früher einen Polizisten, der den gesamten Ort vor Diebstahl, Mord, Unfug und Unzucht bewahrte, so sitzen heute hier über ein Dutzend, ohne daß der Ort inzwischen wesentlich gewachsen wäre. Nicht weit davon befindet sich der ehemalige Droschkenhalteplatz, heute Schuttabladeplatz, und dahinter der vermoderte See, der sich Schloonsee nennt. In ihm versenkten die Hoteliers beim Herannahen der russischen Armee fünfzigtausend Flaschen ihrer besten Weine, was ihnen aber nichts half. Die Russen holten sie mit Hilfe von Tauchern Flasche für Flasche aus der vermoderten Tiefe des Sees wieder herauf und betranken sich so sehr, daß die Frauen diesmal die Hoteliers und nicht sie verfluchten. Am See entlang führt eine kastanienbaumbestandene Straße dreihundert Meter nach Osten an einen Kanal, der See und Meer verbindet, und deshalb Schloonkanal heißt. Er ist die natürliche Grenze des Orts, und teilt auch den Strand, der hier westlich dem Ort gehört, vom östlichen Ufer ab aber einem anderen, der früher etwas über die Schulter angesehen und als nicht ganz fein empfunden wurde, was mit den »christlichen« Gästen dieses und den »nichtchristlichen« des anderen zusammenhing. Hier ist die Küste flach, sind die Dünen, hinter denen die Strandpromenade läuft, mit Strandhafer bewachsen und leicht gewellt. Von diesem Kanal aus bis zum früheren Ruheort meines Großvaters Knuth gehört der Strand unserem Ort.

*

Geschichte des Strandes: Erst mit der Gründung des Ortes – 1897 – bekommt der Strand seine Bedeutung. Er wird Badestrand. Seine Geschichte läßt sich in drei Perioden unterteilen. Die erste Periode ist die des Badeanstaltbadens, die zweite die des Freibadens, die dritte die des gemischten Nackt- und Freibadens. Jede Periode ist durch Art und Farbe der Fahne gekennzeichnet, die jeweils über den Strandkörben, Strandkabinen, Strandbuden und Badeanstalten flatterte: erste Periode 1897–1918 Reichskriegsflagge gemischt mit Schwarz-weiß-rot, zweite Periode 1918–1932 Schwarz-weiß-rot gemischt mit etwas Schwarz-rot-gold, dritte Periode 1933 – bis heute: einheitliches Hakenkreuz gemischt mit einem allmählich wachsenden fahnenlosen Zustand, der sich ab 1945 durchgesetzt hat.
In der ersten Periode, von 1903 bis 1918 und noch einige Jahre danach, besaß der Strand drei Badeanstalten. Es waren schloßähnliche Gebilde, Holzbauten mit Türmen und Zinnen, mit Fahnen und Fähnchen, mit zahlreichen Kabinen, mit Treppen und Treppchen, mit Rettungsringen und Rettungsbooten, mit Bademeistern und Bademeisterinnen. Sie waren umgeben von einem hohen Bretterzaun, der sich mit einem engmaschigen Drahtgeflecht im Wasser fortsetzte, so daß niemand hinaus- und niemand hineinschwimmen konnte. Die drei Bäder trennten die Geschlechter. Es gab ein Herrenbad, ein Damenbad und ein Familienbad. In dem Herrenbad badeten die Herren, im Damenbad die Damen und im Familienbad badeten die Mütter mit ihren Kindern. Die Preise im Herrenbad und im Damenbad betrugen bei einmaligem Baden für einen Erwachsenen dreißig Pfennige,

für ein Kind zwanzig Pfennige und für einen Dienstboten fünfzehn Pfennige. Im Familienbad lagen die Preise aus nicht mehr feststellbaren Gründen etwas höher. Für das »einmalige Abreiben des Körpers« mußten zehn Pfennige an das Badepersonal entrichtet werden.

Niemandem war es gestattet, außerhalb dieser Bäder ins Wasser zu gehen. Erst nach dem Weltkrieg versuchten einzelne Kurgäste, von ihrem Strandkorb aus unmittelbar ins Wasser zu laufen. Die Gemeindeverwaltung erließ ein striktes Verbot. Jede Art von Freibaden, auch in der Nacht, verstoße gegen die guten Sitten und werde mit hohen Geldstrafen oder mit dem Entzug der Kurkarte und damit des Kuraufenthaltes belegt. Der Bürgermeister stellte einen Strandpolizisten an, der Tag für Tag am Strand entlang lief, die Freibadenden aus dem Wasser herauspfiff, und sie zum Verhör und zur Bestrafung ins Gemeindeamt abführte. Nach fünf Jahren wurde er entlassen. Die Freibadesüchtigen hatten sich durchgesetzt. Der engmaschige Drahtzaun im Wasser verschwand, der Bretterzaun fiel, und die Bademeister verwandelten sich in freie Rettungsschwimmer.

In der dritten Periode setzte das Nacktbaden ein. Es wurde mit regulärer Polizei bekämpft, konnte aber ebenfalls in seiner Entwicklung nicht aufgehalten werden. Aus wenigen Nacktbadenden wurde im Lauf von zwei Jahrzehnten ein unter staatlicher Aufsicht und Kontrolle stehendes Heer von Freikörperkultur-Treibenden. In dieser Periode verfallen die Badeanstalten und werden nach und nach abgerissen.

Oberhalb des Strandes hinter den Dünen läuft die Strandpromenade vom Westen nach Osten, fünfzehn Meter breit, zum Meer hin abgeschirmt von einer Buchsbaumhecke, mit einem überaus schmalen »Trittoir«, wie man es früher nannte, versehen mit einigen gartenähnlichen Ornamenten, mit einem Konzertpavillon, mit grün- oder weißgestrichenen

Bänken, und in der ersten Periode mit Gas-, in der zweiten mit Glühbirnen-, in der dritten mit Neonlicht Kandelabern geschmückt. Diese Strandpromenade diente den Gästen zum Promenieren. Man promenierte nach dem Baden während der Teestunde und noch einmal nach dem Abendessen und vor dem abendlichen Vergnügen. Zum Zweck dieses Vergnügens liegen an der Strandpromenade neben drei-, vier- und fünfstöckigen Villen einige Hotels, ein Kurhotel mit Kursaal, und ein Café, das früher als sehr vornehm galt, nächtlichen Ausschweifungen diente und einen altgermanischen Namen trug, den es auch jetzt noch trägt, obwohl es inzwischen HO-Gaststätte geworden ist. In dem Kursaal gingen die Gäste zur »Reunion«, in dem Café mit dem altgermanischen Namen setzten sie die Reunion gelockerter fort, und die Strandpromenade nahm sie erst wieder auf, wenn sie angetrunken oder betrunken ihren Hotelbetten oder den Strandkörben im Dämmerlicht des Morgens zueilten. Hotelbetten wie Strandkörbe dienten dem Liebesleben.

*

Geschichte der Gäste: Die Gäste der ersten Periode kamen mit Leibdiener und Leibkoch, mit Zofe und Kammerzofe, mit Leibkutscher und Kammerdiener, mit riesigen hängeschloßbewehrten Reisekörben, mit Reitpferden und Stalljungen, und die Einwohner bezeichneten sie als »die Herrschaften«, und jeder Diener war ein herrschaftlicher Diener, jeder Kutscher ein herrschaftlicher Kutscher, und jeder Koch ein herrschaftlicher Koch. Sie nannten sich Hoheit, Graf, Herzog, Durchlaucht, Excellenz, Baron und kamen gemeinhin mit dem D-Zug an, der kurz vor Mittag auf dem kleinen Bahnhof einlief. Sie trugen Schnurr-, Backen-, Voll- und Spitzbärte, rauchten Zigarren auch beim Promenieren, gingen in Galauniform oder auch im Frack zur Reunion, spielten Tennis in knielangen Hosen, tranken Champagner, hörten sich als Experten kritisch das Spiel der wechselnden Militärkapellen an und ritten durch den Buchenwald bis zu Knuths Ruh, er kerzengerade und sie im langen Reitrock und im Damensattel. Unter ihnen befand sich zeitweise auch S. Majestät der Kaiser, der sich in der Meeresluft auf langen Spaziergängen von seiner Politik erholte und so oft zu einer bestimmten Anhöhe schritt, bis die Einwohner sie in Wilhelmshöhe umtauften. Die Zahl der Gäste stieg in der ersten Periode schnell an und betrug:

1897	380
1902	2476
1906	5500
1910	7764
1912	8589

Diese Gäste waren leutselig, herablassend und so vornehm, daß die Einwohner des Ortes sich nur selten auf die Strandpromenade oder ans Meer wagten. Im August 1914 verließen sie panikartig den Ort und kamen nicht mehr zurück. Die Gäste der zweiten Periode gingen glattrasiert und reisten mit Autos an, die in keinen Bretterschuppen paßten. Überstürzt bauten die Einwohner des Ortes Garagen. Diese Gäste kamen ohne oder nur selten mit Leibpersonal. Nur auf den Chauffeur konnten sie nicht verzichten, und wer keinen Chauffeur hatten, den nannte man verächtlich einen Herrenfahrer. Sie waren Geheimräte, Professoren, Doktoren, Kommerzienräte und nur selten war ein General oder eine Hoheit dazwischen. Sie rauchten weniger Zigarren, trugen nur noch vereinzelt Monokel, hörten den Militärmärschen der Kurkapelle skeptischer zu, liebten in der Reunion zuerst den Tango, dann den Charleston, und schließlich das, was sie die »Jazzerei« nannten, und wurden im Laufe ihrer Periode immer ausgelassener. Viele von Ihnen kamen nur zum Wochenende, um ihre Frauen zu besuchen, was zur

Intensivierung des Liebeslebens im Ort beitrug. Sie lagen am Vormittag in ihren Strandburgen unter schwarz-weiß-roten Flaggen, schliefen am Nachmittag, promenierten am Abend im Smoking, tanzten, liebten am frühen Morgen, und hätten gern zu den Gästen gehört, die in der ersten Periode kamen.

Viele von ihnen kamen in der dritten Periode nicht wieder, aber jene, die wiederkamen, nannten sich nun Major, General, Hauptmann oder Hauptsturmführer. Sie kamen nicht mit Chauffeur, sondern als Herrenfahrer, was nun nicht mehr verächtlich war. Ihren ehemaligen Chauffeur trafen sie unter Umständen nachts in dem Café mit dem altgermanischen Namen wieder, nun ebenfalls als Hauptsturmführer. Sie nannten das, was sie tranken, Sekt statt Champagner. Sie tanzten nicht mehr Charleston und lehnten die »Jazzerei« ab. Sie kehrten zum Tango, zum langsamen Walzer, zum Foxtrott zurück und neu war für sie nur der Swing. Unter ihnen waren viele Berufe, die mit Staats- anfingen: Staatsräte, Staatssekretäre, Staatsintendanten, Staatsschauspieler und Staatsschauspielerinnen. Für Liebesspiele bevorzugten sie die Strandkörbe. Ihre Lebenslust zeigte seltsame Abarten. Einige von ihnen schossen nachts mit Revolvern in die Reifen der eigenen Autos oder in die Kronleuchter oder Spiegel der großen Hotels. Sie eilten im August-September 1939 panikartig davon, ein jeder zu seinem Corps, zu seiner Division, oder sonst wohin, und kamen nicht mehr zurück. Statt ihrer reisten Jahre später Urlauber an, die in Hosenträgern auf der Strandpromenade spazieren gingen, ihr eigenes Bettzeug mitbringen mußten, zu irgendwelchen Arbeitsbrigaden gehörten, abends Schulungsabende besuchten oder besuchen mußten und mit ihrem eigenen Glück nicht viel anzufangen wußten. Ihnen war das Meer verdächtig und nur der Wald vertraut, in dem sie Blaubeeren und Pilze sammelten, um sich ein Taschengeld zu verdienen. Sie tanzten wieder Walzer, wie die Gäste der ersten Periode und lehnten die »Jazzerei« ab, wie die Gäste der dritten Periode.

Der Ort wurde in den drei Perioden zuerst als Adelsbad, dann als Bad des Kurfürstendamms, dann als Exklusives Volksbad und schließlich als Bad des FDGB, des Freien Deutschen Gewerkschaftsbundes bezeichnet.
Es hat sich seit jenem ersten Jahrzehnt der Gründung im Aussehen des Ortes nicht viel geändert. Der Anstrich der Häuser ist farbloser geworden, der Bürgersteig brüchig, und der Asphalt der Straßen ist mit Schlaglöchern durchsetzt. Fünf Kilometer entfernt läuft im Osten jetzt die polnische Grenze – stacheldrahtbewehrt, mit Wachtürmen und Wachsoldaten –, eine Freundschaftsgrenze. Die zahlreichen Ruderboote am Strand sind verschwunden und niemand darf mit Luftmatratzen ins Meer hinausschwimmen. Das Kriegerdenkmal ist noch immer das Kriegerdenkmal und die Kurkapelle spielt wieder Militärmärsche, wenn es für die Erhaltung des Friedens notwendig ist. Nur die Häuser haben ihre Namen gewechselt: statt Seeblick, Meereswoge, Meeresstrand tragen sie jetzt Namen wie: »Heim der Intelligenz« oder »Heim der Brigade XYZ« oder »Haus der Völkerfreundschaft«. Die Möwen haben durch den Wechsel der Zeiten nicht gelitten. Sie sind andere und doch die gleichen. Sie sitzen auf den Pfählen der ehemaligen Landungsbrücke, schweben über Knuths Ruh, über fahnenlose Strandkörbe, über einer Küste ohne Ruderboote, über Nackte, über Halb- und Ganzangezogene, über Volkspolizisten und Lebensretter, und nur sie können hinfliegen, wohin sie wollen.

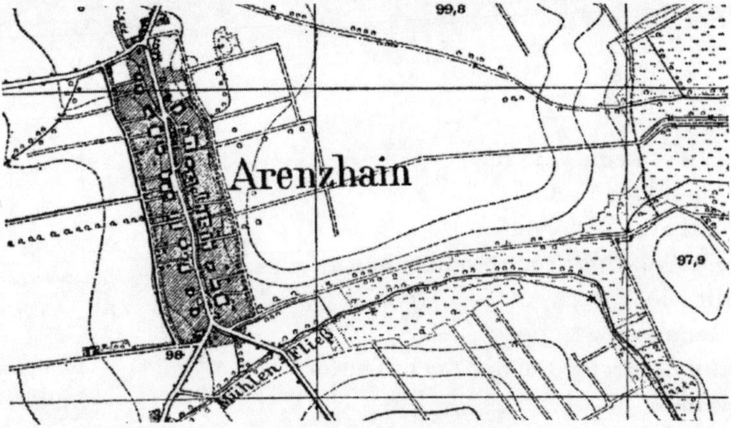

Günter Eich

Arenzhain

Dachshunde,
ein großer Schimmel,
und der Ziegel, der klingend wird.

Rhabarber im Garten Eden,
Wutausbrüche der Pfauen,
Ringöfen.

Der Lehrer aus dem Nachbardorf,
Kranksein,
ein Automobil.

Bei Torgau

Kraniche
gibt es keine bei uns.
Aber doch Frauen
und Wettläufe und
ein Gelächter zum Nachdenken,
alt wie
Renaissancetreppen
mit den Schritten der Zuchthäusler
hinab.

Franz Fühmann

Die Berge hinunter

Zuerst war es ein Gerücht, das die Berge herunterkam und wie das Flackern eines Blitzes jäh in das verräucherte Dunkel der Schankstuben schlug: Das Gebiet, in dem unser Städtchen lag, sollte, so sagte das furchtbare Gerücht, gar nicht an das Reich abgetreten werden, sondern, da die Dörfer ringsum völlig von Tschechen bewohnt waren, bei der Rest-Tschechoslowakei verbleiben. Dies Gerücht riß uns hoch. »Wenn die Franzosen und Engländer zu blöd sind, uns heim ins Reich zu bringen, dann machen wir's eben allein!« schrie mein Vater, als das Gerücht ins Wirtshaus Zum Rübezahl gedrungen war und hieb mit der Faust auf den Tisch, daß die Biergläser klirrten. Wir saßen im Wirtshaus Zum Rübezahl; in diesen Tagen saß jeder in seinem Stammwirtshaus, um die politische Lage zu bereden, und wir saßen im Wirtshaus Zum Rübezahl in der Nähe des Marktes und beredeten die politische Lage. Sie schien trüb: Der Hauptteil des Sudetengebietes war, wie in München festgelegt, bereits angeschlossen worden; nur unser Städtchen und die Nachbardörfer ringsum im Riesengebirge waren noch nicht angeschlossen, und nun kam gar das Gerücht, daß wir überhaupt nicht angeschlossen werden sollten. »Wenn die Franzosen und Engländer zu blöd sind, dann befreien wir uns eben allein«, schrie mein Vater und hieb mit der Faust auf den Tisch, und alle, die im Wirtshaus Zum Rübezahl saßen und Bier tranken, riefen »Bravo!« und »Freiheit!«, »Waffen her!«, und wir tranken Bier und Kümmel und sangen im Chor: »Riesengebirge, deutsches Gebirge.« Da kam plötzlich der Bauer Dohnt, der oben am Gebirgskamm seinen Hof hatte, in die Schankstube gestürmt und schrie, wir sollten schnell herauskommen, die Tschechen zögen ab. Also doch! Wir stürzten hinaus. Von den Bergen herunter kamen die tschechischen Soldaten.

Von den Bergen herunter, aus ihren Grenzbefestigungen, die als uneinnehmbar galten, zogen die tschechischen Soldaten, ein schmales, olivgelbes Band, das den grünen Hang der Koppel hinab ins Tal sich entrollte und nun, eine müde Kolonne, die Straße hinab durchs Städtchen zog. Sie zogen stumm dahin, mit schleppendem Schritt, die Köpfe gesenkt, die Mienen finster und voll Scham; sie waren übermüdet und abgerissen, sie hatten in ihren Stellungen auf Wache gestanden, sie hatten kämpfen gewollt, sie waren aufs Sterben gefaßt gewesen und nun war ihnen befohlen worden, ihre Festungen und Gräben und Bunker und Wälle aufzugeben, ohne einen Schuß abzufeuern, und nun kamen sie die Berge herunter in ihren olivgelben Monturen, gesenkten Kopfs, ein verratenes Heer. Sie marschierten stumm, manche ballten die Fäuste, manche weinten. Ihre Schuhe waren bestaubt.

Wir standen am Straßenrand vorm Wirtshaus und sahen ihnen zu und auch wir schwiegen, ein höhnendes Schweigen, und die Soldaten schwiegen, ein stummer, langer, schweigender Zug. »Haut's ab, Bagage!« schrie ein Gast aus dem Fenster des Wirtshauses. Die Soldaten schritten müde, ohne Tritt. Einer stolperte. Einer preßte die Fäuste an die Schläfen. Die Gewehre schlenkerten auf dem Rücken. Einer hatte einen zerrissenen Gewehrriemen; er trug das Gewehr an einem Strick. Wir sahen auf ihn; alle sahen auf ihn, wir wußten nicht, warum sein Gewehrriemen zerrissen war, wir sahen nur voll Spott, daß er einen Strick als Gewehrriemen trug. Der Soldat, der das Gewehr an einem Strick trug, hielt den Kopf gesenkt; er war ein baumlanger kräftiger Bursche, und er senkte den Kopf und seine Wangen glühten. Hinterm Marktplatz entschwanden sie unserem Blick; dann kamen noch ein paar Nachzügler; zum Schluß kamen zwei Soldaten, die einen dritten, der auf einem Bein humpelte, unter den Schultern gefaßt hielten; sie schleppten sich langsam die Straße hinunter, dann waren auch sie unserm Blick entschwunden. Waren wir nun frei? Wir wußten es nicht. Ein Wind brauste; es roch nach Birnen und Heu. Ich atmete tief und sah hinauf auf die Berge: Die braune Doppelwölbung der Kuppen stieß in den Himmel wie die Brust einer Göttin, die auf den grünen Weiden sich lagerte. Die Sonne stand im Zenit; die Bergkuppen glänzten wie Kupferbrünnen. Der Wind hatte sich gelegt, es war vollkommen still, da hörte man es plötzlich oberhalb der Straße hämmern und krachen, und das Hämmern und Krachen kam die Straße herunter und wurde lauter und lauter, und plötzlich begannen auch wir auf dem Marktplatz wie ein Hornissenschwarm durcheinanderzubrausen, und nun stürmten auch wir Schule und Rathaus und die öffentlichen Gebäude und Kaufläden und Werkstätten und Kontore und Wirtshäuser und Straßenschilder. Wir waren aus unsrer Betäubung erwacht und jählings begriffen wir: Wir waren ja nun frei, die Tschechen waren fort, nun war alles deutsch, nun bestimmten wir selbst. Die Selbstbestimmung war gekommen und nun los auf die doppelsprachigen Tafeln und Firmenschilder und Straßennamen: ŠKOLA krachte von der Schule herunter und RADNICE vom Rathaus und HOSTINEC vom Wirtshaus; wir rannten nach Hause, zu dem orangerot verputzten Haus mit dem großen Glasfenster mit Mörsern und Medikamenten in der Mitte des Erdgeschosses, an dessen linker Seite in messinggelben großen Buchstaben APOTHEKE und an der rechten Seite LÉKÁRNA stand. Ich lief nach der Leiter, der Lehrling nach Hammer und Zange, und dann flogen, losgehämmert, das L und das E und das K und das A mit seinem Akzentstrich, und das R und das N und das A auf die Straße, tschechisches Messing, feindliches Metall. Das gab's nun nicht mehr, jetzt wurde alles anders, jetzt bestimmten wir. Die Buchstaben flogen auf die Straße; überall flogen jetzt die Buchstaben auf die Straße; ich stand auf der Leiter und hämmerte die Buchstaben aus, ich schlug große Löcher in den Putz. Doch das machte jetzt nichts, schnell, nur schnell die Buchstaben herunter, der Putz bröckelte, ein Stück Messing schlug gegens Fenster, gegen das breite hohe teure Milchglasfenster, das kein andres Geschäft im Städtchen so breit und hoch und teuer als Auslage hatte, und die breite hohe teure Milchglasscheibe zersprang, aber das machte jetzt auch nichts, wenn das Haus nur frei von tschechischen Buchstaben war! Die Buchstaben flogen auf die Straße, überall flogen die Buchstaben auf die Straße, das Wirtshaus hieß endlich, endlich, nicht mehr Wirtshaus/Hostinec, sondern nur noch Wirtshaus und das Restaurant nicht mehr Restaurant/Restaurace, es hieß jetzt nur noch deutsch, nur Restaurant: Das war die Freiheit, das bestimmten jetzt wir! Ich klopfte den Buchstaben N los und warf ihn auf die Straße, überall flogen jetzt die Buchstaben auf die Straße und die Holzschilder und die Staatswappen mit dem Löwen und die Farben Weiß-Rot-Blau; es hämmerte und hallte und schallte und knirschte und knallte und splitterte und dröhnte, ein Geschmetter der neuen Zeit, die nun anbrechen sollte, und da plötzlich, in dies Hämmern und Hallen und Krachen und Dröhnen und Schmettern hinein, klang wie Glockengeläute die Kunde: Sie kommen!

Staub wirbelte auf der Straße, Marschlieder schallten, Marschtritte knallten: Steige hoch, du roter roter Adler. Sie kamen, sie kamen, die Wehrmacht war da! Junge, Junge, waren das Soldaten, eine Militärkapelle vornweg, mit einem Tambourmajor und Kesselpauken und Trompeten, die nur so blitzten. Was das für Soldaten waren. Junge, Junge, kein Vergleich mit den Tschechen vorhin! Menschenskind, wie die marschierten und wie die sangen und wie das hallte und knallte, im Gleichschritt, Junge, wie gestochen, das war schon eine Pracht! Die tschechischen Soldaten hatten nicht gesungen, die waren die Straße hinuntergestolpert, die Köpfe gesenkt, ein trauriger Zug. Nicht mal Stiefel hatten sie angehabt, nur Wickelgamaschen, lächerlich, Wickelgamaschen statt Stiefeln, und das Gewehr hatten sie an einem Stück Schnur getragen, alle hatten sie das Gewehr an einem Stück Schnur getragen, ein verrotteter Haufen, aber das hier, das war nun wirklich eine Pracht! Das waren Soldaten, deutsche Soldaten, da sah man doch gleich den Unterschied, die trugen Stiefel, schwarze hohe Stiefel, und sie trugen die Gewehre geschultert, alle gleich hoch, keins nur einen Zentimeter höher; Kerle waren das, Herrgott, Kerle wie Bäume, Kerle wie Bären, und da kam ein Zug Pioniere, kleine drahtige Männer, Teufelsjungen, klein aber oho, die hatten die Sache geschmissen, und bei den Tschechen hatte es baumlange Männer gegeben, die waren davongelaufen, die Berge hinunter, ohne einen Schuß abzugeben: Vor diesen kleinen zackigen Jungs da waren sie davongelaufen, vor diesen

Prachtjungen, diesen Teufelskerls, unsern Befreiern. Die Kesselpauken knallten und die Trompeten schrien, steige hoch, du roter Adler, und wir schrien Heil und wieder Heil, und die Tränen schossen uns in die Augen, und die Soldaten kamen die Straße herunter, und plötzlich liefen wir alle auf unsre Befreier zu, und nun war kein Halten mehr, und die Marschordnung war plötzlich hinweggespült. Wir lagen einander in den Armen und stammelten und weinten und lachten und schrien Heil und Willkommen und umarmten einander, und die Kinder holten Blumen, die letzten Blumen vom Garten, Astern und späte Dahlien. Aus allen Fenstern regneten Blumen, und mit den Blumen flatterten die Fahnen aus den Fenstern, die heimlich genähten Hakenkreuzfahnen, und die Fahnen schwangen im Wind und wehten, und wir standen, ein wirbelnder Schwarm, auf den zertrampelten tschechischen Buchstaben und Wappen und Fahnen und umarmten unsre Befreier, und ich weiß nur noch, daß ich selig war und lachte und schrie. Dann versuchten sich die Kolonnen wieder zu ordnen und weiterzumarschieren, doch wir gaben den Weg nicht frei; wir brachten Wein und Obst und belegte Brote und Kuchen und Milch, und die Soldaten wußten nicht, womit die Brote fassen und womit die Gewehre, und langsam, singend, jauchzend, stammelnd, wälzte sich der Zug die Straße hinunter zum Marktplatz, Befreier und Befreite. Der Zug stockte wieder und wieder in den Fluten des Jubels, und einmal auch blieb er vorm Haus unsres Kürschnermeisters stehen, und plötzlich drang durch das Heilschreien und Jubeln und Jauchzen und Weinen ein Lachen, ein prustendes Lachen erst und dann ein brüllendes Gelächter, und die Soldaten standen da und sahn auf das Firmenschild des Kürschnermeisters und lachten und stießen einander in die Rippen und hielten sich den Bauch vor Lachen. Wir starrten auf das Schild das ihr so maßloses Gelächter erregt hatte und lachten mit ihnen, ohne daß wir wußten,

warum wir eigentlich lachten, bis einer der vor Lachen schon japsenden Soldaten die Worte herauskeuchte: »Du meine Fresse, ick lach mir dod – heeßt der Kerl doch wirklich Kurbel-Arsch!«
Natürlich, nun sahen wir es auch, und nun hielten wir uns auch die Seiten vor Lachen: Der Kerl, der Kürschner, hieß wirklich Kurbel-Arsch. Wir hatten sein Firmenschild vieltausendmal gesehen, ohne daß es uns zum Lachen gereizt hätte: Die tschechische Endung -ar, gesprochen arsch, entspricht dem deutschen Suffix -er: Ein Bäcker heißt pekar, ein Zöllner centar, ein Krämer kramar, und so hieß der Kürschner eben Kurbelar und da er das deutsch schrieb, schrieb er Kurbelarsch. Ein gewöhnlicher Name, und wir hatten ihn wohl an die tausendmal gehört und gelesen und ihn nie lächerlich gefunden, aber diese Soldaten hatten es entdeckt: Kurbel-Arsch, Mensch, wo hatten wir unsere Augen gehabt: Kurbel-Arsch, und wir hielten uns die Seiten vor Lachen, und Karli machte eine obszöne Geste. Anton Kurbelarsch, der Kürschnermeister, versicherte, Tränen der Scham und der Wut in den Augen, er könne wirklich nichts für seinen Namen, er sei kein Tscheche, er sei ein Deutscher, ein guter Deutscher und seit Menschengedenken habe es keinen Tschechen in der Familie gegeben und gleich morgen, nein, heute noch, wenn es ginge, würde er seinen Namen abändern lassen in Kurbelar oder besser gleich noch in Kurbler, ja, Kurbler, oder Kürbler oder Körbler, das wäre ein deutscher Name. Die Soldaten klopften dem Kürschner vergnügt auf die Schulter und sagten, das solle er tun, denn jetzt wäre er ja befreit. Flugzeuge brausten übers Gebirge; der Kürschnermeister Kurbelarsch wischte sich mit dem Taschentuch die Augen aus und sagte, er könne es noch gar nicht fassen, daß er jetzt wirklich befreit sei und daß die Tschechen nicht mehr zurückkommen würden, und auch ich konnte es noch gar nicht richtig fassen. Die Soldaten lachten

und sagten, wir könnten jetzt Gift drauf nehmen, wir wären jetzt für immer frei und die Tschechen kämen nie mehr zurück! Dann ordnete sich die Marschkolonne wieder, und der Schellenbaum klirrte, und die Kesselpauke dröhnte, und die Trompeten schrien, und die Soldaten marschierten auf den Marktplatz, im gleichen Schritt und Tritt; die Stiefel knallten, und die Gewehre zeigten alle in eine Richtung und die Soldaten marschierten auf den Marktplatz und von da aus ins Quartier. Wir bekamen einen Oberfeldwebel zugeteilt; ich machte ihm mein Zimmer frei und baute mir ein Nachtlager auf dem Boden, und Vater holte die lang gehütete Flasche alten Steinweins aus dem Keller. Zwanzig Jahre lang hatte sie dort gelegen. Staub und Spinngeweb hatten sie eingemummt, doch heute war endlich ihre Zeit gekommen: Nach zwanzig Jahren, die Freiheit war da!

Die Freiheit war da, und sie kam die Berge herunter mit wehenden Haaren: Sie trug rote Stiefel und die Schenkel nackt, und der Mund im wüsten Gesicht roch nach Kümmel und Korn. Sie kam in die Schenken und Gasthäuser und lagerte sich dort: ihre Herrschaft währte eine Woche, und in dieser Woche war das ganze Städtchen ein einziges Wirtshaus und ein einziges Bordell. Wir feierten unsre Freiheit mit einem ungeheuren Gelage; es gab keine Schule; wer nicht in die Fabrik oder ins Büro gehen mußte, der saß im Wirtshaus; und auch die Soldaten schienen kaum Dienst zu tun. Die Schenken standen Tag und Nacht offen; die Polizeistunde war aufgehoben; mein Vater drückte mir einen Hundert-Kronen-Schein in die Hand und sagte, diese historischen Tage müsse man feiern, es seien Tage, wie sie kommende Generationen vielleicht erst wieder in tausend Jahren erleben würden. So feierten wir denn und feiern hieß: Hinein in die Wirtshäuser und den Fässern den Spund eingehaun! Wir zogen ins Wirtshaus Zum Rübezahl und in den Goldenen Stern und in den Blauen Ochsen und ins Hotel Hähnel und ins Bergschlößchen und in die Hüttenbachbaude und ins Café Neumann und überall saßen die Soldaten: Infanterie, Artillerie, Panzerfahrer, Funker und Pioniere. Überall saßen die Soldaten und tranken, und, hol's der Teufel, die konnten auch trinken, eine Flasche und noch eine Flasche, und noch einen Korn und noch eine Buddel und noch einen Liter und noch einen Liter und natürlich hielten wir sie frei; wir hielten uns untergefaßt und schunkelten durch die Wirtshäuser und durch die Straßen. In alle Wirtshäuser kehrten wir ein, und die Kaufleute, die keinen Ausschank hatten, räumten einfach ihr gutes Zimmer und stellten Bierkästen hinein und Schnapsflaschen und Stühle und Tische, und auch da zogen wir ein, und jeder von uns hatte Geld in seinem Beutel, und wenn es die letzte Rücklage war. Überall zogen wir ein, überall wurde gesoffen, überall wurde gesungen, und wir hakten unsre Befreier unter und schunkelten und soffen und sangen das neueste Lied, das die Befreier mitgebracht hatten: »Auf der Heide steht ein kleines Blümelein«, sangen wir und dann bumm, bumm, bumm, dreimal mit der Faust auf den Tisch gehaun, daß die Gläser klirrten, und wenn sie zerbrachen, war es auch nicht schlimm, der Wirt schaffte schnell neue herbei, und er schalt nicht, wie sonst, wenn man etwas zerbrach, denn jetzt war ja seine große Zeit. Es war die große Zeit aller Schankwirte und Kaufleute, die Geldscheine strömten aus allen Taschen in ihre Kassen, sie hätten ein Dutzend Hände haben können, um zu nehmen, und sie schleppten die Kisten mit den Schnäpsen, Vorräte für Jahre, aus den Kellern herauf, ganze Kisten hinters Schankpult, wo sonst nur zwei, drei halbvolle Flaschen gestanden hatten. Jeder gab das letzte Geld aus, denn jetzt würden ja herrliche Zeiten kommen: Keine Schulden, keine Sorgen, keine Juden, keine Notzeit mehr, und so warfen wir das Geld auf den Tisch: Noch eine Runde für die ganze Stube! Der Wirt fuhr die Stubenrunde auf, und der Schweiß perlte ihm von den speckigen Wangen, und wir schütteten die Runde herunter und trommelten auf den Tisch und sangen Erika, und dann Annemarie, ihr Sohn hieß Waldemar, weil es im Walde war, und schwarzbraun muß mein Madel sein, geradeso wie ich, und dann kamen die Mädchen. Die Mädchen kamen, jede wollte nun einen Soldaten, ihren Soldaten, und sie kriegten auch alle einen Soldaten, auch ihrer zwei oder drei oder vier, und auch die Spröden waren gekommen und auch sie, sieh da, sie ließen sich von den Soldaten unter die Röcke greifen, und die Soldaten griffen unter die Röcke und hoben die Röcke hoch und klatschten auf die nackten Schenkel und knöpften die Blusen auf und griffen da hinein, und die Mädchen kreischten und die Frauen stöhnten und die Musik spielte, überall spielte Musik, und wenn's eine Mundharmonika war. Die Mädchen drängten sich an ihre Soldaten, überall wurde getanzt, in allen Schenken und Kneipen und den geräumten guten Stuben, und dann verschwanden die Paare, hinaus in die Nacht, hinaus in den Tag. Da war nicht Nacht noch Tag und überall Pärchen, überall Küsse, überall Keuchen, und die Musik spielte; Tag und Nacht spielte die Musik, und Tag und Nacht standen die Kneipen offen, und das mußte doch ewig so weitergehn, ewig so weiter, ewig so weiter. Es wußte keiner mehr, ob es Nacht oder Tag war oder nüchtern oder betrunken, alles lallte, lallte durcheinander und noch eine Nacht und noch ein Tag, und dann war plötzlich wieder Schule, es war wieder Dienst, es war wieder Alltag und ein sonderbares Gespenst ging unsichtbar um.

In den Tagen der rotgestiefelten Freiheit war nämlich etwas Schwarzes über die Berge gekommen: Männer in schwarzer Uniform und auch in Zivil, stille Beamte, leise Leute, die schon ernst und fleißig gearbeitet hatten, als die Wirtshäuser noch hallten von Jauchzen und Gesang. Sie hatten sich in einem Haus neben der Polizei eingerichtet, dort arbeiteten sie, und dieser und jener wurde in das Haus, in dem sie arbeiteten, hereingerufen; wir sahen ihn in das Haus hineingehn, aber nicht wieder herauskommen, und da sahen wir lieber nicht genauer hin. Dann wurde gemunkelt, daß der oder jener abgeholt worden wäre und daß dieser und jener noch habe fliehen können und daß dieser und jener jetzt im KZ säße, aber das regte uns wenig auf, denn dieser und jener waren Leute, die es verdient hatten, abgeholt zu werden und im KZ zu sitzen: Kommunisten, Sozis, Deutsche wie Tschechen, meist Arbeiter, kurzum: die Kommune. Da war es schon richtig, daß man sie griff!

Aber auch unsre Gespräche waren leiser geworden, und man flüsterte mehr als vordem; der Tschechischunterricht war zwar verschwunden, aber an seine Stelle war die Rassenlehre und die Geschichte der preußischen Könige getreten, deren Kriege und Siege wir nun nachpauken mußten; die Reichenberger Bank, bei der Vater verschuldet war, wurde arisiert, die Schulden aber blieben und wuchsen noch an, denn neue, unerwartete Ausgaben kamen dazu: Die Steuern waren höher, das Winterhilfswerk forderte gebieterisch seinen Tribut, die Sammelbüchsen der SA klapperten, und ich war auch in der SA und hatte eine Sammelbüchse und klapperte. Die Leute stöhnten, wenn wir das fünfte Mal ins selbe Café kamen und mit der Sammelbüchse klapperten, aber unser Truppführer hatte uns den Befehl gegeben, nur mit der vollen Sammelbüchse zurückzukommen, und so gingen wir eben das fünfte Mal und das sechste und siebente Mal ins Café Neumann und klapperten mit den Sammelbüchsen. Die Leute im Café, Tarockspieler, Mariagespieler, Billardspieler, Zeitungsleser, sie stöhnten, wenn wir das fünfte und sechste und siebte Mal zu ihnen kamen und mit den Büchsen klapperten; sie stöhnten, aber sie griffen doch immer wieder in die Tasche und zogen ihre Geldbörse heraus und warfen die Münze in unsere Sammelbüchsen, die immer noch nicht voll waren, denn die Sammelbüchsen der SA waren bauchig und tief. Die Leute stöhnten, und hie und da hörte man schon im Flüsterton die alte geliebte Losung in neuer Sprechart: »Wir wollen wieder heim, uns reicht's!«, hieß es jetzt, und da und dort begann man, im Flüsterton natürlich, zu munkeln, so habe man es sich nicht vorgestellt. Was man sich vor allem nicht vorgestellt hatte, war dies: Zu Tausenden strömten Reisende aus dem Altreich über die Grenze, die nun keine Grenze mehr war, und plötzlich fanden wir alle Gaststätten und Cafés und Geschäfte von Touristen besetzt, die aßen und tranken und einkauften und sich nicht zu fassen wußten, wie billig alles bei uns sei. Ich verstand das nicht: Vater hatte doch immer über die teuren Zeiten geklagt; und unser Prokurist, ein würdiger alter Herr mit tintenbekleckten Fingern, versuchte es mir zu erklären: Die Tschechenkrone habe, so sagte er, eine sehr hohe Kaufkraft, die in keinem Verhältnis zum offiziellen Kurs von 1: 8,6 stehen würde, gehabt; die Löhne und Preise wären hier immer viel niedriger gewesen als im Altreich, erklärte er und sprach von einer Preisdifferenz, die früher durch die deutschen Einfuhrzölle ausgeglichen worden sei. Als er dann abschließend feststellte, daß eben darum die Altreichsdeutschen mit ihrer Mark viel mehr bei uns kaufen könnten als wir mit unseren Kronen und daß sie uns bald arm gekauft haben würden, wenn das so weiterginge, verstand ich das alles noch nicht. Doch es mußte wohl schon so sein: Täglich kam ein tausendköpfiger Strom die Berge in unser Städtchen hinunter; und sie gingen in die Geschäfte und kauften ein Damenkleid für drei Mark fünfzig und ein paar Herrenschuhe für zwei Mark achtzig, und sie saßen in den Cafés und aßen und tranken, das Glas Bier für zehn Pfennig, die Portion Kaffee mit Kuchen und Sahne für zwanzig Pfennig, und sie aßen und tranken, wie wir Menschen noch nicht hatten essen und trinken sehn. Sie waren aus Berlin und Hamburg und Leipzig und sogar vom Rheinland heraufgekommen; die Reise mußte sich auszahlen, und so saßen sie in den Cafés und schlangen eine Portion Kaffee mit Kuchen und Sahne für zwanzig Pfennig und noch eine und noch eine und noch eine und standen auf und wankten zu den Toiletten und steckten sich, Römer von Leine und Pleiße, den Finger in den Rachen und erbrachen sich, und dann kamen sie wieder zurück und aßen und tranken weiter, die Portion zwanzig Pfennig. Wenn sie beim besten Willen nichts mehr hineinwürgen konnten, standen sie auf und schaukelten, beladne Schaluppen, durch die Straßen und klopften uns auf die Schulter, fragten, ob wir ihnen auch dankbar seien, daß sie uns befreit hatten. Wir sagten ja, und sie klopften uns auf die Schulter und sagten, wir müßten ihnen sehr dankbar sein, sie hätten kein Opfer gescheut, um uns zu befreien, da sei es nur recht und billig, wenn sie sich jetzt hier ein bißchen erholten und Kaffee mit Kuchen und Schlagsahne äßen, das gäbe es nämlich im Reich schon lange nicht mehr! Dann gingen sie wieder in die Läden hinein, und die Taschen füllten sich mit Schuhen und Seidenstrümpfen und Wäsche und Seife und Zigaretten und Keks und Sardinen und Wurst und Prager Schinken und Uhren und Schmuck, und dann schleppten sie die Taschen über die Grenze, die es nun nicht mehr gab, und einmal hörte ich nach einem solchen Einkauf einen Mann mit Gamsbart am Hut zu seiner Frau sagen: »Was brauchen wir da noch Kolonien!« Manche blieben auch im Land und richteten sich ein: Es waren ja so viele Posten frei geworden, auf denen früher Juden und Rote gesessen hatten, und so kamen denn unsre Befreier und wurden Bürgermeister und Richter und Landrat und Amtswalter und Direktor der arisierten Bank, und unser Prokurist sagte leise, früher habe man ja auch schmieren müssen, wenn man habe gut fahren wollen, aber was man jetzt schmieren müsse, das sei des Guten doch wirklich zuviel. Dabei schüttelte er den Kopf, daß die schütteren weißen Haare an seiner Schläfe flogen, und dann sagte er mit gedämpfter Stimme, der Führer wisse nicht, was da alles geschähe, aber er würde bald alles erfahren, dann werde er aufräumen und Ordnung schaffen und den Gau ausfegen mit eiserner Hand. Seine Finger zitterten auf der grünen Schreibunterlage, und ich dachte empört, daß man den Führer doch jetzt nicht mit solchen Bagatellen behelligen dürfe: Er stand doch am Schalthebel der Weltgeschichte, und die Zeiten waren ernst; das morsche Gebälk Europas krachte, die tschechische Frage mußte endgültig gelöst werden, so oder so. Jeder fragte besorgt, ob es Krieg geben würde, da konnte man dem Führer doch nicht mit geschäftlichem Kleinkram kommen! Ich sagte das auch dem Prokuristen, und der wiegte den Kopf und sagte dann leise, das stimme schon, jetzt müsse der Führer das Reich vor dem Krieg bewahren, und wir waren uns beide einig, daß es nur einen Mann auf der Welt gäbe, der das vermöge, und das sei der Führer, nur er allein.

BERLIN

Allgemeines.

Lage. *Berlin,* die Hauptstadt des Deutschen Reiches und des Freistaats Preußen, liegt auf 52° 31′ nördl. Breite und 13° 25′ östl. Länge (Greenwich) an beiden Ufern der Spree, die die Stadt von SO. nach NW. durchfließt. Das Berliner Rathaus liegt 36 m über Normal-Null. Das Gelände ist fast eben; eine kleinere Erhebung befindet sich im Süden der Stadt, der Kreuzberg, 31 m über dem Spreespiegel, 66 m über Normal-Null.

Der Teil der Stadt, der im N. vom Tiergarten, im O. von der Potsdamer Bahn begrenzt wird, im W. etwa bis zur Linie Lützowplatz—Nollendorfplatz reicht und im Süden ungefähr mit dem Kleistpark seinen Abschluß findet, wird der ALTE WESTEN genannt. Seine Bebauung begann in den vierziger Jahren des vorigen Jahrhunderts, als das wohlhabende Bürgertum nach Eröffnung der Potsdamer und Anhalter Eisenbahnlinien anfing, im äußersten Westen der Stadt Wohn- und Landhäuser zu errichten. Die Umgebung der Potsdamer Brücke hat sich lange Zeit die Bezeichnung „Geheimratsviertel“ bewahrt, und die zum Tiergarten führenden Straßen gehören noch heute zu den vornehmsten Wohngegenden.

Marie Luise Kaschnitz

Rennen und Trödeln

Das Fenster des Kinderzimmers geht auf den Hof, der nicht gerade ein Lichtschacht ist, aber doch eng und dunkel, und reizvoll nur, wenn von seinem Grunde die Stimmen der Hofsänger herauftönen, die Scheiben ringsum klirren und kleine in Zeitungspapier gewickelte Münzen hinunterfliegen, die Tauben des armen Mannes, der das holprige Pflaster nach ihnen abweidet, und, dort, dort, rufen die Kinder und hängen gefährlich weit zum Fenster hinaus. Aber das geschieht vor der Schule fast nie. Früh am Morgen, vor der Schule, stellen die Kinder einen Schnürstiefelfuß auf die Stufe des Erkers, schnüren und reißen die brüchigen Senkel ab, knoten und schnüren wieder, starren in das daneben aufgeschlagene Schulbuch, trinken angewidert ihren Eichelkaffee, der in einer geblümten Tasse ebenfalls auf der Stufe steht. Hinten werden ihnen dabei von Kindermädchen die langen Zöpfe geflochten, die Graubrotscheibe mit der Rübenmarmelade bleibt unberührt. Auf dem schmalen Korridor rennen sie mit der Stirn gegen das wieder einmal nicht zur Seite gebundene Turngerät, der Schädel brummt wie ein Maikäfer, Maikäfer flieg, mein Vater ist im Krieg, die Mutter schläft noch in ihrem breiten Bett, wird sich später frisieren lassen, Einkäufe machen, zur Gesangsstunde gehen. Das Treppenhaus ist vornehm mit goldenen Lanzenspitzen am Liftgehäuse, mit Wasserlilien im Mosaikfenster, mit statt des Geländers einer dicken blauen Kordel, deren Bommeln man abreißen kann, auch schon abgerissen hat, weswegen der Portier ein Feind ist, an dem man sich mäuschenklein vorbeischleichen muß. Die VonderHeydtstraße, in der die Kinder zuhause sind, ist langweilig, mit schmalen Vorgärten und überhaupt keinen Geschäften, daß gegenüber der Admiral von Tirpitz wohnt, interessiert nicht, eher schon die Gedenktafel für eine junge russische Mathematikerin, Sonja Kowalewska, deren Beruf befremdet, deren Name jedoch entzückt. Ob auf der Herkulesbrücke wirklich ein bronzener Herkules gestanden hat, werden sich die Kinder, viele Jahrzehnte später, wenn die ganze Gegend Oedland ist, nicht mehr erinnern, aber auch da genügte gewiß schon der Name, ein Stück griechischer Sage in dem grauen Berliner Morgen, durch den die Kokswagen rumpeln und die Glocke des Bolle-Milchmanns gellt. Auf der Brücke muß man stehen bleiben und nach einer Leiche Ausschau halten, es schwamm eine Leiche im

Landwehrkanal, Landwehrkanal, das Lied wird zuhause im Chor gesungen und die Mutter hält sich die Ohren zu. Der Schulweg besteht aus Rennen und Trödeln, der hübsche, mit Bäumen und Büschen bestandene Lützowplatz wird im Laufschritt überquert, in der Schillstraße, der Nettelbeckstraße wird dann wieder getrödelt und in die Schaufenster gesehen. Unbedingt stehen bleiben muß man vor der Auslage mit den Schneiderpuppen, hohe Brust und flacher Leib, statt der Beine ein schwarzer Dreifuß, eine glänzende Holzkugel statt des Kopfes, eine wie die andere, aber für die Kinder keineswegs alle gleich aussehend, so daß sie ihnen Namen gegeben haben, Fräulein Rosa von Tannenburg, Fräulein Pimpelmaier, Fräulein Maurokordatis, und wenn das Fräulein von Tannenburg vorne steht, müssen sich die Kinder rasch und unauffällig anspucken, weil sie schon wissen, daß dieses Fräulein Unglück bringt. Stehen geblieben wird auch vor den Sarggeschäften, die es hier in großer Anzahl gibt, mit brennenden Kerzen auf hohen Kandelabern, mit Wachsliliensträußen und silberbeschlagenen Prachtsärgen, leeren natürlich, die aber für die Kinder bewohnt sind von geheimnisvollen Toten, die eines Tages, gerade, wenn sie vorbeikommen, den Deckel zurückschlagen und sich erheben werden. Bei den ebenso zahlreich vertretenen Antiquaren gibt es außer den von zuhause bekannten und darum unbeachteten »antiken« Möbeln Dinge von größter Anziehungskraft, einen Ring mit einem gemalten Auge, ein Schiff in einer Flasche, ein flaches, von Schlangenhaaren umgebenes Gesicht aus grobem Kalkstein, das die Augen fürchterlich aufreißt und eine graue Zunge heraushängen läßt. Der in frischen Farben gemalte Jüngling, der, an einen Baum gebunden und von vielen Pfeilen durchbohrt, furchtbar blutet, befindet sich im letzten Geschäft links, wenn die Kinder, bis zehn zählend, seinen Anblick ertragen haben, biegen sie schon in die Kleiststraße und rennen wieder, aber mit aufmerksam nach links gewendeten Köpfen, um den Augenblick nicht zu verpassen, in dem die rote U-Bahn aus der Tiefe auftaucht oder sich vom hohen Damm in die Tiefe hinabstürzt, der Station Wittenbergplatz zu. Hier ist aus einem Kellerlokal einmal ein Betrunkener auf die Kinder zugetorkelt und hat sie gestreichelt und dann plötzlich geschlagen, ein wenig weiter, auf dem Platz schon, ist gerade neben ihnen eine Frau zusammengebrochen, eigentlich in sich zusammengesunken, kreideweiß, knochenlos und die rasch herbeigeeilten Erwachsenen haben die Köpfe geschüttelt, haben Hunger, nichts als Hunger, gemurmelt und nach der Polizei geschrieen. In dem kleinen Bahnhofsgebäude die Treppe hinunterzulaufen, um den eisigen Schluchtenwind der vorüberjagenden Züge zu spüren oder sich auf der Tauentzienstraße auf eines der Lichtschachtgitter zu stellen, aus denen es seltsamerweise nicht kalt, sondern backofenwarm heraufdringt, wäre verlockend, aber dazu kommt es am Morgen nie. Am Morgen wird, nach einem Blick auf die Kadeweuhr jener raffiniert schnelle Gehschritt eingeschlagen, der das in der Nähe des Schulhauses verbotene Rennen ersetzt. Spreizbeinig, bodennah hasten die Kinder die Passauerstraße hinunter vorbei an den großen Warenhausscheiben, hinter denen ganze Rudel von rotbäckigen, immer schulfreien Altersgenossen in hübschen Mäntelchen ihre rosigen Finger nach künstlichen Weidenkätzchen strecken. In den Schulranzen, noch trägt man sie, klappern die Federkästen, der Atem pfeift, die Hälse sind rauh. In der Türe steht die Direktorin und mustert finster die Nachzügler, sie ist überaus gescheit und leidet an einem schlimmen Nervenzucken, das bei ihrem Anblick auch die Kinder überfällt. Die ganze Treppe hinauf müssen sie zucken und sogar die Augen verdrehen. Erst wenn sie, getrennt nun, in ihre Klassenzimmer treten, werden sie ruhig und setzen sich, furchtbar gähnend, jedes auf seinen Platz.

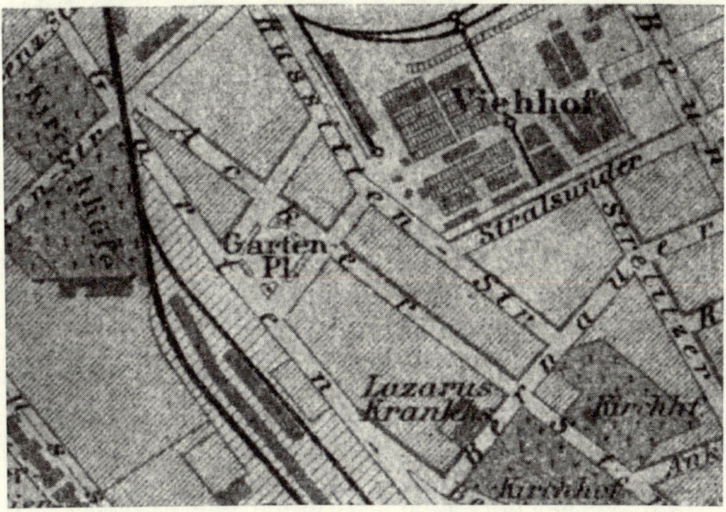

Christa Reinig

Feuergefährlich

Ich begann meine geistige Laufbahn damit, daß ich einen großen Kopf mit zwei Beinen zeichnete und das hieß: Mensch. Logik und Dialektik reichen nicht aus, dies mein angeborenes Vermögen zu erklären. Denn um einen Menschen so zu sehen, daß er nur aus Kopf und Beinen besteht, muß man von oben auf ihn herabschauen, vom Himmel oder vom Dach.
Meine leibliche Laufbahn begann aber im Keller. Das Fenster stand über mir als bleiche Sonne. Wenn meine Mutter das Wasser, das sie vom Hof geholt hatte, wieder weggoß, stieg

sie auf eine kleine Leiter, hob den Eimer über ihren Kopf und kippte ihn in eine Rinne dicht unter der Kellerdecke. Es wäre verständlich gewesen, wenn ich zwei Kringel gemacht hätte und gesagt: das sind die Sohlen meiner Mutter, wenn sie das Wasser ausschüttet. Aber ich tat es nicht. Dann verdienten wir Geld und zogen in die Ackerstraße, in eine Kochstube mit zwei Fenstern hoch hinaus, unterm Dach. Tief unten lag der erste der Höfe, der Vorderhof, und nun bestanden die Leute nur noch aus Kopf und Beinen. Nun aber zeichnete ich sie so: zwei Elefantenfüße, zwei riesenlange Beine, einen kurzen Leib und einen winzigen Kopf mit zwei Nasenlöchern. Ich zeichnete die Menschen aus der Stiefelperspektive und mochte nicht hinunter in den Hof gehen.

Im Hof spielten die Kinder. Es waren zuviel Kinder auf einmal. In der Johannisstraße hatte es nur Edgar gegeben. Ich hatte ihn sehr geliebt. Manchmal kreischte ein Dienstmädchen: Edgar! und er verschwand. Er war einfach weg. Ich wußte nicht genau, wo er wohnte. Einmal kam er aus seiner üblichen Unsichtbarkeit zum Vorschein und wir jagten uns durch die Johannisstraße. Er kurvte um eine Ecke und war nicht mehr zu sehen. Ich war's gewohnt. Doch im selben Augenblick erschien er wieder, starr und steif. Hinter ihm her ging seine kleine Schwester starr und steif, den Beschluß machten zwei blicklos starre Eltern. Edgar sah mich nicht an. Doch als er an mir vorüberging, hob er den Finger gegen mich und schrie: Hi Hi Hi! Dann kam seine kleine Schwester, hob den winzigen Finger und schrie: Hi Hi Hi! Dann kamen die Eltern. Sie machten nicht Hi!, sie waren zu hoch über der Sache.

Da stand ich. Na gut, dann war ich eben Hi. Aber der Edgar, der Judenjunge, der sollte mir nochmal kommen. Nun stand ich in der Ackerstraße. Mein Edgar war weit und Heinz, der Häuptling, trat aus der Masse der Kinder auf mich zu, hob den Finger gegen mich und fragte: Du, wie heißt du? Da liefen mir die Tränen los. Der Haufe johlte vor Wonne. Dorchen, die Häuptlingsschwester, trieb mich mit wilden Schreien über den Hof: Wieheißtu! Wieheißtu! Ich weinte. In späteren Jahren saßen wir dann auf Feuergefährlich und sonnten uns. Dorchen zog mich wieder einmal mit Wieheißtu auf und Heinz kneistete durch eine selbstgebaute Papiersonnenbrille: Auf Ehre, Christa, du warst ein doofes Kind.

Feuergefährlich war das Kinderpentagon der Ackerstraße 156. Es befand sich auf dem zweiten Hof und bestand aus zwei eingemauerten Eisenklappen mit zwei Ringen und der eisernen Inschrift: »Feuergefährlich!«. Wenn Heinz und Horst die Ringe faßten und die Klappen hochzogen, sahen wir: Darunter war nichts. Einmal fragte ich: Warum feuergefährlich? Einer sagte: In der Garage, wo der Wons sein Fahrrad unterstellt, standen mal Autos und hier floß das Benzin aus. Es war eine Tankstelle. Sie haben sie zugemauert. Aber warum gab es hier keine Autos mehr, eine Tankstelle auf unserm Hof, das wäre doch famos. – Die Köppen wird es wohl verboten haben. Die verbietet doch alles. Die ist schuld. Einigen wir uns. Wir einigten uns darauf, Alli Köppen, dem Sohn der Hausbesitzerin, aufzulauern. Außerdem war er katholisch und wohnte im Vorderhaus. Drei Gründe in einem, Alli zu verdreschen. Aber Alli entkam uns und erreichte die Treppe zum Vorderhaus. Dahinauf verfolgten wir ihn nicht weiter.
Auf Feuergefählich hockten wir, wenn wir den letzten Pingpongball mit Tennisschlägern aus Schuhkarton zertrümmert hatten, wenn wir unsere Murmeln zählten und uns um die Bucker schlugen. Feuergefährlich war heiß von der Sonne oder naß vom Regen und verbrannte uns den Po oder kühlte ihn. Auf Feuergefährlich puckten wir die Räuber und Schutzmänner aus. Zum Pucken brauchte man ein Orakel. Einer nahm es in den Schwitzkasten, ein zweiter packte es am Kopf

und hielt ihm die Augen zu. Ein dritter puckte mit zwei Fingern auf seinen Rücken und zeigte zugleich: Puck puck puck wer soll *das* sein! Das Orakel keuchte mit vermummter Stimme: Räuber! oder Schutzmann! Zum Schluß erschien das Orakel wieder in kindlicher Gestalt, außer Atem, stolz und mit rotem Kopf und dann liefen die Schutzmänner hinter den Räubern her.

Auf Feuergefährlich las ich meinen ersten Billy Jenkins und erfand die Texas-Geheimschrift, die konnte niemand lesen außer mir. Auf Feuergefährlich probte der Gesangverein fürs Kinderfest den »Negeraufstand von Kuba«:

In den Tei-chen liegen Lei-chen
und die Bäu-che aufgeschlitzt
In den Lei-bern stecken Mes-ser
das das Bluuuuut gen Himmel spritzt
umba umbawasser umba umbawasser.

Auf Feuergefährlich spielten wir Schule. Es war ein Mädchenspiel. Jungen spielten nicht noch Schule, wenn sie draußen waren. Dorchen »trat ein«, spitzte den Mund zum Hochdeutsch hin und sagte: Heil Hitlehr, liebe Kindehr! Dann schrie die Klasse: Heil Atze, Heil Käse, Heil Tomate! Ich brüllte: Heil Moskau! Dorchen hörte auf zu lachen: Über Heil Moskau spottet man nicht, Christa, merke dir das, und außerdem brüllt man es nicht so laut, daß es die Nachbarn hören. Ich maulte: Ich bin Nazi und kann Heil Moskau brüllen, so laut ich will. Zur Strafe stellte sie mich in die Ecke.

Auf Feuergefährlich tagte das Gericht der Alten Kinder über den kleinen Georg aus dem 2. Quergebäude. Er war von der Pottjehschen erwischt worden, wie er auf dem Hausklo mit der Edith aus dem Vorderhaus Spiele trieb. Die Pottjehsche lieferte ihn an uns aus. Wir Alten waren puritanische Richter: Schämst du dich nicht, ohne Hosen und mit einer aus dem Vorderhaus! Georg schämte sich. Es war ein schwieriger Fall. Georg war einer von uns, obwohl er nur im 2. Quergebäude wohnte, wo die Mieter dauernd ein- und auszogen und die Kinder kamen und gingen, ohne daß wir sie groß kennenlernten. Aber Georg kannten wir schon fast ein halbes Jahr. Schließlich wälzten wir die Verantwortung von uns ab und spektakelten die Erwachsenen heran. Die Erwachsenen spektakelten die Polizei heran. Die Polizei kam und forschte nach Georgs Eltern. Niemand wußte etwas von ihnen. Georgs große Schwester war eine von den Richtern. Sie trug einen Schlüssel um den Hals und ließ den Polizisten ein.

Ich wußte, wie es da aussah. Ich hatte oft geholfen, alle tragbaren Möbel und Geräte auf den Kopf zu stellen und Sachen gegen die Decke zu werfen, bis sie kaputt gingen. Mir hing auch ein Schlüssel am Halse. Aber ich gebrauchte ihn kaum. In meiner Wohnung durfte ja doch nichts auf den Kopf gestellt werden oder gar kaputt gehen. Ich schloß meine Wohnung nur auf, um Pfennige aus Mutters Sparbüchse zu schütteln und um Punkt Fünf das Essen aufzusetzen. Georg und seine Schwester wurden fortgebracht in ein Heim. Plötzlich gab es sie nicht mehr. Das Wort Heim roch nach Erbsensuppe und Schulflur.

Diesen Schulflur war ich mit meiner Mutter entlanggegangen. Ich war noch ganz klein. Beide hielten wir Näpfe und Löffel fest. Dann kam ein herrlich duftendes Ding, die Gulaschkanone und dann die große Kelle und der Schlag Erbsensuppe. Erbsensuppe war was Gutes. Aber etwas hatte an dem Geruch nicht gestimmt. Das war »in der Arbeitslosigkeit« und lange vorbei und nun war es wieder da. Ich dachte, sie waren doch alle beide großartige Kinder gewesen. Dann vergaß ich sie.

Ich wurde zu Bauern aufs Land geschickt, damit ich mich dick essen sollte, wie meine Mutter meinte, damit ich helfen sollte, die Ernte einzubringen, wie mein Bauer meinte. Ich tat beides. Es waren die ersten Berliner, die in das kleine mecklenburgische Dorf kamen. Sie wurden eine große Enttäuschung. Hast du den Führer gesehn? Hast du die neue Reichskanzlei gesehn? fragten die Bauern. Die Kinder schüttelten die Köpfe. Dann erst wurden wir gefragt, wie wir heißen und wo wir wohnen. Wir standen zwischen unseren Koffern im Dorfkrug. Die Bauern saßen um uns herum. Plötzlich ging eine Rundlache um die Theke und von Tisch zu Tisch riefen sie: Dat Mäken ut de Ackers-trat! Ja, das war ich plötzlich. Es war mir nie bewußt gewesen. Nun war ich stolz. Unsere Leute hatten oft gesagt: Wenn wir den erwischen, der den Film »Das Mädchen aus der Ackerstraße« gedreht hat, den drehn wir auch, den Hals drehn wir ihm um. Er hat uns verschandelt. Wir sind keine Hurenritze. Wir sind eine Arbeiterstraße.

Mich ging das nie etwas an. Ich sagte gewöhnlich: Wir sind nicht von hier. Meine Familie stammt aus der Pfalz und aus Baden. Ich bin bloß hier geboren. Plötzlich mitten in Mecklenburg wurde das anders und ich war eine aus der Ackerstraße. Nun gut, dachte ich, was ihr haben wollt, das sollt ihr haben.

Romanisches Café, Kurfürstendamm 238, am Auguste-Viktoria-Platz; Künstlercafé

Wolfgang Koeppen

Ein Kaffeehaus

Der Kaiser oder des Kaisers Baumeister oder des Kaisers Knecht hatte zum Gedenken des alten Kaisers, von dem der junge Kaiser das Reich und die Würde nahm, die romanische Kirche gebaut und sich selber gehuldigt, indem er mit der zeitgemäßen romanischen Kirche dem alten Kaiser huldigte und Kaiser Carolus Magnus und Kaiser Barbarossa und Lohengrin mit dem Schwan und dem Großen Kurfürsten mit dem Exerzierstock und Fridericus Rex mit dem Krückstock und dem von Säckingen mit der Trompete und Martin Luther wegen der festen Burg, die unser Gott ist, und Gustav Freytag wegen der Ahnen, auf die wir stolz sind, und dem Hofprediger Stöcker, der ein Fels war gegen die Auflösung der rechten Zucht, und dann hatte einer gedacht von der Königlichen Bauakademie oder von der Baufirma Heilmann & Littmann oder auch von der Deutschen Bank oder der Herr von Bleichröder, daß man zur romanischen Kirche ein romanisches Haus bauen solle mit Rundbogen und schmucken Säulen und traulichen Erkern zum Hinausstecken von Ritterfahnen und hübschen Balkonen für Herolde und für Burgfräulein, die den Turnieren auf dem Platz zuschauen mochten, dem Drachentöter, der des millionenköpfigen, millionenfüßigen Untiers nicht Herr wurde, das auf allen Straßen herankroch, vielleicht wollten sie auch noch dem Klang der Laute lauschen, dem privilegierten Minnelied oder der Siegeshymne, es wurde nur ein Zapfenstreich, doch auch Fahrende kamen mit allerlei Kunststücken, andere als man geladen und erwartet hatte, später, und es zogen Geschäftsleute in das romanische Haus und handelten mit Stahl und mit Schläue, und ein Zahntechniker und ein Nervenarzt eröffneten ihre Praxen und heilten oder heilten nicht, und ein Oberst wohnte im Haus, der Kommandant der Garde, in zehn oder in zwölf oder in zwanzig Zimmern, durch hohe Tore verbunden, daß das Regiment der Gardes du Corps hätte hindurchschreiten können mit Adlerhelm und bewimpelten Lanzen, im Fahrstuhl von Otis in die Beletage gehoben, und sie alle blickten zu den romanischen Fenstern hinaus oder konnten zu den säulchenumrahmten Fenstern hinausblicken, wenn sie es wollten, und sahen am Sonntag die Gemeinde in die Kirche gehen, unterm Zylinderhut oder unterm Kaiserin-Auguste-Viktoria-Hut oder unter der Pickelhaube des Reserveoffiziers, ein aktiver General schritt mit im Chor, unter weißem Flederwisch, das lutherische Gesangbuch an die goldenen Tressen oder die silberne Schärpe gepreßt, ein Flügeladjutant, ein protestantischer Erzengel, vom Kadettenmeister gezähmt, und am Sabbat wanderten die anderen Herren, nur unterm Zylinderhut, doch hier und dort einer in stolzer Uniform oder stolz in der Uniform als Gardereservezahlmeister, vielleicht auch Leutnant vom Tross oder von der Armierungstruppe, den Weg etwas weiter hin, zum Bethaus hin, und auch da die Fürbitte für die Majestät, nicht weniger dankbar, nicht minder untertan, und die Garde zog aus im August und nicht nur die Garde, auch der Train kam ins Feuer, und die Armierungssoldaten gingen ins Gas, sie zogen nicht wieder ein im November, nicht die Garde zu Pferd, nicht der Tross, die Schipper hatten ihre Spaten bei den Toten gelassen, kein Triumphzug vor den romanischen Fenstern, und viele brauchten nun ihren Zylinderhut und die Uniform nicht mehr, die Kirchgänger gingen mit Schlapphüten zur Kirche, nur die Sabbatgänger wahrten noch die Würde des steifen Hutes, und im Schatten der dem Gedächtnis des alten und schon vergessenen Kaisers geweihten Kirche und im Schatten des romanischen Hauses lag das Romanische Café mit seiner Sommerterrasse wie ein Schiff, verankert oder auf freier Fahrt, flott oder schon gestrandet, ein Leib aus Beton und die Maste aus Eisen, Ebbe und Flut des Geldes kam, Sturmflut der Not kam, die Armada der Automobile zog vorüber, ein Hurrikan zog auf und wuchs, Mond und Sterne der Kinoreklame gingen auf und unter, die Passagiere auf dem Schiff drängten in die spärliche Sonne, die Fahrenden, die gekommen und nicht geladen waren, und die Götter, zu denen sie beteten oder die sie verleugneten, die Götter hatten sich wohl schon abgewandt von ihnen, voll Entsetzen, oder die Götter waren nie da gewesen, so träumten die Gäste den neuen Traum, daß Gott tot sei, oder sie träumten den alten Traum, daß sein Name über alle Namen sei, und als ich mich zugesellte, das gelobte Land erreichte vom pommerschen Acker her, vierter Klasse, mit Milchkannen und Kartoffelsäcken, und vom Stettiner Bahnhof nach dem Stadtplan zu Fuß, auf dem Weg nach Eden, da schien mir der Tempel zu strahlen, wie mein Verlangen es mir verkündet hatte, ich lauschte den Dichtern und Philosophen, hörte den Malern und Schauspielern zu, begegnete den klugen Herren der großen und mächtigen Zeitungen, den zuversichtlichen Abgeordneten der großen und mächtigen Volksparteien, ich liebte die Anarchisten und die anarchischen Mädchen, die bei ihnen saßen, und die Träumer vom ewigen Frieden und die Schwärmer von Freiheit, Gleichheit und Brüderlichkeit, und ich lernte den Sohn eines Wunderrabbi aus Miropolje in Galizien kennen, der schwebte, ein schulbleicher hungriger Seraph, an der Terrasse vorbei, wo sie sich im Gespräch erhitzten und glaubten, Zukunft zu haben oder wenigstens Dauer der Gegenwart, und der Sohn des Wunderrabbis trug einen fettigstaubigen Samt- oder Pelzhut und sagte ein jiddisches oder hebräisches Wort, ich habe es vergessen und nicht vergessen, es klang wie hävter, und es bedeutete Sand oder Wind oder Sand im Wind, und er und ich, wir sahen die Terrasse und das Kaffeehaus wegwehen, verschwinden mit seiner Geistesfracht, sich in nichts auflösen, als sei es nie gewesen, und es marschierten die Standarten auf, die Bewegung bewegte sich zur Kirche oder in die Kirche oder in die Kinos, es war kein Unterschied, die Bewegung wurde in der Kirche empfangen und gesegnet und im Kino gefeiert, das Bethaus wurde entflammt, ein erstes Licht, das aufging, bevor die Stadt in Lichtern strahlte, und die Gäste des Cafés zerstreuten sich in alle Welt oder wurden gefangen oder wurden getötet oder brachten sich um oder duckten sich und saßen noch im Café bei mäßiger Lektüre und schämten sich der geduldeten Presse und des großen Verrates, und wenn sie miteinander sprachen, flüsterten sie, und wenn sie gingen, bereuten sie, daß sie selbst nur geflüstert hatten, und nicht die Garde zog aus und nicht die Garde kam wieder, jedermann zog aus, Mann, Weib und Kind und kam nicht wieder, und ich floh in einer Nacht im November durch die Kanäle der Stadt, durch die dunklen Adern ihrer unterirdischen Kommunikation, über die stromlosen Schienen der Untergrundbahn, ich traf Hadesgespenster, die kleinen Herren der kleinen ohnmächtigen Zeitungen, geprügelte verfolgte Politiker, verstummte Dichter, gefesselte Künstler und Bekanntschaften, die sich den Stern der Schande abgerissen hatten, die nicht ihre Schande war, wir waren in Schlafdecken gehüllt oder in Säcke, wir schützten das Gesicht mit feuchten Tüchern vor dem beißenden Rauch, wir waren im Purgatorium zwischen Wittenbergplatz und Zoologischer Garten, ein Verleger stolperte über Schotter und Schwellen und sagte, Sie werden das schreiben, und ich dachte, ich werde es schreiben, und wußte, daß ich starb, in dieser Zeit, in diesen Jahren, auch wenn ich nicht gehenkt würde oder erschlagen oder verbrannt, über uns loderte die Stadt, brauste der Feuersturm, ich stieg aus dem Schacht, der Turm der Kirche war zerschmettert, und das romanische Haus mit dem Romanischen Café glühte, als leuchtete im Sieg die Oriflamme eines geheimen Vaterlandes.

Günter Bruno Fuchs

Herrn Eules Kreuzberger Kneipentraum

1
Plötzlich begannen die Glocken der Kanaldampfer vor Freude zu läuten, und kopfüber sprang ich herab vom Pferdewagen des Altwarenhändlers mitten hinein in die Kreuzberger Nacht. Meine Wodkaflasche am Hals, stand ich nun kerzengrad da: genau wie eine dieser alten scheppernden Standuhren, mit denen der Pferdewagen davongerollt war. Und hörte mich neunmal *Bimm-bamm* schlagen. Und hörte den Funkwagen kommen. Die Polizei hörte auf staatlich anerkannte Bauchredner, ich hör auf den Namen Max Eule.

Also war ich zurückgekehrt. Mit Sirene und Flackerlicht saust ein Mannschaftswagen an mir vorbei.
Prost! So wird man empfangen mit Krach und muß sich verstecken! Dabei hat die Behörde mich längst ins Poesiealbum geklebt. Ich bin verantwortlicher Redakteur von »Auerhahns Deutschem Gelehrtenkalender«. Man sieht, die Polizei kann sich meine besonderen Kennzeichen getrost hinter den Kragenspiegel stecken.

2

Los, Max Eule, klettre auf den steinernen Eckpfeiler der Kanalbrücke! Nimm ein Schluckchen Wodka und warte! Nimm wieder ein Schluckchen und warte gefälligst so lange, bis die Nachtkneipe vom Görlitzer Bahnhof hinter den abgewetzten Fassaden auftaucht: das große Zappenduster mit Funzeln drin. Fürchte dich nicht vor ihrem Anblick, vor den verregneten Gesichtern am Bierglas, ihrer Musik tag-aus, nacht-ein: den unaufhörlich rollenden Fässern einer verrückten Brauerei.
Fritz Raczek sitzt gleich am Eingang. Sein alter Stammplatz. Raczek, der Mann aus der Aquavit-Flasche, zieht die Mundwinkel hoch.
Men-schens-kinder, sagt Fritze. Nehme noch'n Bierchen . . !
Schön. Endlich ein Beitrag! Ein schlechter Redakteur, der für Fritzes Bestellung keinen Platz freihält! Ich werd sie mit vollem Namen bringen, zumal sie die unbedingte Meinung der Redaktion wiedergibt.
Fritze sagt: Aujust nimmt auch'n Bierchen . . !
Her mit de Dreistöckigen . .! sagt Aujust.
Lene serviert die Sachen, und dann ruft einer: Wir werden meistbietend gehandelt!

3

Ich wollts mir aufschreiben, aber da sah ich den Fritze Raczek durch die Görlitzer Kneipe über die Tische hinschweben. Aufrecht, ein bißchen torkelnd, schwebte Fritze Raczek trällernd um die Zapfhähne, hüpfte hoch, stieß mit dem Kopf an die Decke, sagte: Verzeihung! und griff nach Aujust Schuppans Hand, zog ihn mit, und Aujust gab der Lene einen Rippentriller, und Lene sagte zu mir: Kommste mit, wir wolln ins oberste Stockwerk...

Wolken spieln... sagte Fritze...

Und'n bißchen regnen ... sagte Aujust, der sich im Spiegel betrachten wollte, den ihm die Eule auf meiner Schulter hinhielt, aber Lene stieß ihn weg:

Hau ab! Ick bin die schönste Kellnerin von Kreuzberg!

Wir hielten uns zu viert ganz artig bei den Händen und flogen samt Zigarettenqualm zu irgendeinem offenen Fenster hinaus auf die Straße.

Die Nacht griff uns ordinär unter die Kleider, wir wurden aber entschädigt durch ein wirklich buntes Bild: aus allen Vorstadtstraßen erhoben sich die Sterne wie gasgefüllte Luftballons. Ein angeleuchtetes Flugzeug, ein Doppeldecker mit wackelndem Leitwerk, zog ein kilometerlanges, glühbirnenbestücktes Transparent hinter sich her, ein wahres Meisterwerk elektrischer Illumination, das in gut lesbarer Schrift die Forderung über den Himmel trug:

Her mit die Dreistöckigen!

Aujust Schuppan war glücklich. Er liebäugelte mit dem Transparent, fand er doch seinen urheberrechtlich geschützten Ausruf über die ganze Stadt hingebreitet. (Für eine Veröffentlichung in »Auerhahns Deutschem Gelehrtenkalender« kam der Ausruf leider nicht mehr in Frage, da ich nur Erstdrucke bringe.) Aujust wurde in die Mitte genommen und beglückwünscht. Dabei gerieten wir zusehens in die Nähe des Transparents. Fritze erwischte das Schlußstück,

und in friedlicher Eintracht, quasi zur Bekräftigung der gleißenden Parole, entstand durch Lene, Fritze, Aujust und mich eine hübsche Fortsetzung der leuchtenden Buchstabenkette.
Zu gern wollte ich wissen, wer den Doppeldecker steuerte.
Meine Eule nahm den Spiegel in die Fänge, zog eine unbemerkte Schleife um die Nase des Flugzeugs und hielt mir, auf meiner Schulter landend, den Spiegel vors Gesicht: im Pilotensitz räkelte sich, allem Anschein nach guter Dinge, der Altwarenhändler, von dessen Pferdewagen ich abgesprungen war. Er blickte auf eine flache Westminster-Uhr, die ihm offenbar als Armaturenbrett diente.
Da erreichte uns von der Stadt her das Geschrei aller verfügbaren Überfallkommandos. Aus dem Lärm so vieler Kehlen war herauszuhören, daß uns zumindest Gefängnis drohe, wenn wir noch länger auf so infame Weise als Werbe-Akrobaten für die allgemeine Sauferei unterwegs wären.
Mein Altwarenhändler muß von der Sache Wind bekommen haben, er neigte den Doppeldecker sofort und gut gelungen nach links, beschrieb dann einen recht ausgedehnten Halbkreis und brachte die Tragflächen wieder ins Waagerechte.
Immer noch Hand an Hand und fest in Fritzes Griff, verließen wir fliegend das Kreuzberger Viertel.
Unter uns verebbte das Geschrei der uniformierten Ordnungsmeister, wir überquerten bereits den Alexanderplatz, kamen sehr schnell nach Weißensee und Pankow. Kurz vor Heinersdorf nahm der Doppeldecker den zweiten Halbkreis.
Von weitem sahen wir einen gewaltigen Freiballon aufsteigen. Wir hatten ihn kaum entdeckt (er stand über Kreuzberg), erhob sich unter uns, etwa zwischen Pankow und Alexanderplatz, vielleicht aus der Prenzlauer Allee, dieselbe lautstarke Empörung wegen unserer mitgeführten Parole:
Her mit die Dreistöckigen!
Und nun, direkt vor uns Fliegenden, (bis jetzt hatten wir alles schweigend und großäugig betrachtet) schoß ein zwei-

ter, will sagen: diesseitiger Freiballon in die Höhe, besetzt mit hohen Häuptern aus Stadt und Staat, man vernahm allerlei von Schimpf und der dazugehörigen Schande.
Ich verwahrte ein paar Gesichter in meinem Spiegel, drängte durch Eulennachricht den Piloten des Doppeldeckers zum Umkehren und bekam gleich darauf mit meinen Gefährten die zweite Abreibung: im Freiballon über Kreuzberg (hohe Häupter mit hohen Stirnen um sich herum) stand ein ferner Gast dieses Stadtteils, gestikulierte und rief im Bumerangstil:
SchandeSchimpfSchande!
(Solche Einigkeit machte uns schwach.)
Kommt, sagte Fritze achselzuckend, jetzt wird's öde, wir stürzen mal'n bißchen ab!
Aujust sagte gähnend: Am besten, gleich mit'n Kopp ins Bierglas und drin pennen.
Lene hielt ihre Röcke aufgespannt, sie kam unten als letzte an. Sie landete, wie jeder von uns, auf einer Laterne am Kanalufer zwischen Kottbusser- und Admiralbrücke, die Beine über die Querstangen gelegt.

4
Die Laterne, auf der ich saß, hatte schon viele Schläfer beherbergt. Das verrieten ihre leicht durchgebogenen Querstangen und der angenutzte Laternenpfahl unterhalb des Kandelabers, wo man sich während der Nachtruhe festzuhalten pflegte, um nicht runterzufallen.
Meine Eule hatte mich geweckt mit der Stimme einer Schwarzwälder Kuckucksuhr. Sie ruft siebenmal Kuckuck und sagt (die Gattin eines Präsidenten nachahmend): Wach auf, wach auf! Da draußen steht eine Abordnung der Alten Deutschen und will dich mit einem Ständchen umbringen!
Jedesmal bekomme ich einen Schreck, überlege rasch, ob ich

nun vors Haus treten muß, beide Arme in Abwehr erhoben, immer denselben Satz auf den Lippen: Schon gut, schon gut, liebe Landsleute – auch mir gefällt das Ännchen von Tharau! Auf der Laterne zu meiner Linken saß Fritze Raczek. Die Laternen waren ungefähr zwanzig Meter voneinander entfernt. Raczek schlief noch. Man erkannte sofort den geübten Laternenschläfer. Fritze hatte nur den linken Arm um den Pfahl gelegt, den rechten ließ er Trinkbewegungen machen, eine Flasche greifen und Gläser füllen. Als meine Eule ihn weckte, rief er:
Proost, ihr alten Ratten . . !
Davon wurde Lene wach, die links auf der äußersten Laterne übernachtet hatte. Lene rief durchdringend:
Ich will frühstücken!
Wir ließen uns am Laternenpfahl auf den Bürgersteig runter.

5

Fritze empfahl als Ort für das Frühstück den Fahrdamm hinter der Kottbusser Brücke. Er meinte, an dieser Stelle seien die Autofahrer besonders dankbar, wenn hungrige Menschen ihren Frühstückstisch mitten auf die Kreuzung stellen. Das ersetze jeden Verkehrsunterricht, man lerne vor allem das leise und höfliche Fahren, denn der frühstückende Mensch schätze die ausgeglichene Umgebung. Selbst Fahrlehrer der Polizei wären kürzlich auf die Notwendigkeit solcher Frühstückstische eingegangen und hätten ihr seltenes Erscheinen aufrichtig beklagt. Schuld an mangelnden Frühstückstischen sei allein das alte Vorurteil, es gehöre sich nicht, auf der Straße zu essen.
Wir brauchten einen Tisch und vier Stühle. Fritze und Aujust verschwanden in einer zoologischen Handlung und kamen sehr bald mit Tisch und Stühlen zurück. Ihnen folgte

ein junger Eisbär als Spielgefährte für meine Eule. Während wir das geliehene Mobiliar zurechtrückten, hielt Fritze ein Loblied auf den Inhaber der zoologischen Handlung:
Janz anständiger Mann! Fährt selber Auto und macht nachher 'ne Probefahrt um unsren Frühstückstisch. Für deine Eule hat er was zum Fressen mitgegeben. – Hier!
Er zog eine Dose Katzenfutter aus der Jackentasche:
Försters guter Maus-Ersatz. Meine Eule nahm keine Notiz davon, sie hatte sich schon auf den Kopf des Eisbären begeben. Beide waren es, die einen Polizisten anlockten. Als er von Aujust hörte:
Hörn'se mal, wir wolln hier frühstücken – na, Sie wissen ja, wat det heißt...!
... salutierte er höflich und machte uns darauf aufmerksam, wir sollten ihn gebührenpflichtig verwarnen, wenn er unsere Bereitschaft, die Verkehrsdisziplin zu fördern, durch irgendein unnötiges Handzeichen verletzen würde. Zur Bekräftigung seines Wohlwollens überreichte er uns eine Visitenkarte mit seiner Dienstnummer. Lediglich für den Fall, die Visitenkarte ginge uns verloren, werde er sich nun mit einer Schiefertafel wie er sagte, bewaffnen, von der wir bei Bedarf jederzeit die Kreideziffer seiner Dienstnummer ablesen könnten. Tatsächlich stellte er sich bald mit hoch erhobener, beschrifteter Tafel an den Straßenrand.
Lene hatte indessen für das Frühstück gesorgt. Eine Bäckerei spendete Napfkuchen, lieh ein ganzes, für vier Personen bestimmtes Kaffeeservice und schickte einen Lehrling mit frisch aufgebrühtem Kaffee zur Kreuzung hinüber. Wir setzten uns, Lene schnitt den Kuchen an, Fritze goß Kaffee ein. Da kamen die ersten Autos, rollten dicht an uns heran, Touristen fotografierten den Eisbären samt Eule, wir verteilten Autogramme und ließen den einen und anderen mal abbeißen vom Napfkuchen. Unser Mut so hieß es, sei ohne Beispiel, unser Sinn fürs Gemeinwohl nachahmenswert, unsere

Selbstlosigkeit ein Zeichen für jene, die nur von verrohten Sitten sprechen.
Der Inhaber der zoologischen Handlung fuhr zehn Ehrenrunden um den Tisch. Im Hintersitz seines Autos hatte er ein Gibbon-Äffchen untergebracht, das den Passanten und Motorisierten neue Namen zurief. Zum Beispiel *Pfeifenkopf* und *Idiotenkaiser*.
Mitten im schönsten Frühstück erschien ein Angestellter der Drogerie. Er schenkte uns selbstgebrannten Wacholderschnaps in die Kaffeetassen, und so begann der feierliche Teil der Morgentafel. Von allen Seiten wurde mit uns angestoßen, die Autofahrer zogen handliche Pullen, am Straßenrand stellte sich die Jugend für ein Tänzchen auf – kurz, die geglückte Stunde hätte Schule machen können, wäre nicht plötzlich ein fader abgestandener Sonntagnachmittag aus allen Nebenstraßen in Richtung Kottbusser Brücke heranmarschiert, dumpf und hinterhältig im Gleichschritt, ausgestattet mit Transparenten aus den zehn Geboten täglicher Vorzimmerluft: Staat und Stadt, dieses Land, wie es heißt hüben und drüben, Pappa, Mamma, Onkel, Urahne, Muhme und Dackel, lobpreiset Otto den Öden, den einzigen Kaiser, von dem wir ernste Zeiten erhoffen, Härte vor allem, Sieg über Schwächen, Muskeln im Hirn, Musik soll sein, aber zuchtvoll und Blasmusik, die Söhne beim Ehrgeiz, unser Feldgrau im Herzen, unsere Apfelsinen im Schlafrock, im Tornister die eigene Schlägerkartei, lobpreiset Otto den dumpfen Monarchen, seine Ordnung, die Eierhandgranate im ehrlichen Klarsichtbeutel, und wer nicht kaufen will, soll auch nicht essen!
So kam das näher von allen Seiten. Um uns herum leere Straßen, verschlossene Ladengeschäfte. Wir standen auf der Kreuzung, die Frühstückstafel war unauffindbar, ebenso der junge Eisbär. Allein der freundliche Polizist stand noch am Straßenrand, wischte mit der Hand über die Schiefertafel,

löschte die Dienstnummer, und je näher der Aufmarsch kam, desto eifriger rückte er seine Uniform zurecht, prüfte den Sitz seiner Mütze und schlug nervös die Hacken zusammen. Wir merkten schon, das Atmen fiel schwer, die Straßen waren vollgestopft mit Dämmerung.
Uns blieb nur noch die Kottbusser Brücke. Und da wir uns als Bürger dieser Stadt fühlten, ließen wir uns einladen von der gelben Tafel am Brückengeländer, von dem Hinweis auf die dort hängenden Rettungsringe: *Dem Schutze der Bürger empfohlen!*
In Eile studierten wir das kurzgefaßte Einmaleins der Wiederbelebung, hoben dann die Rettungsringe (es waren leider nur zwei) vom Haken, und sprangen paarweise, Lene und Aujust an einem, Fritze, die Eule und ich am andren, ziemlich verdattert in den Landwehrkanal. Bevor das Wasser über uns zusammenschlug, konnte mein Spiegel noch das Bild einfangen, wie der leere Nachmittag ans Geländer drängt und bedeutend hinter uns herglotzt.

6

Mir ging der Gedanke durch den Fischkopf, auf welch plausible Weise ich wohl in »Auerhahns Deutschem Gelehrtenkalender« über diesen Kanalaufenthalt berichten müsse, griff mir deshalb an die Stirn und sah (als fielen mir Schuppen von den Augen), daß ich soeben ein volles Bierglas umgestoßen hatte. Fritze und Aujust schlugen mir auf die Schulter: meinem Schlaf nach zu urteilen, könnte ich ein Walroß ersetzen. Lene brachte einen dreistöckigen Aquavit. Das war mein Zeichen.
Ich sagte zu Lene: Du, Lenchen, ich geh mal vor die Tür.
Trink mal erst . . ! Bist ja dran. Fritze kann dir ja begleiten.
Fritze sagte: Is dir nich jut, Eule?
Mal'n bißchen frische Luft . . .

Wir gingen zur Tür. Draußen fragte er mich:
Oder willste abhaun? Hm?
Bloß für'n Moment...
Naja, sagte Fritze, hast ja schönet Wetta. Kiek mal, der Mond kommt schon raus..!

7

Ich lief am Kanal entlang zur Kottbusser Brücke. Unterwegs nahm ich mir die eidesstattliche Versicherung ab, die Arbeit am Gelehrtenkalender voranzutreiben, denn nichts geht über exaktes Wissen. Beim Anblick der Laternen, auf denen wir übernachtet hatten, dachte ich flüchtig an die Gründung eines »Komitees zur Erforschung, inwieweit die Beteuerung, man kenne sich wie die eigene Westentasche, an Mogelei grenzt«. Diesen Gedanken verwarf ich mit Hilfe des bekannten Ausspruchs *Du sollst dich nicht verzetteln, sondern folgerichtig auf dein Ziel losgehen*. Folgerichtig war also, daß ich mich an der Kottbusser Brücke zwölfmal *Bimm-bamm* schlagen hörte.
Der Pferdewagen kam schellenbesetzt die Kottbusser Brücke herauf, kam näher, hielt an, ich stieg auf die Ladefläche, setzte mich, während der Altwarenhändler mit der Zunge schnalzte und nach kurzer Fahrt sein Pferd galoppieren ließ, daß die Standuhren wild durcheinanderschepperten und die Glocken der Kanaldampfer plötzlich mitklangen, betrunken vor Freude.

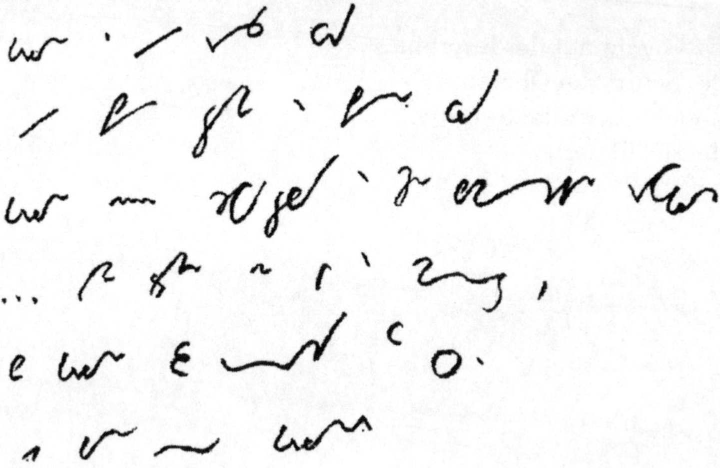

Wolfgang Bächler

Stenogramme über Berlin

Der Himmel reibt sein Blau
an den Kanten der Türme wund.
Die Kamine stoßen den Rauch
ins Grau der Wolken,
füllen es auf
mit dunklerem Grau.

Nachts fällt der Ruß
mit dem Regen zurück
durch diffuses Licht
auf die Tafeln der Dächer,
Geometrische Phonography
einer Rede,
die sich verwischt,
bevor wir sie entziffern.

Uns bleibt nur der Rhythmus
der Schrift im Ohr
und das Echo der Stimme,
die sie diktierte.

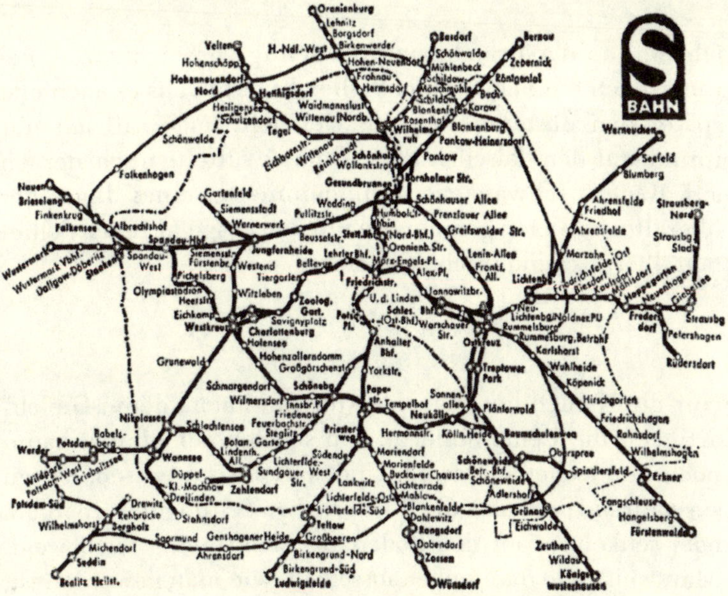

Günter Kunert

Fahrt mit der S-Bahn

1

Außen sind sie von einem schwärzlich gebrochenen Weinrot bis zur Scheibenhöhe; von da bis zum pechfarbenen Dach von unsauberem Ocker. Preßluft öffnet und schließt ihre Türen, und man steigt ergeben in sie, wie in ein lange erwartetes Verderben. Mit ihnen rolle ich von Bahnhof zu Bahnhof, nichtsahnend und nicht aufmerksamer als sonst. Und weiß nicht: es hat sich ein Fenster aufgetan als eine Wunde. Und wartet auf mich.

2
Obwohl an der Brandmauer oft genug vorbeigefahren, bemerkte ich ein Fenster nie. Vielleicht entwuchs es auch erst später den düsteren Ziegeln; vielleicht auch saß ich nur immer auf dem falschen Platz. Oder es rüttelte mich, der ich auf Rädern schwankend dahindämmerte, eines Tages der überalterte Wagen gemeinsam mit den ausgefahrenen Schienen überraschend wach. Vielleicht.

3
Nur die Namen unterscheiden die Stationen, deren Gleichartigkeit die Leute einfärbt, daß sie sich auf einmal kaum noch unterscheiden lassen. Und weil sie das wissen, halten sie während der Fahrt die Blicke hinter Zeitungen verborgen, oder senken sie auf den Boden, der sich ständig fortbewegt. Man weiß, wie man selber ausschaut, wie man geworden ist, und man erspart sich, in den lebenden Spiegel gegenüber zu glotzen, der bloß während der Fahrt einer ist.

4
Auf dem Grund verflossener Ströme, von dem aus kaum die Dächer der Stadt sichtbar sind, poltern wir dahin. Oder wir bringen in Höhe des zweiten Stockwerks in den Straßen alle Scheiben zum Klirren. Hoch durch die Alleen oder sie kreuzend. Einblicke. Unerwartete Einsichten. Der Kanal: rot vom Licht der sinkenden Sonne für die Uneingeweihten; für uns aber, die wissen und wissen, ist es von Blut. Das hat sich untrennbar mit dem immerwiederkehrenden Wasser vermischt, damals, als es aus der zerstörten Körperlichkeit Rosa Luxemburgs lief. Dessen erinnert sich an manchen Tagen unter seiner Ölschicht er, der da schweigend durch die Stadt zieht. Wir weniger. Wir sozusagen gar nicht. Wir betrachten

hingegeben unsere Stiefelspitzen. Wir zählen die Tropfen an der Scheibe. Wir fahren und fahren. Und ahnen nicht, daß hinter einem unerwarteten Fenster ein Licht aufgegangen ist. Und daß alles andere nur noch eine Frage der Zeit ist und der Perspektive.

5
Hinter Häusern entlang. Lärm des Fahrens, zurückgeworfen auf die Reisenden. Unvorsichtig nähert sich die Brandmauer dem aufgebockten Gleiskörper, daß der Fahrgast fürchten muß, sogleich schaffe es ihn in Wohnungen, Räume, Säle, durch Badestuben, Aborte, Kammern und lade ihn unversehens in einem Hinterzimmer aus, von wo kein Zug ihn je wieder abholen würde. Brandmauern, Brandmauern: sie rücken gegen mein Gesicht an, das ich an die verfleckte, betränte Scheibe lege, und zeigen mir ihre verlöschenden Inschriften, bevor sie sich hinter meinen Rücken zurückziehen. Manche künden von der Zeit, da ein Anzeiger sich humanitär aufs LOCAL beschränkte, wie abblätternde Buchstaben verraten. Ganz vereinsamte Lettern kommen mir hilflos entgegen und entschwinden unenträtselt mit der rhythmischen Bewegung, die mich trägt und schaukelt, und ohne sie zu verstehen, verstehe ich sie: die Überlebenden verschwundener, vielsagender Schriften.

6
In Hinterhöfe von Fabriken, darinnen nichts mehr produziert wird als einförmige Tage, schaut man hinab, wenn man hinabschaut, als in unbekannte Abgründe dieser Stadt, dahinein unsere Brüder gestürzt sind, diese drohenden Gestänge verrosteten Metalls, unsere Schwestern, die Autowracks; wo

unsere Väter ausruhen, die behauenen Steine, unsere Mütter, die lädierten Granitfiguren.
Von hier oben, und von Augenwinkel zu Augenwinkel, machen sie den Eindruck langen Bekanntseins mit ihnen; als hätten wir in den Höfen da unten während unserer Kindheit zwischen ihnen und mit ihnen gespielt, da sie und wir, wir allesamt etwas weniger mitgenommen waren.

7
Zwischen zwei Bahnhöfen dann. Eines Abends.

8
Aber eines Abends zwischen zwei Bahnhöfen geschieht es, daß ich mit voller Wucht in ein erleuchtetes Fenster hineinsehe. Das scheint nachträglich in eine rabenfederfinstre Brandmauer geschnitten, und es strahlt als einzige Unterbrechung der Fläche aus der Fläche heraus, da ich an diesem Abend zwischen zwei Bahnhöfen daran vorbeifahre.
Sehr kurz der Augenblick des Einblicks.
Aber ich renne sofort durch den langen, fast leeren Waggon gegen die Fahrtrichtung an, um wenigstens einen Zeitbruchteil länger zu sehen, was ich gesehen habe. Die Geschwindigkeit ist zu hoch. Derweil ich renne und renne, halten meine Augen nur die Ecke einer dunkelgebeizten, glänzenden Anrichte fest, auf der ein Körbchen aus weißem Porzellan steht, Weidengeflecht nachahmend und gefüllt mit rotfleckigen Äpfeln.
Im Zimmer selber, das so schnell an mir vorbeigeschossen und das so freundlich erhellt war von einer Deckenlampe, innen mit orangefarbener, außen mit grüner Seide bespannt, da hatte kein anderer am Tisch gesessen als ich selbst: fröhlich lachend, einen Apfel in der Hand, ein lustiges Wort im

Mund, das sah ich genau, halb hingewendet zu jemand neben mir, einem Freund, der eigentlich tot war und von mir vergessen. Mehrere Gestalten hatten sich im Zimmer befunden, die ich aus dem schwindenden Eindruck auf meiner Netzhaut zu identifizieren versuche, als sich die Fahrt verlangsamt und in einem jener Bahnhöfe zur Ruhe kommt, die so wenig erwähnenswerte Wahrzeichen unserer Lage sind.

9

Ich eile über die Fläche aus festgetretenem Zement, zerstampften Zigarettenresten, Papierfetzen, Schmutz, seit Bau des Bahnhofes ausharrend und bewahrt für die Stunde der Archäologen, die noch längst nicht geboren sind. Schnell über die Fläche und in den Zug, der auf der gegenüberliegenden Seite zurückfährt. Die Wange ans Fensterglas gepreßt, sehe ich zitternd die schwarze Brandmauer mit dem rechteckigen Lichtfleck näherkommen. Immer näher. Näher. Und bin schon heran und sehe als erstes, daß ich inzwischen den Apfel aufgegessen habe. Vorbei.

Unter den Anwesenden fanden sich ausschließlich bekannte Gesichter, kein Fremder war dabeigewesen. Nur waren viele von ihnen seit je verschollen oder verbrannt oder erschlagen oder weggewandert oder zu Greisen geworden; dort aber waren sie alle versammelt. In jenem Zimmer stand die Tür hinter meinem vertrauensvollen Rücken offen und ließ ein weiteres Zimmer sehen, ebenfalls erleuchtet, in dem sich ebenfalls Menschen bewegten, etwas undeutlicher zwar, doch mir genau so bekannt wie die anderen. Eine Stimmung ruhiger, gelassener Heiterkeit herrschte in beiden Räumen, und mit dem Licht zusammen brach eine ungewöhnliche Friedlichkeit aus dem Fenster hervor, wie ich sie niemals kennengelernt hatte.

Die ganze scheppernde Wagenkette ist schon an der Brandmauer vorüber, doch ich habe das Bild klar vor mir, das sacht vergehende, wie ein mehr und mehr vergilbendes Foto aus einem Familienalbum, das aufgenommen worden war, als es noch Spaß machte, sich Erinnerungen zuzulegen.

10

Tagelang und abendelang suchte ich das Haus, das seine Schmalseite den Zügen zukehrt. Oft inmitten von Gerümpel lauerte ich, ob über mir die Wagen kämen. Mag sein, ich war einfach unfähig, es zu entdecken, mag sein, es ist so gelegen, daß ich es nicht erreichen konnte, so bleibt: ich gelangte nie hin.

Den Zug auf freier Strecke anzuhalten gilt mir zu gefährlich und auch zu unsicher, denn zwischen Gleiskörpern und Hauswand ist eine Kluft von mehreren Metern – unüberwindlich für mich.

So kann ich nichts tun, als so oft es mir möglich ist, mit der S-Bahn zu fahren. Einmal jede Woche bin ich unterwegs auf der Strecke, hin und her und hin, und jedesmal beim Vorbeihuschen nehme ich auf, was das Zimmer mir bietet, wo wir alle heiter und wahrhaft bei uns und beisammen sind, Lebende und Tote, und wo wir uns über lauter lautere Nichtigkeiten unterhalten.

11

Wieder und wieder weiß ich, trägt mich der Zug vom Fenster fort: Könnte ich ein einziges Mal dort eintreten und mich vereinigen mit mir, der ich das apfelvolle Porzellankörbchen nie leeressen kann, so wäre alles ungeschehen, was Wagenladungen von Worten niemals zudecken werden.

Einmal im richtigen Moment eintreten, und ich wäre erlöst. Und die Stadt dazu.

BERLIN (WEST-)
Fläche: 481 qkm – Einwohner: 2 186 856 (B 1.4.1964)
Geburten- u. Sterbeziffer je 1000 Einw. 1961: 10,5/16,2 – Sterbeüberschuß: 5,7 – Religion (Z 1961): Überwiegend Protestanten (73,1 %), daneben Katholiken (11,4 %), außerdem kleine jüdische Minderheit (0,2 %)

BERLIN (OST-)
Fläche: 403 qkm – Einwohner: 1 061 218 (B 31. 12. 1962)
Geburten- u. Sterbeziffer je 1000 Einw. 1960: 14,5/17,3 – Sterbeüberschuß: 2,8 – Religion (1950): Überwiegend Protestanten (rund 72 %), daneben Katholiken (11 %)

Wolf Biermann

Der Hugenottenfriedhof in Berlin

Es liegt in dieser Steinestadt
dies Wort muß keinen kratzen
Der Hugenottenfriedhof, da sind
die Tauben, die Toten, die Spatzen

Ich hab da keine Verwandte zu liegen
keine Rasenbank am Elterngrab
auf die mich trübe Träume treiben
Weiß selbst nicht, was ich hab

Die Hauswartsfrau von mir nebenan
hat ihren Mann dort begraben
sie baut auf dem Grab Petersilie an
Sie lebt und muß welche haben

Und ich sitze auf der morschen Bank
ganz nahe bei Eisler und Brecht
Auf meinem Schoß sitzt die Konsum-Marie
Uns ist vom Küssen so schlecht.

Heinz von Cramer *Unterm Sternbild des Zeigefingers*

Bei Besichtigung der Stadt, letztesmal, hatte ihr Aufbau bereits begonnen. Einige Häuser standen schon da, neu, schlüsselfertig, als wären sie nie beschädigt gewesen. Wer den Wiederaufbau nicht gleich bemerkte, den wiesen Plakate auf Ruinenmauern und Spruchbänder, über die Straßen gespannt, darauf hin; auch Inschriften in roter Ölfarbe neben dem Ziegelfraß von Granatsplittern und Feuerstößen...

Damals war noch möglich, die Stadt zu besuchen – vielmehr unsereinem war es möglich – ohne daß Besuchszeiten und Besuchsvorschriften fremde oder doch nicht mehr einheimische Besucher abschreckten und fernhielten. Deshalb dieser Rückgriff auf Erinnerungen; Erinnerungen, lästig und ungenau, durcheinandergemischt wie ein Spiel Karten; und der Versuch mit einem Kartenkunststück: nämlich die Karten so auf den Tisch zu legen, daß daraus eine Karte entsteht, die eine Landkarte, der Plan dieser verdammten Stadt!

Wenn die Erinnerung exakt ist, war der Bahnhof unverändert, rostfarben wie immer, und wie eh und je, als die Dampfbahn noch eine Stunde gebraucht hatte bis in die nahe Metropole, von Kohlenstaub überzogen. Nun waren die elektrischen Züge wieder in Betrieb, aber der Vorortverkehr schien doch spürbar Einschränkungen zu unterliegen – obwohl sich an der Sperre nicht mehr russische Kriegsgefangene drängten, sondern da stand ein Wachtrupp von Besatzungssoldaten.
Der Platz vor dem Bahnhofsgebäude leer, nicht anders die Straße. Jenes Preußischblau des Himmels, das verhaßte, grau verhängt. Über dem stehenden Gewölk ein gleichbleibender metallener Nachhall der Flugzeuggeschwader. Den Bürgersteig entlang, immer in Abständen, weiße Pfeile, Hinweis auf Schutzräume, nur mühsam zu entziffern. Dahinter Balken, Steinhaufen, Kellerböden, geschwärzt, Wasserlachen.
Auf dem ausgestorbenen Längengrad der Disziplin gehen, den verlassenen Breitengrad des Gehorsams überqueren, Planquadrate aus Staatsräson, die sich nach der Entwarnung aufs neue bevölkern werden. So war das früher. So wird es auch jetzt wohl wieder sein. So ist es heute, zweifellos. So ist das Leben, wahrscheinlich … Wie früher?
Der Exerzierplatz noch unbenutzt, aufgerissen, weich, uneben. Jeder einzelne Abdruck eines Schritts bleibt hier haf-

ten, wie für die Ewigkeit. So lange jedenfalls, bis abermals Kompanien darüberhin robben, ihn mit Auf und Nieder platt walzen, hart stampfen mit Rechtsum, Linksum, Stillgestanden, und die Spuren der Einzelgänger auslöschen ... Das Stadtschloß ein Schuttberg. Die Fassade gesprengt. Einst kaum weniger häßlich, das bestimmt. Nur – diese Häßlichkeit jetzt hat einen Sinn; für manch einen zumindest.

Einige Straßen sind wiederzuerkennen, einige längst vergessen. Viel zu viele, die nicht vergessen sind. Einige Straßen gibt es nicht mehr, fürs erste; aber zu sehen ist schon, wie sie wachsen werden. Selbst bekannte und unversehrte Straßen scheinen nicht ganz so bekannt und unversehrt: ihre Namen immerhin sind ausgewechselt.

Was die Menschen angeht ... Nirgends lassen sich welche blicken, nicht in Fenstern, an Türen, nicht auf dem gepflasterten Damm. Und weder im holländischen Viertel, noch in der Gegend von Charlottenhof.

Zum riesigen Parkgelände scheint jeder Zugang versperrt; die hohen schwarzen Torflügel stets zusammengekettet. Ab und an jedoch liegt das Eisengitter niedergebrochen. Schließlich ist es leicht, hineinzukommen.

Verwüstung überall; und Verwüstung, wie allein die befreite Natur sie vollbringt, so gründlich, gerecht, so überzeugend. Richt- und Hauptwege von Unkraut zu Wildpfaden degradiert, ehemals stolze Rasenflächen, Sinnbild geschorener Ordnung, entehrt und wuchernde Felder nun, anarchisches Gestrüpp die einst auf Vordermann gebrachten Büsche, Wachstum als reine Meuterei, und Vogelnester auf jenen Marmorköpfen, kein Unterschied zwischen Feldherr und Nymphe, Heroen, in ihrem Hinterhalt fauliger Blätter versunken.

Aufatmen also – ein erstes Gefühl der Genugtuung! Aber besser wäre gewesen, sich nicht noch einmal umzudrehen. Da liegt der Weg plötzlich gepflegt, gejätet, bestreut ... Über

den Kies kommen ein Mann und ein Kind, das Kind neben dem Mann bei Fuß. Sie gehen im Gleichschritt. Aufgeschossen und schmächtig das Kind, ein Junge im Matrosenanzug; lang, hager, wie ausgedörrt der Mann, Reitstiefel, Reithosen, die seitlich wie Fledermausohren wedeln, grüne Lodenjacke, Uniformschnitt. Wie ein Perpendikel schnellt sein Zeigefinger von rechts nach links.
– Wie heißt der Baum und der, und die Pflanze dort, und die, was klopft da so gegen den Stamm, es ist ein Buntspecht, und wen stellt denn dies Standbild dar und dies … nun wiederhole die Namen und merk sie dir …
Dann wird der Zeigefinger gezückt und stößt auf einmal hinunter.
Von oben, aus höheren Regionen, senkt sich der Zeigefinger herab, lang, knochig, eisig kalt, er schiebt sich präzis zwischen Kragen und Nacken. Und eine Stimme sagt:
– Aber Junge, du bist ganz erhitzt … willst du gefälligst langsam gehen, daß du mir nicht läufst …
Spaziergänger bewegen sich strategisch und fern im Sonnenschein an den Fontänen vorbei. Ihre Promenade gleicht einem Sandkastenspiel. Sie bleiben stehen, eine Ausstellung von Zinnfiguren. Der Hintergrund, Freitreppen, Gewächshäuser, auf dem Hügelprospekt die Orangerie, scheint bloßes Modell. Modell wie die endlose lederne Schlachtenaufzählung endloser Generationen lederner Könige.
– Merk dir das bitte … und wiederhole die Jahreszahlen …
Aus frostiger Höhenluft kommt der Zeigefinger, taucht tief hinein in den Hemdrücken, legt sich auf die Wirbelsäule. Die Stimme klirrt:
– Junge, was bist du wieder heiß, du wirst dich erkälten …
In der Garnisonkirche ist es feucht. Die Reitstiefel knallen hallend auf die Steinplatten. Aus dem Dunkel hängen Fahnen und Standarten, die Stangen gebündelt, zerfetztes, zerschlissenes Tuch. Der Zeigefinger fliegt ihm entgegen.

– Sieh dir das gut an, und halt dich gerade, nimm dich zusammen, hörst du, sei kein Waschlappen, da klebt schließlich Blut dran...
Und abwärts fährt der Zeigefinger.
– Daß du dich immer erhitzen mußt, was hast du nur, du holst dir den Tod... komm sofort an die Luft...
Kein Mensch draußen vor dem Portal. Die Eingänge verriegelt, verrammelt. Ausgeschlossen, irgendwo da einzudringen. Aus einiger Entfernung, beim Zurücktreten, nimmt sich das alles aus wie auf einer Ansichtskarte, dies ganze ehrwürdige Gebäude. Es steht da, intakt, das gemauerte Denkmal des absoluten Zeigefingers. Eisiger, fühlloser Zeigefinger der Nation; ein Bild, zum Verschicken in alle Welt... Was so alles die Nation überdauert!

Zwischen Havel und ehemaliger Zeppelinstraße ein anderer Park, erheblich kleiner, dafür zu seiner Zeit Privatbesitz. Die übermannshohe Mauer begrenzt unzerstört fast die gesamte Straßenseite, Fluß und See bleibt immer noch dem gewöhnlichen Blick entzogen. Der ehemaligen Markgraf-Albrecht-Kneipe gegenüber die Dienstboten-Pforte steht offen.
Auch hier lockt den Zögernden gleich die erfreulichste Wildnis an – kaum schimmert noch Wasser durch den grünen Saustall.
Aber hinter einer nächsten Lichtung schon breitet sich englischer Rasen aus. In sanften Bodenwellen steigt er an. Ein Landhaus, eine große Terrasse. Dort auf der Terrasse, Säbelbeine übereinandergeschlagen, der Mann in Lodenjacke und Reithosen; neben ihm, ganz in den Sessel gesprengt, ein soldatischer Fleischkoloß. Die Herren genehmigen sich einen. Während über die Wiese der Junge im Matrosenanzug, vierjährig etwa, um sein Leben rennt. Schwarzgescheckte Doggen, Fleischerhunde, weißes Gebiß, rote Lefzen, in gewaltigen Sprüngen schwarz-weiß-rot hinter ihm her. Sie holen

ihn rasch ein und stellen ihn. Die Herren lachen. Das Kind schreit und heult und fällt hin. Platz! – kommandiert der Fleischkoloß. Mutprobe beendet. Ertüchtigung vollzogen. Die Hunde sind auf Mann dressiert.
Da schießt der hagere Zeigefinger auf das Kind zu.
– Aber der Junge schwitzt ja ... was hast du, was ist nur, was regst du dich denn so auf, du sollst doch nicht laufen, kannst du nicht hören ...
Der Fleischkoloß erstarrt zu einem Monument. Aus Marmor. Aus Gips. Prinz Eitel Friedrich, steht auf dem Sockel eingemeißelt.

– Junge, du schwitzt ja schon wieder ...
Gekrümmt wie ein Angelhaken, zwischen Hals und Kragen verfangen, holt der Zeigefinger den Ausreißer ein, schnellt ihn weg vom Theaterzelt.
–... warte, wenn du jetzt einen Schnupfen bekommst!
Das Theaterzelt, von außen beinah ein Zirkus, stand nahe vom Templiner See am Luftschiffhafen, paar Schritte von der Badeanstalt, zwischen Strand und Werft. Und extra für Neugierige – die Leinwand hatte Risse und Löcher. Drinnen wurde geprobt. Da sagten aufrechte Germanen gebeugten Römern die Meinung, mit sehr lauter Stimme. Das Stück hieß Totila; und der Oberbürgermeister, in jener Epoche gerade neugewählt, hatte es verfaßt.
Sonst fanden noch Reitturniere statt am Luftschiffhafen. Edle Herren und Damen auf edlen Pferden sprangen da über Hindernisse, derweil auf den Tribünen eher unedle Herrschaften saßen, die aber die städtische Macht verkörperten. Der Mann in der Lodenjacke, seine Frau und der Junge im Matrosenanzug hatten Stehplätze.
Nach dem Turnier war Feuerwerk. Blitzende Zeigefinger fuhren in die Höhe und malten allerhand Herrlichkeiten in den Nachthimmel. Auf der Erde kreisten Feuerräder, Gold-

regen flammte auf, das erste Hakenkreuz, und drehte sich, drehte sich schneller, Hakenkreuze, Sonnenwende, explodierende Wirbel.

Durch die Zeppelinstraße marschierten sie. Und auch hier und dort, durch diese Straße und ebenso durch jene... Keine Straße, scheint es, in der nicht marschiert wurde. Voran der Fleischkoloß, statuenhaft und doch recht kümmerlich, ein pensionierter Steinerner Gast. Ihm auf den Fuß folgte der Schellenbaum, ein klirrender Zeigefinger, der auf und nieder sprang in der Luft. Der Spielmannszug: Locken von Pfeife und Trommel, Dröhnen und Zischen – Preußens Gloria. Dann die Stahlhelm-Kolonnen, feldgrau in Reih und Glied, nachgemachte Soldaten, Helden im Ruhestand, mancherlei ergraute Privatpatrioten, die Pappkanonen und Panzerattrappen mit sich führten.

Im Spalier, das die Straße säumte, der Junge mit dem Matrosenanzug. Er sah seinen Vater. Der schmiß die Beine. Der schwitzte. Der hatte den Finger an der Hosennaht.

Es gab auch andere Uniformen, braune. Der Mann, als er wieder seine Lodenjacke anhatte, fand sie häßlich, unkleidsam, gemein. So sagte er jedenfalls, mit erhobenem Zeigefinger.

Weiter zum Stadtzentrum hin, am Straßenrand, eine Ziegelwüste. Geborstene Wände, verwittertes Gerümpel, gleichmäßiges Geröll, Eisenträger, verbogen. Nichts sonst; und doch eine wohlbekannte Stätte. Tischreihen nämlich, lange Stuhlreihen zu beiden Seiten. Auf den Tischen Kaffee und Kuchen. Auf den Stühlen Mädchen und Frauen, mehr Frauen; in blauen Kleidern alle, weiße Kragen, aufgestecktes Haar. Der Luisenbund tagt, unter Vorsitz der Prinzessin Oskar. Letzter Advent vor Heiligabend, das Wohltätigkeitsfest für die armen Negerkinder in den verlorenen Kolonien. Den geraubten Kolonien, sagt die Prinzessin Oskar.

Auf der Bühne ein Lebendes Bild – das Rosenwunder – von

Damen des Bundes dargestellt. Die Heilige Elisabeth weist ihren Korb vor. Kein Brot fürs Volk, sondern Blumen … Der Landgraf hält sich halb verwundert, halb reumütig zurück. Die Gefolgsleute staunen. Ergriffen deutet eine Kammerfrau aus der gemalten Burgkulisse in die gemalte Wolkenkulisse, als ließen sich dort Instanzen einer höheren sozialen Gerechtigkeit vermuten.
Oben im Bühnenstaub und unten im Saal verharrt jedermann reglos. Puppen, verbleichend, für die Schreckenskammer eines Wachsfigurenkabinetts. Nur der Junge im Matrosenanzug spürt einen warmen, weichen, zuckenden Finger neben sich. Flüsternd beugt sich aus dem blauen Kleid ein blasses Gesicht über ihn:
– Junge, daß du Dich bloß nicht erhitzt …
Die Schule steht noch. Ein finsteres Gemäuer; Fenstervierecke, zweckmäßig und eng wie beim Stadtgefängnis, nur ohne Gitter.
Der Finger des Lehrers, auf und ab federnd, ein Rohrstock.
Da liegt der Schulhof. Etwas Grün, sehr viel Lehm.
Heizt ihm nur ein, so ein verfluchter Roter, der soll ordentlich schwitzen – sagte der Lehrer. Dann ging er fort.
Nirgends mehr Spuren von dem Überfall.
Einer lag am Boden. Die andern traten und schlugen ihn. Der Lehrer kam erst zurück, als alles vorbei war. Er hatte nichts gesehen. Er bedauerte den Vorfall. Einer hinkte davon und kehrte nicht wieder. Der Junge im Matrosenanzug war nicht der Geprügelte. Er hatte einen Haufen Kameraden.

Die Viktoriastraße liegt außerhalb des Stadtzentrums, Richtung Wildpark, dicht am verwilderten Parkgelände.
Abends bildeten sich da manchmal Nebelschwaden, das war unheimlich. Strenges Verbot, um diese Stunde hinauszugehen; die Luft hätte feucht und kühl und ungesund sein können …

An der weißgelben Villa, zerbröckelndes Gründerzeit-Rokoko, hat ein Verlag sein Firmenschild angebracht.
Im Garten stand eine Pappel, in die der Blitz eingeschlagen hatte. Und eine Kröte war da, die sich anfassen ließ. Und jenseits der Erdbeerbeete war ein Zaun, hinter dem sich der Bahndamm erhob, wo der erste elektrische Zug seine Jungfernfahrt machte und damit die Dampfbahn ablöste. Strengstes Verbot, über den Zaun zu klettern – überhaupt zu klettern. Und der Sohn von nebenan kam zum Spielen. Verbot, zu lange zu spielen und zu wild. Der Zeigefinger paßte auf, lauerte hinter Fenster oder Tür, stand Wache am Wegrand!
Die Familie im Nachbarhaus galt als sagenhaft reich. Sie liebte Arbeiter nicht, und schon gar nicht die Arbeiterbewegung. Sie war der Meinung, daß Hungerleider, Proleten, Arbeitslose, eben Sozialisten, schwerlich am Aufstieg des Vaterlandes interessiert und beteiligt sein könnten. Sie lehnte das Negative ab, dessen Farbe Rot war, alle fremden Parasiten am Körper der Nation, und trat wie die ordentliche Mehrheit des ordentlichen Volks für eine neue Ordnung ein. Sie ersehnte die starke Hand, und daß diese endlich das Steuer im Staat ergriffe ...
Eines Tages war trotzdem streng verboten, mit dem Sohn von nebenan zu spielen. Ihn noch zu grüßen, war schon verboten. Ihn überhaupt wahrzunehmen, weiterhin, wurde gefährlich. Der Zeigefinger hatte sich in ein Messer verwandelt, scharf geschliffen; ein Schnitt zwischen Garten und Garten, zwischen Haus und Haus. Der Junge behielt seinen Matrosenanzug, die Kröte, die sich anfassen ließ, die Pappel, in die der Blitz eingeschlagen hatte – und erhitzte sich vorerst nicht.
Später kam der Sohn von nebenan zu einer Strafkompanie und fiel. Die Eltern wurden abgeholt und in ein Lager gebracht. Haus und Grundstück wurden enteignet.
Draußen, nur zu deutlich sichtbar, steht nun angeschrieben:

Bezirksamt. Sie gehören also immer noch der Stadt, Haus und Grundstück.
Sie gehörten also immer noch der Stadt ... Denn auch dies jetzt ist nur erinnerte Gegenwart, die um eine immer rascher anwachsende Zeitspanne zurückdatiert werden muß; bestenfalls ein Rest gegenwärtiger Erinnerung. Was sonst?

Und der einzige lebendige Mensch in diesem Steinbruch, in diesem Totenmuseum voller Ausstellungsobjekte der Vergangenheit, Ausstellungsobjekte der Phantasie? Wieder Straßen, Anlagen, ein Platz, ein zweiter, der kanalisierte Bach, eine Brücke, zerbeultes Geländer, zerschrammte Bäume, zerrissenes Geäst, viel Buschwerk und Schrott. Der Wohnblock, verschont. Ausgebesserte Holztreppen. Die Tür ... Eine Tür, hinter der nicht ein Luftschacht abstürzt, aus deren Ritzen nicht Gas dringt oder die Kälte eines anderen Todes. Oder die Kälte, die den Tod anderer bedeutete.
Klingelzeichen. Die Tür gleitet auf. Im Türrahmen erscheint eine Frau, gekleidet in Schwarz, merkwürdig geduckt, sehr erschreckt. Auch das Ausstellungsobjekt, Trümmer und Kreuz im Stadtplan, ein Punkt auf der Landkarte? Ein Stück Erinnerung, das sich katalogisieren ließe?
Sie scheint zu erkennen, ist aber nicht erfreut. Sie bittet ins Zimmer. Ein Speicher geretteter Gegenstände. Stickig, dunkel. Plötzlich wird viel gesprochen, und gar nichts. Sie war Lehrerin, sie ist es nicht mehr; ist aber auch nicht pensioniert. Während des Krieges hielten die Kollegen sie für verrückt oder tollkühn. Sie gehörte zu den wenigen, die dem Jungen, als er aus dem Matrosenanzug herausgewachsen und in die Uniform noch nicht hineingewachsen war, so etwas wie Denken beibrachten ... In den Unterricht schmuggelte sie Bücher derjenigen ein, die das Land hatten verlassen müssen; sie behauptete, ganz von allen guten Geistern verlassen könne das Land doch nicht sein. Ein Gesetz gegen Wahr-

heit und Qualität gebe es nicht, behauptete sie. Nun hat sie Berufsverbot. Sie war in der Partei gewesen. Warum? Niemand hatte es gewußt, es war weiter nicht bekannt geworden. Warum? Da läßt sich vieles sagen, da läßt sich gar nichts sagen. Alles ist falsch, was gesagt werden könnte. Nichts trifft mehr auf Wirklichkeit zu. Der eine versteht den anderen nicht. Sie will weder die Gegenwart, noch die Vergangenheit. Selbst in der Erinnerung gibt es keine Gemeinsamkeit. Das alles ist doch längst nicht mehr wahr und nie wahr gewesen, wo es einmal hatte wahr sein sollen – da erst recht nicht. Sie will ihre Ruhe, und Ruhe bedeutet Leblosigkeit. Leblosigkeit, ohne zu sterben.
Es war falsch, hierher zu kommen. Sinnlos. Schlimmer, Verletzung von etwas Lebendigem.

Der Bahnhof. Die Wachposten an der Sperre, Ausweiskontrolle. Der Paß. Ein hallender Bahnsteig. Nacht. Grauer Dunst. Der Zug stand schon da. Alte Wagen; die eben, die einstmals die Dampfbahn abgelöst hatten. Der Damm hinterm Garten, die Pappel, in die der Blitz einschlug, die Kröte, die sich anfassen ließ, das Haus nebenan...
So war es damals. Soweit sich das rekonstruieren läßt.
Das Abteil blieb leer. Der Zug fuhr an. Vereinzelte Lichter, vorbei. Schwärze. Nein; Blässe, Farblosigkeit, Nebel. Der Grenzübergang aus dem einen Staat, der die Mauern der Stadt verwaltet, ihr zerfallenes Gehäuse, in den andern Staat, der Traditionen zu hüten sucht, ihren Geist, die Seelenachse von Kimme zu Korn, immer und immer noch. Beide Staaten zusammen ergeben ein Land, das einzige, in dem eine solche Stadt liegen kann...

Heute braucht, wer zum falschen Staat gehört, eine besondere Genehmigung, um die Stadt Potsdam zu besuchen. Langwierige amtliche Vorgänge, nicht immer mit Aussicht auf er-

folgreichen Abschluß. Die Lust, das auf sich zu nehmen – soviel, zuviel! – ist gering. Blieb alles mehr oder weniger beim Alten, wer reichte Gesuche ein, füllte Formulare aus, begäbe sich in die Bürokratie, um dorthin zurückzukehren, wohin er nie wieder zurückkehren wollte? Und hat sich da etwas verändert, ist Neues entstanden – was hätte der alte Besucher mit seinen Ängsten und Gespenstern dort noch zu suchen?
Die Erinnerung kann er ohnehin nicht abladen, nirgends, nicht im einen, nicht im andern Staat, und schon gar nicht irgendwo sonst in der Welt. Die Gespenster wird er nicht los; sie begleiten ihn wie damals im Zug. Spiegelung in der schwarzen Glasscheibe. Als wäre es drinnen und draußen zugleich. Der Matrosenanzug auf der Nachbarbank. Vor ihm die Lodenjacke. Und noch was, ein Ding, das erklärt, dem Gegenüber an den Hals fährt und zurückspringt, dann hoch erhoben aufrecht in der Luft steht, in Brusthöhe unterm Kinn, wie eine Krankheit, ein Starrkrampf.
Rückblick und Vorbedeutung; derselbe giftige Komet, drinnen und draußen, gestern wie morgen. Das kommt mit, wohin einer reist. Das ist immer schon da, wie einer auch läuft und sich hetzt und Haken schlägt, kreuz und quer ... Allerdings, eine Möglichkeit gäbe es noch: sobald sie sich wieder zeigen, der Junge, der Mann, der Zeigefinger – zupacken, den Zeigefinger ergreifen, mit der Faust, mit beiden Händen, ihn umdrehen und wegbiegen, wegbiegen und umdrehen endlich, den Zeigefinger abbrechen, und sei es nur, um zu sehen, woraus er wirklich gemacht ist, aus Blech, aus Eis, aus Papier und Kleister, aus falschem Stein, imitiertem Stahl, ein Gespenst aus Kunststoff, jämmerlicher Ersatzknorpel verhärteter Angst bloß oder überhaupt Nichts, einfach Nichts vielleicht – die Möglichkeit gäbe es allerdings – selbst unter diesem Sternbild, das so ewig und allgegenwärtig auf uns herabdroht, selbst unter unserem Sternbild des Zeigefingers –

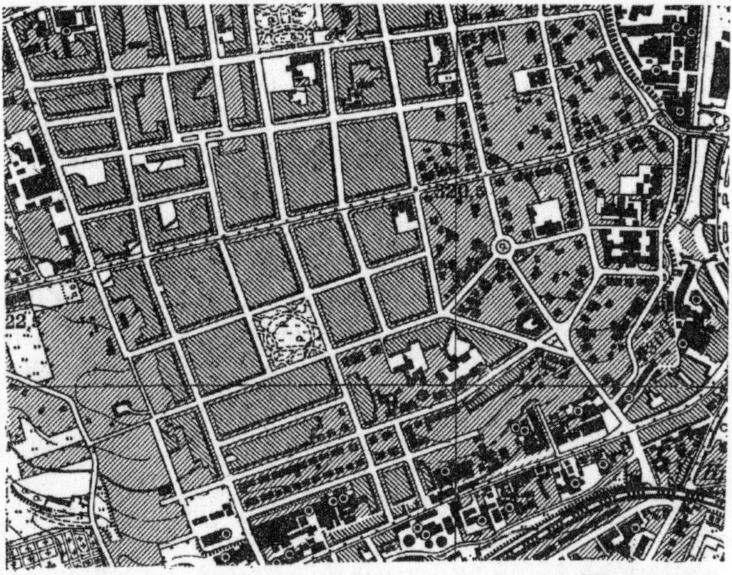

Chemnitz

Stephan Hermlin

Kassberg

1

Ein starkes, fremdes Geräusch ist in der Luft. Ich sehe mich, winzig auf dem kleinen kreisrunden Platz mit seinen Villen, den Kopf im Nacken (so deutlich hat dieser Platz von allen Seiten her sich um mich gelegt, daß ich ihn nach Jahrzehnten augenblicklich wiedererkenne), und eine Stimme neben mir, über mir fragt: »Siehst du den Aeroplan?« Ich sehe ihn deutlich, er fliegt tief über den Baumwipfeln; deutlich sehe ich auch die geschweiften Eisernen Kreuze unter seinen Tragflächen. Es ist noch Krieg.

2

Schnee fällt dicht und dichter zwischen den Gründerzeitfassaden auf Straße und Vorgärten. Ich sehe, wie er auf dem eisernen Zierrat der Zäune wächst. Je höher die kleinen Schneekappen werden, desto besser ist es, desto stiller wird die Welt, desto näher ist der Schlaf. Auch sind Passanten, die einzeln, dunkel, undeutlichen Schritts vorbeiziehen, immer seltener zu erblicken. Der Schneefall wird stärker, er wird ungeheuer. Süß fühle ich das Fieber nahen, lausche auf die stetigen, beruhigenden Geräusche des Hauses, das um mich wächst, so wie der Schnee um das Haus wächst. Später treibt mein Bett auf dem Strom des Fiebers. Ich schlafe, erwache, weiß, daß der Schnee weiter fällt, hinter der Wand reden Stimmen Unverständliches.

Es soll nicht enden. Das Fieber nicht, und nicht der Schnee. Nicht die belebte Stille. Nicht die Stimmen, die da sind, und deren Worte man nicht verstehen muß. In meiner Bewußtlosigkeit spüre ich die vertrauten Gegenstände im Zimmer: den weißen, mit schwarzen Leisten eingelegten Schrank, in dem meine Kleider hängen; das kleine Bild an der Wand, auf dem ein junger Mann mit gepudertem Haar eine silberne Rose in den Händen hält.

In all den Jahren, die folgen, tritt diese Lautlosigkeit eines Zimmers, dieses Murmeln hinter Wänden, treten Fieber und Schnee im Dahindämmern, in Erschöpfung und Schlaf vor mich hin. Mehr war vom Leben nicht zu erwarten gewesen. Alles andere war Täuschung. Es bleibt nur dieses Glück.

3

Ich trete in das Zimmer meiner schönen Mutter. Von hier aus blickt man über Gärten weg auf den tiefer gelegenen Hauptteil der Stadt, die finster und verrußt ist und unzählige Fabrikschornsteine gegen einen hügeligen Horizont stellt. Aber keiner dieser Schornsteine gerät ins Fensterviereck, sondern nur ein näher gelegener runder Wasserturm. »Wo bist du gewesen?« höre ich mich fragen. Ich sehe meine Mutter, die vor ihrem dreiteiligen Spiegel sitzt, gar nicht an; mein Blick kommt von dem Wasserturm nicht los. Dann höre ich die sanfte Stimme antworten. »Nirgendwo«, sagt sie. Ich denke über das rätselhafte Wort nach, ich stürze hinein, durchbreche es, es schließt sich über mir wie ein Gewässer. Sofort weiß ich, daß »Nirgendwo« nichts anderes ist als ein runder Turm unter einem niederen grauen Himmel vor einem hügeligen Horizont.

4
Später kehre ich, zwölf-, dreizehnjährig in diese Stadt zurück. Ich lebe im Haus meiner Großmutter, das an einer langen, stillen, nach einem ehemaligen Bürgermeister benannten Straße liegt. Diese Straße bildet den größten Teil meines Schulwegs; sie wird in Abständen rechtwinklig von anderen, steilen Straßen durchschnitten, die von der Stadt her auf den Berg führen.
Die Straße erblicke ich nur in einem grüngoldenen Sommerlicht, das nie wechselt. Sie ist erfüllt vorm dichten Laubwerk ihrer Bäume, die über Vorgärten schatten, über der Bäckerei, die einem Abgeordneten des Reichstags gehört. Träge Vogellaute erfüllen die Luft, die Glocke an der Tür des Bäckerladens schlägt manchmal an. Wolken zerrinnen über den Dächern.
Hier oben wohnen die Inhaber der Textil- und Maschinenfabriken, ihre Direktoren, Handwerksmeister, Ärzte, Rechtsanwälte. Die Straße liegt still, kaum befahren, wenig begangen, durchwogt von dem gleichförmigen Licht. Sie verliert sich hundert, zweihundert Meter links vom Haus in Gärten und Wiesen, noch ein Stück weiter in hügeliges Gelände.

Zwischen den Gärten spiele ich nachmittags mit ein paar Jungen Schlagball, wenn ich nicht zum Lauftraining auf den Sportplatz gehe. Manchmal zieht eine Kette von Mädchen vorbei; sie singen leise und lachen sinnlos. Manchmal unterbrechen wir das Spiel: der Kunstflieger Fieseler, der sich am Sonntag beim Flugfest zeigen wird, dreht zwischen den zerrinnenden Wolken ein paar Rollen.
Die unerträglichen, unendlichen Sonntage sind voller Angst. Ich fülle viele Hefte mit Gedichten und kleinen Erzählungen. Ich lese, nach einem Plan, in rasender Eile: die antiken Dichter, die mich in der Schule langweilen, die Elisabethaner, Hölderlin, Novalis, des Knaben Wunderhorn, Büchner, die Russen und Franzosen des 19. Jahrhunderts. Die Bücher schützen mich vor dem Leben, das ich fürchte, vor einer Zukunft, die mich unausdeutbar anblickt. Aber: ich boxe, reite, treibe Leichtathletik, fahre Rad. Bei den städtischen Juniorenmeisterschaften schwimme ich die hundert Meter Freistil, werde vierter.
Aus den Zeitungen erfahre ich, daß in Amerika zwei italienische Anarchisten namens Sacco und Vanzetti zum Tode verurteilt wurden. Sie sind für Gerechtigkeit, darum bezichtigt man sie eines Verbrechens, das sie nicht begangen haben. In allen Ländern kämpft man um ihr Leben. Meine Hoffnung wächst: man wird sie freilassen. Eine Zeitung liegt auf dem Tisch: Sacco und Vanzetti wurden gestern auf dem elektrischen Stuhl hingerichtet. Mit Entsetzen spüre ich, daß ich lautlos weine. Um wen? Um zwei Italiener? Um mich? Voller Furcht lese ich einen unsichtbaren Satz, der sich in mir bildet: Das wirst du dir schon noch abgewöhnen.

5

Auf dem Weg zur Schule, zehn Minuten, nachdem ich das Haus verlassen habe, überquere ich einen dreieckigen Platz, um den alte, hohe Bäume stehen. Links neben mir liegt die Post, schräg vor mir die Synagoge, im gleichen plumpen Stil erbaut wie die meisten Kirchen der Stadt, ein Stück weiter die Villa, die den Eltern meines Schulfreundes Scholwin gehört. Lautlosigkeit. Mitten auf dem Platz steht eine Litfaßsäule. Ich lese ein Plakat, schwarze Frakturschrift auf rotem Grund: Adolf Hitler spricht. Unten in der Ecke lautet ein Vermerk: Juden haben keinen Zutritt. Ich grüble, warum wohl Juden keinen Zutritt haben. Im Geiste sehe ich Tausende von Leuten vor mir, in Säle drängend, in denen Adolf Hitler sprechen wird; es sind Juden. Andere werden keinen Platz mehr finden.

Um die gleiche Zeit begegnet mir in unserer Straße ein junger Mann in einer braunen Uniform, die Hakenkreuzbinde am Arm. Er wohnt ein Stück weiter, er begegnet mir von nun an täglich, stets trägt er seine Uniform. Noch nie habe ich seinesgleichen erblickt, vielleicht ist er in der ganzen Stadt der einzige, der in diesem Aufzug herumläuft. Er beachtet mich nicht, er beachtet niemand. Immer geht er festen, klingenden Schrittes. Er ist nicht in Eile, doch hat er ein Ziel vor sich.

Nur nachmittags schlendert er manchmal die Straße herauf Er hält vor dem Haus gegenüber an und pfeift die ersten Takte von »Am Brunnen vor dem Tore«. Dann tritt ein junges Mädchen aus der Tür und lehnt sich an einen Pfeiler der Vorgartenumfriedung. Sie reden lange miteinander, ohne daß eins den Blick vom andern läßt.

6

Diesmal vergehen etwa zwanzig Jahre, bis ich wieder in die Stadt komme, die kaum mehr existiert. Denn ein Krieg ist über sie weggegangen, als er fast schon zu Ende war, gegen tausend Flugzeuge hatten zwanzig Minuten lang über sie einen Bombenteppich gebreitet. Man hat die Trümmer bei-

seite geschafft. Jetzt besteht die Stadt aus Leere, in der sich hier und da Gruppen von Häusern aufrichten. Ich finde mich nicht mehr zurecht in dieser Stadt, in der ich geboren bin, ich hatte sie niemals gut gekannt, ich flüchte aus ihr, von der ich noch ein paar Straßennahmen kenne, die ich nicht mehr finden kann, nicht die Namen und nicht die Straßen.
Die Straße oben auf dem Berg, in der ich vor zwanzig Jahren wohnte, ist zum größten Teil zerstört. Immer noch begegne ich so wenigen Passanten wie in meiner Erinnerung. Vom Haus meiner Großmutter finde ich nur umherliegendes Geröll und wundere mich, daß so wenig von einem so großen Haus geblieben ist. Man weiß, daß Erwachsene alles klein wiederfinden, was in ihrem Gedächtnis groß erschienen war. Dennoch ist es unbegreiflich, daß die Straße so schmal ist. Einige Bäume von damals sind da. Aber das Licht auf ihnen ist verschwunden. Aus einem Fenster sieht mich ein Mann an; er tritt ins Zimmer zurück, als ich seinen Blick erwidere. Auch der dreieckige Platz ist kleiner. Die Scholwinsche Villa ist ausgebrannt. Ich frage mich, was den Platz so verändert hat, und finde den Grund erst nach geraumer Zeit: von der Synagoge ist nichts mehr vorhanden, nicht der geringste Rest, wo sie gestanden hat, breitet sich ein unbegreiflich sauber gemähter Rasen. Da kann nie etwas anderes gewesen sein.

7
Es vergehen noch einmal fünfzehn Jahre. Meine Schule, das ehemalige humanistische Gymnasium, jetzt Friedrich-Engels-Oberschule, feiert ihr neunzigjähriges Bestehen; man hat mir eine Einladung geschickt. In der alten Aula werden Reden gehalten, jemand sagt ein Gedicht auf, ein Chor singt. Lehrer, Schüler, ehemalige Abiturienten. Ich kenne niemand.

Später nimmt sich ein junger Lehrer meiner an. Auch er ist ein ehemaliger Schüler des Staatsgymnasiums. Er nennt die Namen seiner Lehrer, einer oder zwei klingen bekannt, sie sind noch meine Lehrer gewesen. Im Haus hat sich nichts geändert. Da ist die Eingangshalle, in der wir bei schlechtem Wetter die Pause verbrachten, da der Schalter, hinter dem der Hausmeister Milch verkaufte. Der Hausmeister, sagt der junge Lehrer, wurde SS-Mann, er brachte viele Leute ins Elend, 1945 wurde er verhaftet. Man hat ihn nicht mehr gesehen.
Unverändert liegt der Schulhof, den unverändert eine hohe Mauer vom Gefängnis trennt. Über die Mauer blickt jetzt ein Wachtturm. Keine gute Nachbarschaft, sage ich. Das sei wohl wahr, sagt der junge Lehrer. Immer noch der Duft der Linden, der Geruch von feuchtem Sand, Urin, Fahrrädern.
Man hat eine kleine Ausstellung vorbereitet, Schülerarbeiten, Fotos, auch solche, die den Bombenteppich überdauerten. Plötzlich suche ich hastig nach einem bekannten Gesicht, nach Namen, die ich vergaß, nach mir. Da bin ich schon, da glaube ich zu sein, ein Junge unter dreißig Jungen, aber ich bin es gar nicht, es ist mein Bruder, dieser winzige Kerl in seinem Matrosenanzug, zwei Klassen unter mir, Sextaner, der später so groß und breitschultrig war und mit seiner kleinen schnellen, schrecklichen Flugmaschine aus dem umkämpften Himmel stürzte.
Ich gehe fort. Ich kenne hier niemand. Auf das Gitter am Straßenrand gestützt, schaue ich nach meiner unbekannten, unheimlichen Geburtsstadt aus. Die Freier sind fort, und mit ihnen Penelope. Die Stadt ist nicht mehr leer. Man hat hier sehr viel gebaut, Hunderte von modernen Häusern, wie man sie jetzt in allen Ländern findet, schöne Häuser eigentlich; sie sind sauber, bunt, breitfenstrig, untereinander austauschbar. Ich kenne ihre Bewohner nicht und kann mich nicht in den Straßen zurechtfinden, die diese Häuser bilden.

Ich sehe die breite Kassberg-Auffahrt, über die sich vor vielen Jahren Straßenbahnen heraufquälten. Sicher liegen auch jetzt dort Schienen, fahren auch jetzt wieder Bahnen; ich weiß es nicht genau. Wie vor Jahren höre ich auf das Schrillen der Räder in den Schienen, auf das unaufhörlich kreischende Gellen in den Kehren, in mir selbst.

Wolfgang Hildesheimer

Die Margarinefabrik

Den Namen des Ortes, an den es mich periodisch zieht, seit ich dort war, weiß ich nicht. Ich habe ihn nie gewußt, weiß auch nicht, ob ich ihn je erfahren werde, bin nicht sicher, ob er überhaupt einen Namen hat. Auf den Autokarten steht quer über dieser Region ›Finneidfjord‹, es steht nicht nur über dem Wasser, sondern auch über dem Land, das es umrahmt, dennoch heißt so der Ort wohl nicht, so heißt der Fjord, dessen Spitze er locker bevölkert wenn auch kaum belebt. Er liegt an der Westküste Norwegens, weit nördlich, unweit des Polarkreises, und besteht aus ein bis zwei Dutzend Häusern aus dickgestrichenen elfenbeinfarbenen Längslatten, in deren Mitte sich ein riesiges unförmiges Gebäude erhebt, ebenfalls aus Holz, alles in eine hüglige Bucht gewürfelt. Auf der Reise aus dem Norden, wo meine Träume angesiedelt sind, in den Süden, wo meine Wirklichkeit angesiedelt ist, habe ich eine Stunde dort verbracht, vielleicht war es noch nicht einmal eine Stunde, aber es war lang genug, um in dem Schatten des Wassers davor einen der Anker auszuwerfen für die Ladung geretteter Requisiten der Kindheit, einen jener Anker, mit denen es sie früher an manchen Orten hielt, die sich aber in den Perioden des Schreckens gelockert haben, und nun seit langem hochgezogen und verrostet, so wie die Orte selbst vergessen und verdrängt sind. Diesen Ort nun, am Finneidfjord, hatte ich weder gesucht noch erwartet, ich stieß auf ihn, sah ihn zuerst von weitem, am Ende der Bucht, helle Punkte mit einem dunklen Akzent, verlor ihn wieder, und war plötzlich, von einer Anhöhe kommend, mitten darin, stellte den Motor ab, und es herrschte Stille, eine Mittagsstille am Vormittag, ohne auch den leisesten Wind, in dem Pan sich ankündigt. In dieser Stille stieg ich aus dem Wagen, meine Gedanken, mein Wunsch und mein Wille waren im Einverständnis miteinander, als habe sich plötzlich auf meinem Weg ein Hindernis aufgetan, das sich vielleicht als ersehnte Überraschung enthüllen werde, zunächst aber einmal aus dem Weg geräumt werden müsse.

Ich sehe mich um. Zwanzig Schritte von mir entfernt, im Schatten eines Schuppens, repariert ein alter Mann ein Boot. Drei Kinder in bunter Regenausrüstung stehen da und sehen ihm zu, vertieft in den Anblick, als möge sich hier jeden Augenblick etwas großes offenbaren. Alle schweigen, auch die Reparatur ist geräuschlos. Keiner dreht sich nach mir um. Sonst ist kein Mensch zu sehen. Niemand sieht mich an, außer, hinter Lidern von weißen Gardinen, ein Rund von Häusern, und in ihrer Mitte, über einem riesigen runden hölzernen Torbogen, durch den ich auf dunkles unbewegtes Wasser sehe, dunkel gestrichen, mit einem dunklen Dach, blinden schwarzen Fenstern, tot und verlassen, das große Gebäude, zyklopisch inmitten eines verschlafenen Platzes, den es zu beschützen hat. Auf seiner hölzernen Wand steht in hohen gelben Jahrmarktslettern: Ohlsens Margarinefabrik. Niemals hätte ich dieses Bauwerk für eine Margarinefabrik gehalten. Ich kenne Margarinefabriken, mein Vater war Chemiker in einer Margarinefabrik in Hamburg, leitete eine in Mannheim und hat in Haifa eine dritte aufgebaut, und wenn das Produkt, obschon nachdrücklich gelobt, bei uns auch nicht auf den Tisch kam, so stellte es doch einen gewissen prosaisch sicheren Hintergrund dar, vor dem der Vordergrund einer beweglichen Geistigkeit einigermaßen leichtes Spiel hatte. Oft habe ich der Herstellung zugesehen, einem ganz und gar unromantischen aber appetitlichen und makellos hygienischen Ablauf (›untouched by human hands‹), einem faszinierenden Ineinandergreifen mechanischer Arme und Finger, das sich schließlich in einem Fließbandstrom auflöst, alles zwischen weißgekachelten Wänden, die dauernd gescheuert wurden, und es wäre mir undenkbar erschienen, daß sich all dies an Stätten wie dieser hier vollziehen könne, selbst wenn meine Fantasie die splitternden grindigen klaffenden Holzwände mit ein paar Strichen weißen Anstrichs belegt. Es ist nicht der Ort für Margarine, nicht die Luft und nicht die Landschaft, die sachliche Vorbedingung fehlt, und wenn hier auch Schiffe anlegen konnten, um Ohlsens Margarine über die Meere zu fahren, so war es doch eine Fehlspekulation, Ohlsen hatte wohl die Vergeblichkeit seines Unterfangens alsbald eingesehen und es aufgegeben. Und so fehlt denn inzwischen auch jeglicher Hinweis auf eine Funktion dieser Ruine oder auf eine produktive Vergangenheit in seinem Inneren. Es ist anders als bei verlassenen Bergwerken, in deren Stollen tief unten man immer noch das Skelett eines vermutet, der sich an den letzten Resten des Erzes bereichern wollte, oder die Erzader, die er nicht mehr gefunden hat.

Der Torbogen zieht mich an, ich gehe darauf zu, trete hindurch und stehe in einer verzauberten Welt. Es ist Oktober. Jenseits des Tores stand die Sonne noch schräg am Himmel, diesseits ist sie schon untergegangen, obgleich es noch nicht Mittag ist. Der Schauplatz liegt im Schatten eines Gebirgszuges, der den Fjord südwestlich säumt. Nach Nordwesten und Norden ist er offen, zeigt aber nicht das offene Meer –; auf der Reise vom hohen Norden hierher habe ich kein offenes Meer gesehen, immer war es verdeckt durch Inseln, Halbinseln, Landzungen, es war eine teils eckige, teils runde Berg- und Talfahrt, hinab und mit der Fähre über den Fjord und wieder hinauf durch Wald und Wiese und Schnee, hinauf und über die Wasserscheide und wieder hinab, immer auf der unsäglichen Reichsstraße Nr. 50, bald Schlammpfad in einer Schlucht, bald Staubfährte, die eine Heide teilt, und immer zwischen wechselnden Panoramen, die sich plötzlich zusammenfalten und sich wieder entfalten, um andere Sichten hervorzukehren, und was vorn ins Blickfeld gerät, zieht träge vorüber und ist noch nicht verloren, wenn es hinten aus dem Blickfeld entschwindet, vielmehr präsentiert es sich plötzlich noch einmal von einer anderen Seite in überraschender Verkürzung, bevor es sich vorsichtig in eine andere Schicht von Kulissen schiebt, Kulissen von blendendem Hell bis zu tiefem Schwarz, in oft bis zu zehnfacher Überschneidung, die sich gegenseitig verlagern, als probiere ein Bühnenbildner die für sein Naturschauspiel ideale Lage aus, ohne dabei menschliche Auftritte berücksichtigen zu müssen. Und alles in stetig wechselnder Beleuchtung, ein Wald vertauscht sein Licht gegen den Schatten eines Berges und gibt es einer Felswand weiter, die es in Stücke schneidet und an sich hinaufgleiten und in der Luft entschwinden läßt, um sich mit neuem Schatten zu bekleiden, und immer alles klar, auch in der fernsten Ferne noch scharf umrissen, nichts verschwommen, nichts umnebelt, dies also ist der nordische Herbst. Niemals bin ich in einer Landschaft gewesen, die einzig und allein um ihrer selbst willen und damit auf unmittelbare Weise im vordergründigen Sinne des Wortes so »schön« ist, wie diese hier; in der nichts ist von Geschichte keine Spur von Religion oder Mythos, ja, der auf weite Striche sogar das Menschliche fremd ist. Wie oft habe ich versucht, in der Weite die Höhe eines Hügels oder Gebüsches zu schätzen, und es gelang mir nicht, denn es fehlte das menschliche Maß. Lange – genauer gesagt: bisher – habe ich geglaubt, ich könne, wenn überhaupt, nur dort heimisch werden, wo etwas ›gewesen‹: wo etwas geschehen sei, das – für meine Begriffe – zur Würde der Welt beigetragen habe; wenn nicht große Architektur, so doch ein Berg wie der Olymp oder eine Quelle wie die Kastalia. Aber je älter wir werden, desto größer wird unser Mißtrauen gegen die Überlieferung, ja, unser Mißtrauen tastet sich an den Fäden der Überlieferung zurück und nistet sich an ihren Ursprüngen ein: den Ereignissen selbst. Und dort nagt es weiter. Die Rekonstruktion eines Tempels ist Fälschung und damit ein Ärgernis, stände aber der Tempel noch unzerstört da, so wäre er ein Zeuge finsterer Barbarei, eine Stätte menschlicher Schande. Besser also, und sicherer, dort zu sein, wo nichts gewesen ist, besser, sich in dieser Landschaft das eigene Geschehen aufzubauen.

Hier, wo ich jetzt bin, ist nichts geschehen, außer daß vielleicht vor langer Zeit hier Margarine gemacht wurde. Weder Geschichte noch Sage sind hier zuhause, die Heimat der

Edda ist Island, die der Trolle das Gudbrandstal – so weit südlich von hier wie Wilhelm Tell von Rübezahl –, und die Spuren deutscher Barbarei sind weiter nördlich. Dieser Platz ist ausgespart, hier herrscht Stille, ich stehe und kann die geretteten Requisiten aufbauen, ich habe die Ladung immer bei mir. Die Stille ist nicht unheimlich, die Ferne nicht drohend, die Nähe nicht trügerisch, in den dunklen Ecken und Winkeln versteckt sich nichts.

Hier stehe ich also, in einem unerwarteten Raum, auf einer breiten Rampe aus dicken Planken, mit Bohlen querverstrebt und auf Pfählen ins Wasser gerammt, in einem hölzernen Reich, auf einem Steg, der aber nicht hinausführt, ins Wasser, sondem parallel mit dem Ufer verläuft, entlang der Margarinefabrik, die hier, in extremer Verfremdung, zu einem Pfahlbau wird, einem plumpen Koloß, der auf Stelzen zu stehen versucht. Die braune Fassade splittert und blättert und unter dem Braun geplatzter Ölfarbe, vermischt mit Resten von Weiß und Rot, erscheint ein Braun von Morschheit, von Fäulnis, es entstehen Texturen, Schraffuren, Craquelés. Und links von mir, auf dem Wasser, erscheint dieselbe Fassade als Kontrapunkt, weicher in den Umrissen und changierend, aber unbewegt, denn nichts rührt das Wasser auf. Zeit verstreicht, die Schatten verändern sich jenseits der Bucht, es ist Mittag, alles schweigt, ich höre deutlich, wie keine Kirchenglocken läuten, der Raum wird dunkler. Hier wurde früher einmal Margarine verladen, aber eines Tages stieß das letzte Margarineschiff ab, ohne Musik, und fuhr den Fjord hinunter, und das industrielle Zwischenspiel war vorbei. Und jetzt stehe ich hier, allein, so allein, daß ich mich verdopple, nicht um Gesellschaft zu haben – meine Gesellschaft ist mir nicht immer angenehm –, sondern um zwei zu sein, die einander im Raum und in Beziehung zu ihm beobachten: ich stehe hier, und ich sehe mich von hinten einem anderen Faden folgen, ich steuere der Rampe entlang, habe aber kein

Ziel. Im Gehen fühle ich mich von dem Stehenden beobachtet, dennoch gehe ich, traumverloren, den Blick nicht auf das Wasser gerichtet, vielmehr betrachte ich die Wand der Fabrik, die Muster, die Bilder, und als Stehender sehe ich mich diese Wand bewundern, als entziffere ich eine Legende auf einem Freskenzyklus, als Gehender sehe ich mich dem Ende der Rampe näherkommen, als Stehender sehe ich mich kleiner werden und einem unsichtbaren Verschwindungspunkt zusteuern, der Gehende kehrt zurück und hört seine metronomisch gleichmäßigen Schritte verdoppelt durch das Echo der hohlen Räume hinter der Wand, der Stehende hört es näher kommen, lauter werden, ein crescendo über absoluter Stille, gleich kommt der Schuß oder die große Anklage, die Katastrophe, alles ist entdeckt, und da stehe ich wieder neben mir, werde zu eins, die Pantomime hat sich sanft und gut aufgelöst, das Spiel ist vorbei und gelungen.

Aber der Zauber bleibt, obgleich ich wieder bei mir bin, er erlischt auch nicht, als ich durch das Tor zurückgehe. Ich gehe zum Wagen, hole einen Zeichenblock und gehe ein paar Schritte die Anhöhe hinauf. Von hier sehe ich die Stätte in der Landschaft, vor ihrem Hintergrund, von oben und gleichsam von außen, ein vielfaches Gewinkel, Schnittpunkte von Linien, die vielen verschiedenen Verschwindungspunkten zustreben, perspektivisch kaum erfaßbar, und davor der Mann, der lautlos arbeitet, und vor ihm die drei lautlosen Kinder. Ich beginne zu zeichnen.

Da, als spürten sie plötzlich eine unerwartete Anziehung von hinten, lösen sich die drei Kinder, eines nach dem anderen, ohne gegenseitige Kommunikation, von dem arbeitenden Mann und kommen auf mich – vielmehr auf den Zeichenblock – zu. Sie begrüßen mich mit dem Ruf ›Hei!‹, und erst dieser Laut löscht den letzten Laut aus, den ich gehört habe: meine Schritte auf der Rampe; ein neuer Abschnitt beginnt – und dann stehen sie vor mir und erwarten Beachtung, drei

Märchenkinder in Kapuzen, auf dem Heimweg von der Schule, ein Weg, der gewiß einen erheblichen Teil ihres Tages einnimmt und daher den Tag mit Erlebnis zu speisen hat.

Wer unterwegs zeichnet, der weiß dies: ein erwachsener Passant wird, um sein Interesse nicht offensichtlich zu bekunden und dem Zeichner damit eine Ehre zu erweisen, die ihm vielleicht nicht zukommt, einen verstohlenen Blick auf Block und Zeichner werfen, wird dann, wenn er sich außerhalb des Radius der Beobachtung glaubt, einen Blick auf das Objekt werfen: er prüft das ›Motiv‹, will sich versichern, daß es der Darstellung wert sei. Und meistens ist das Resultat der Prüfung negativ, es erfolgt ein inneres Kopfschütteln, der Erwachsene sagt sich: da hätte es doch wahrhaftig Anderes, Lohnenderes gegeben, das kann kein richtiger Künstler sein. Nicht so Kinder. Sie sehen nicht auf das Objekt, sondern auf den Akt der Übertragung, das Motiv interessiert sie nicht, sie sind sicher, daß es sich lohne, denn alles lohnt sich. Und so finden auch diese Kinder das, was sich hier vollzieht, völlig in Ordnung. Auch daß ein Gespräch nicht zustande kommt, nehmen sie ohne Erstaunen hin. Um indessen den ungewohnten Programmpunkt dieses Tages doch zumindest festzuhalten, nehmen sie ihre Schulranzen unter den Regenmänteln ab, kramen Hefte hervor, übergeben mir die Hefte, ich zeichne jedem etwas in sein Heft, jedem ein schönes Haus, das vielleicht sein Elternhaus ist, ich gebe die Hefte zurück, die Kinder betrachten die Zeichnungen eingehend, vergleichen sie gegenseitig, vergleichen sie mit dem Objekt, sind mit der Übertragung zufrieden, sie lächeln mich an, danken artig und setzen den Heimweg fort, auf dem das Unerwartete stets eingeplant ist, sie gehen ohne Eile dem nächsten Aufenthaltspunkt zu, den sie wahrscheinlich schon vor sich sehen, und verschwinden schlendernd, einer nach dem anderen, zwischen den Häusern, der Schatten nimmt sie auf,

dort wo er sie am nächsten Tag der Sonne zurückgeben wird. Sie sind nun außer Sicht.
Auch der Mann ist verschwunden, hat sich aufgelöst, kein Mensch ist mehr zu sehen, kein Laut mehr zu hören, der Dank der Kinder – ›tak!‹ – klingt nach wie drei fröhliche Schüsse aus einer Kinderflinte. Der Schatten zieht sich an meinem Wagen hoch, holt mich ein, es wird dunkler um mich. Aber über Teilen der Dächer liegt noch Licht, das transparente kühle helle rationale Licht des Nordens. Kein Kirchturm ist zu sehen.
Hier stehe ich denn, und dies ist der Augenblick, da ich den Anker auswerfe; da meine Fantasie aus dem Gewirr der Gegenstände das Nötige hervorkramt, um diesen Fleck einer statischen Gegenwart mit Elementen einer Welt zu bestükken, in der nichts geschehen kann und nichts geschehen wird. Nochmals vollziehe ich eine Teilung, diesmal vermehrfache ich mich, ich stehe hier, und ich spüre mich in den drei Kindern, in ihrer steten Erwartung, ihrem sachlichen Interesse am Geschehen in ihrer abgesteckten Welt, ich spüre mich in den dunklen leeren modrigen Räumen der verlassenen Fabrik einem Faden folgen, dessen Anfang im Märchen liegt, ich verstecke mich hinter der Wasserfassade, oder ich suche einen, der sich versteckt hat, ich stehe in einem getäfelten Raum, die Sonne schiebt durch Rippenfenster ein Muster von dunkelweiß und hellweiß auf lackierte Möbel, ich gehe zu Bett und sehe den klaren Mond nah und fern und ein Widerspiel beleuchteter Wellen an den nächtlichen Wänden, ich höre im Garten einen Ruf, der sich entfernt oder das Fallen einer reifen Birne auf den Rasen, ich bin wunschlos und ohne Sehnsucht.
Ich fuhr weiter, in südlicher Richtung, aber wie einer, dem das Stück Erinnerung zwischen steigender Trunkenhheit in der Nacht und dem Erwachen am nächsten Morgen fehlt, der nicht mehr weiß, wie er ins Bett gekommen ist, weiß ich

nicht mehr, an welchem Punkt und wieviel später ich die veränderte Umgebung wieder in mich aufnahm und was ich vielleicht versäumt habe. Meine Erinnerung umfaßt ein Stück Gegenwart ohne Anfang oder Ende, immer greifbar und ohne Verstreichen von Zeit.

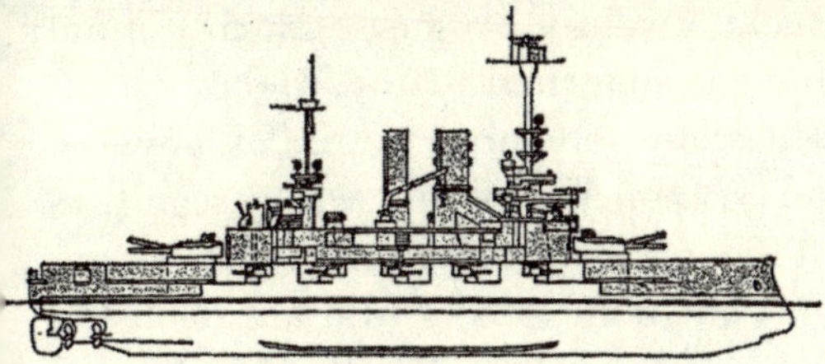

13 200 t, 18 Kn
4–28, 10–15, 4–8.8, 4 Mg
WL 240–100, Deck 67–40
KT 300–140, Art. 280/170

Schleswig-Holstein* (06, *26, 36*)

Ernst Schnabel

Deutsches Seestück

Ich sehe, wenn ich zurückdenke, zwei Augenblicke zugleich. Ich versuche, sie auseinanderzuhalten, aber sie haben keine Haut und schießen zusammen wie Quecksilberperlen, ohne anzuschwellen dabei, oder als gehorchten sie einer Gravitation, die sonst nicht zu spüren ist, und so schneiden und überspielen sie einander, und dic Jahre, die dazwischengelegen haben, sind aufgehoben; eine Photographie, die versehentlich zweimal belichtet wurde. Da geistern Gesichter durcheinander, die sich in Wahrheit nie gesehen haben, Schiffe, die sich nicht begegnet sind, Worte, die nicht zusammenpassen, verschieden wie Anfang und Ende, und obwohl gerade dieser Anfang zu diesem Ende geführt hat, heftet keine Konsequenz sie zusammen, sondern der Widerspruch.

Zweimal Lübecker Bucht, zweimal August – doch einmal hatten wir Ostwind und das andermal Flaute, so daß ich zugleich ein grünes Meer vor mir sehe und ein weißes, beißend von Gegenlicht. In der grünen Bucht sind wir gesegelt, es waren die schönsten Tage des ganzen Sommers. Wir waren von morgens bis abends auf dem Wasser und am nächsten Tag wieder und auch am übernächsten, so daß wir die Hitlerrede verpaßten und erst am Abend erfuhren, daß der Krieg ausgebrochen war. So sehe ich uns: in einem Boot auf dem Meere – aber es ist wie eine Erinnerung aus Vineta, denn über das grüne Meer hin schob sich die Welle des weißen, ein Bleispiegel unter der Sonne, und wo das Boot über die grüne Bucht hin fuhr, treiben in der weißen die Toten, weit verstreut, Kommas auf einem leeren Papier. Es waren wieder die schönsten Tage eines ganzen Sommers, und die Toten sahen, wie sie da trieben, eher absurd aus als schrecklich, aber es wurden von Tag zu Tag mehr. Die Schiffe gaben sie her. Da es wochenlang windstill blieb, trieben sie nur langsam zum Strand, eine Handbreit in der Nacht, nicht viel mehr.

In der grünen Bucht lag die ›Schleswig Holstein‹ mit zwei Zerstörern. Sie hatte in der Last die Granaten, die sie am 1. September, um vier Uhr in der Früh, auf die Westerplatte abfeuern sollte. In der Woche zuvor hatte sie noch bei uns vor der Küste gelegen, kurz, plump, ein Plätteisen mit Schornsteinen und hohen Kränen und über die Toppen geflaggt, und wir waren dicht an ihr vorbeigesegelt, von oben hatten sie uns gewinkt. Die Schiffe in der weißen Bucht aber waren schon untergegangen, als ich nach Hause kam. Sie hatten ›Cap Arkona‹, ›Deutschland‹ und ›Thielbeck‹ geheißen und waren in den letzten Tagen des Krieges eingelaufen, in der Last die zehntausend Häftlinge aus dem KZ Neuengamme, unsichtbar wie die Granaten der ›Schleswig Holstein‹. Sie waren nicht weit von der Stelle, wo das alte Linienschiff ge-

legen hatte, vor Anker gegangen, und dort lagen sie, bis das Flugzeug kam. Ein Flieger, ist mir gesagt worden, ein Flugzeug – drei Bomben, drei Schiffe. Im August konnte man die Schiffe noch liegen sehen. Ihre Bäuche ragten rot in die weiße Windstille.
Über der grünen Bucht hatte es den Golfplatz und das Golfhotel gegeben, vor dem die Autos standen, und von der ›Hermannshöhe‹ herüber, dem Ausflugslokal neben dem Golfplatz, hörte man Radiomusik. Später, im weißen Sommer, hatten wir dort, wo der Golfplatz gewesen war, unseren Kartoffelacker. Die Erde über der Steilküste war lehmig und nicht gut für Kartoffeln, und sie mußte nach jedem Regen und jedem heißen Tag neu gehäufelt werden, weil sie wie Stein wurde. Wenn man beim Häufeln aufsah, kniff man am besten die Augen zu, bis der beißend-weiße Augusthimmel schwarz wurde. Dann sah man das Meer in der Tiefe, es lag in der Stille, und im Meer trieben sie. Sie waren, kopfüber und schwarz, weitergetrieben, eine Handbreit wieder seit gestern.
Am Strand herrschte Badebetrieb. Viele Leute lagen in der Sonne. Sie lagen in Gruppen beisammen. Es gab da Gruppen von Deutschen, Kinder und Frauen, und andere von englischen Soldaten. Zwischen den Gruppen waren große Abstände. Das Fraternisieren war nicht erlaubt, außerdem lagen zwischen den Gruppen welche, die es über Nacht angetrieben hatte. Sie lagen kopfüber im flachen Wasser. Wenn sich ein neues Komma ins flache Wasser schob, konnte es passieren, daß sich eine ganze Badegruppe verziehen mußte, zwanzig, dreißig Meter weit zur Seite, wo der Strand wieder frei war.

Vor Kriegen ist die Lübecker Bucht ein beliebtes Ferienziel. Travemünde, Niendorf, Timmendorferstrand und Scharbeutz sind bekannte Bäder, die in Blüte stehen und eine nähere Beschreibung wohl lohnen. Man müßte nur die Hälfte weglassen. Golfplatz, Golfhotel und ›Hermannshöhe‹ sind wieder in vollem Betrieb, und unseren Kartoffelacker haben wir längst aufgegeben; man kann jetzt Kartoffeln überall kaufen.

Wir konnten übrigens damals schon Ende August die ersten Kartoffeln ausnehmen. Wir sackten sie ein und legten den Sack auf die Lenkstange meines Fahrrads, und ich schob das Fahrrad nach Hause. Auf der Straße kam uns der alte Lastwagen entgegen, der jetzt jeden Tag den Strand entlangfuhr und einsammelte, die es über Nacht angetrieben hatte. Ich schob das Rad in den Graben, als er kam, und wir ließen ihn vorbei. Die Straße war damals noch nicht asphaltiert, und der Lastwagen wirbelte eine große Staubwolke auf. Wir ließen ihn vorüber und warteten noch einen Augenblick, bis sich der Staub gelegt hatte. Wir warteten mit eingezogenen Köpfen, und ich hielt das Rad mit dem Sack fest. Es war ein Glück, davongekommen zu sein, und wir warteten einfach, bis die Wolke vorüber war.

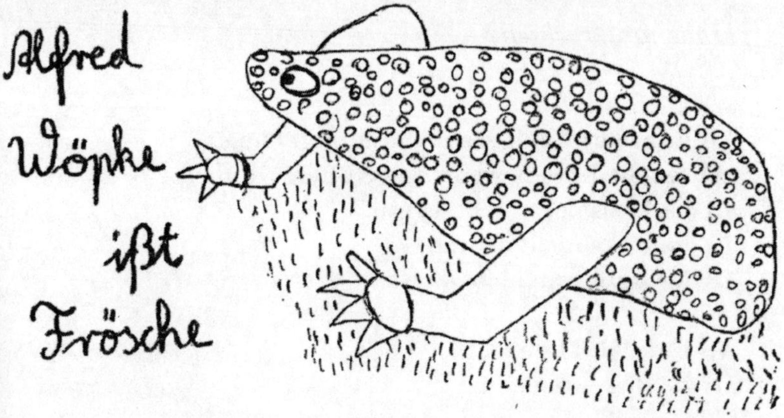

Hubert Fichte

Lokstedt

Lokstedt ist mehr als Lokstedt

Lokstedt ist mehr als Lokstedt.
Lokstedt ist Eidelstedt, Langenfelde, Niendorf,
Eimsbüttel,
ein Teil von Stellingen,
Altona und Pinnasberg.
Lokstedt ist Gamla Staden,
Belleville, Cadaquez, Ostrohe
und sicher Sesimbra.

Lokstedt ist nicht das Seizième, nicht Winterhude,
leider nicht Blankenese,
nicht Zürich,
nicht Saint Etienne-les-Orgues.

Höhenunterschiede

Als Eimsbüttel aufgebaut wurde, sagt Oma,
schrien die Löwen, wenn sie gefüttert wurden,
als das Haus noch nicht da war,
als die Birke nicht da war,
als der Nußbaum nicht da war.

Als Eimsbüttel stand,
als die Birke stand,
als der Nußbaum stand,
als das Haus noch nicht stand,
schrien die Löwen, wenn sie gefüttert wurden.

Die Löwen schrien, wenn sie gefüttert wurden,
als das Haus kleiner war als die Birke und der Nußbaum,
als ich kleiner war als das Haus.

Als das Haus größer war als die Birke und der Nußbaum,
schrien um sechs Uhr beim Abendbrot
die Löwen, wenn sie gefüttert wurden.

Als Eimsbüttel zerstört wurde,
als das Nachbarhaus kleiner wurde als unsere Birke
und unser Nußbaum,
schrien nachts die Löwen,
als Hagenbecks Sohn sie eigenhändig erschoß –
die Schrebergartenbesitzer hatten es gesehen.

Oma sagt: Ich habe gesehn,
wie Eimsbüttel aufgebaut wurde,
wie Eimsbüttel zerstört wurde,
wie Eimsbüttel wieder aufgebaut wurde.

Die Löwen schrein, wenn sie gefüttert werden.
Der Nußbaum ist größer als das Haus.
Die Birke ist größer als der Nußbaum.
Auf Opas Grab in Niendorf pflanzen wir einen Lebensbaum.

Ich bin größer als Oma.
Ich bin größer als die Birke und der Lebensbaum und das Haus.

Ich fliege über den Tierpark

Alfred Wöpke

Alfred Wöpke
ißt schwarze Krähen und rote Frösche.
Anständige Jungen
dürfen nicht mit ihm spielen.

Lebensdauer

Omas Bruder Hermann starb in Amerika noch vor meiner Geburt.
Omas Mutter – Muttis Oma – starb in Globau, als ich vier Jahre alt war.
Omas Bruder Ernst starb nicht viel später in Berlin.
Omas Schwester Emilie starb auf der Flucht.

Onkel Emil starb in Neu-Börnsen im Jahr meiner Konfirmation.
Frau Kirchner starb plötzlich, als die Julius-Vosselerstraße noch Karlstraße hieß.
Als sie Graf-Gertstraße hieß, starben Frau Malchow und Bruno Kramer.
Bruno war erst zwölf.

Opa starb 1958 im Elisabethkrankenhaus. Ich hielt mich in Schweden auf.
In der Julius-Vosselerstraße starb inzwischen Herr Umbach.
Frau Schwarz wurde auch erlöst.
Herr und Frau Bayer starben nacheinander in Reinbek.

Ich vergaß, Herr Wiesnagrotzki starb und Frieda kam in einer blauen Bluse zur Beerdigung.
Oma ging nicht zur Beerdigung von Selge und Frau.
Kurz vor seinem 65. Geburtstag starb Hans Henny Jahnn.
Herr Herzog starb viel zu früh. Und mancher Alte ginge gern dahin.

Dann starb die alte Frau Kwasniak mit 85 Jahren zuhause.
Frau Beckemeier kommt seit zwei Jahren nicht mehr aus Harburg.
Vorigen Sonntag ist Herr Juskowiak gestorben.
In Lokstedt lebt siebenundachtzigjährig Oma.

Mutti ist sechzig. Ich gehe auch schon auf die dreißig.

Frühling

Der Riese FischmehlundFischkonservenfabrikPallasch
ergießt sich über den Volkspark, Eidelstedt und Langenfelde.

Auf der Müllabladestelle zwischen toten Wintersofas
klettern die Jungen mit schorfschwarzen, ascheschwarzen, rostschwarzen Knien.

Die beiden dicken Walrösser schlagen das Wasser
im Bassin des Freiluftgeheges zu Schaum.

Veränderungen

Die Fenster werden aus den Lauben geworfen.

Der Breitwegerich wächst noch eine Spanne unter den Scheiben.

Die Ramme fährt durch den Rittersporn.

Der Cosino kippt.

Die Gartenzwerge, das Starenhäuschen verlieren das Gleichgewicht.

Von Methfesselstraße bis Hagenbeck baut die HHA einen Tunnel.

Ortsamt

Die Sonne war rot.
Der Himmel war schwarz.
Aus den Wolken fielen schwarze und weiße Haare.

An der Reineclaude hing ein Rhesusäffchen.
In den Erdbeeren saß ein Puma.
Am grünen Heinrich hing eine Klapperschlange.

Die Kirschen hingen auf dem Dach.
Die Dachziegeln lagen in den Hortensien.
Die Hortensienknospen lagen unten im Krater.

Die Riesenspinne und die Alligatoren entkamen.
Alle Löwen konnten nicht erschossen werden.
Die Zebras entkamen.

Die Zebras galoppierten am Ortsamt vorbei.

Peter Rühmkorf *Ein Brief*

Rom, den 5.5.65

Lieber Freund und Verleger,
nun weiß ich natürlich auch, daß die alten Meister oft gerade im Auftragsdienst Schönes und Gehaltvolles geschaffen haben, damit brauchst Du mir also nicht zu kommen. Und um es ganz klar zu stellen: wer wüßte nicht ein Lied davon zu singen, daß selbst ein böser Termindruck gelegentlich aus vagen Dispositionen Diamanten pressen kann? Also auch darüber bitte keine lange Debatte. Aber: wo hätte man je davon gehört, daß einem der frühen Italienreisenden abverlangt worden wäre, von Pincio aus die Kugelbake anzuvisieren oder die Kaiserwilhelmgedächtniskirche nach der Erinnerung zu malen?! Nein, lieber Freund, so geht es nun

wirklich nicht, jedenfalls nicht bei einer so bodengebundenen Natur wie der meinen, die kann man nicht einfach im Schatten des Pantheon absetzen und sagen: Warstade-Hemmor, Basbeck-Osten, nun leg doch mal los.

Und dabei habe ich es, zunächst durchaus noch guten Willens und bester Dinge, doch wirklich versucht. Will sagen, daß mein Unvermögen kein vorgeschobenes ist, sondern experimentell erwiesen: zwanzig Schreibmaschinenseiten (italienischen Formats) sind hier auf eigene Kosten mit Notizen bedeckt worden: volle zwanzig Schreibmaschinenseiten liegen vor und können notfalls eingesehen werden: Aufzeichnungen zur tektonischen Stellung des Nordseebeckens, besinnliche Betrachtungen über das Kommen und Gehen von Wasser, worauf ja wohl alles hinausläuft (Ancylushebung-Litorinasenke; ich nenne nur den einen großen Paradefall), dann wieder Einfallsquanten vermischten Charakters, metaphorische Brückenschläge zwischen geologischem Untergrund und individuell ausgestattetem Oberstübchen, epigrammatische Verneigungen vor Barthold Heinrich Brockes, Ritzebüttel, und Johann Heinrich Voß, Otterndorf, wehmütige Reflexionen über die stilprägenden Indianerhäuptlinge der Jahre sechsunddreißigbisvierzig (den Hammer von Hemm, zum Beispiel, und den roten Mustang von Bröckelbeck; alles Leute der näheren Umgebung, die auch mal im Kommen waren, alles Leute, die dann nach und nach in den Zement abgewandert sind), schließlich recht aufschlußreiche Erinnerungsprotokolle über das Fähnlein 13/384, Gebiet Nord-Nordsee (den Mumpitz hat man intus bis zur Bahre), das alles also geisterte mir so durch den Kopf und kam auch zu Papier, aber zum Gedicht, wie beabsichtigt, zu einem richtigen runden Poem, wollte es partout nicht gedeihen. Ich habe es hingedreht. Ich habe es hergewendet. Ich habe den Bogen einfach nicht geschafft vom rosenfressenden Nashorn

am Rande des Eemmeers bis hin zum ferngelenkten Landmann unter der plombierten Dorflinde.
Nun könnte man vielleicht meinen, daß einer, der sich solcher Unfähigkeit selbst bezichtigen muß, praktisch schon unterwandert und daß der Süden sein Land geworden sei. Nein, Freund, auch an thyrrhenischem Gestade trecken für mich nur unverdient hochgekommene Wellen an den Strand. Auch Fiumicino fordert vergebens den Vergleich heraus mit Schwarzenhütten, wo man, wie hier, die Schiffe mit Zement vollbläst und Kohle löscht. Und je mehr ich die Gegend kennen, den Leuten auf den Zahn fühlen, die ganze historische Abteilung abschätzen lerne, um so sicherer weiß ich: mein Soracte ist im Grunde immer noch Sommers Berg, meine Via Appia bleibt die Butterkuchenstraße, mein Cannae fand statt bei Witts Kreidekuhle, Ecke Hansawald-Lamstedterchaussee, mein trippa alla romana heißt allemal Jüchen, meine zuppa inglese Bottermelkzuppmitklümp, und – wo man vor lauter Helden erster Ordnung den schlichten Nutzen gar nicht mehr sieht – was bietet uns denn schließlich, lehrt, sagt und singt uns diese sogenannte Geschichte? Oh, ich habe es schon begriffen, was sie uns singt und sagt, denn ich habe sie reden hören: gebrochen, und aus Scherben von Scherben. Und ich weiß auch, was sie uns lehrt: das Unverbesserliche! Das ist ja fast nicht mehr ernst zu nehmen, einer kommt, der kann weder lesen noch schreiben, und er hat auch sonst nicht gerade viel auf dem Kasten, aber er weiß, wen er ungestraft abmurksen kann: der hat Anrecht auf die Erinnerung. Und der *den* dann wieder erledigt, mit Gift oder von hinten, wird auch nicht vergessen; und wenn er die Hände nur genügend lange in Blut taucht, ist er kenntlich für Jahrtausende: als großer Schlachtenmaxe (Kriege zum Auswendiglernen, nicht zum Abgewöhnen). Nein, mit büstenreifen Gestalten darf man mir nicht mehr kommen, und von all diesen Herrschaften, die doch immer nur auf Kosten der Zivilbevölke-

rung über sich hinausgewachsen sind, weine ich keinem eine gute Träne nach.
Was natürlich nicht heißt, daß ich nicht noch andere kennte. Zum Beispiel, als wir noch klein waren – also etwa um die Zeit als das große Tonloch am Ostrand der Wingst noch fündig war und wir eine Zeitlang frei über Muschelgeld verfügten, Herzmuscheln, Helmschnecken und Taschenkrebse, das schönste Mittelmiozän – da gingen auch bei uns sehr eindrucksvolle Gestalten um. Ich gehöre nämlich zu der Generation, die Männer wie Hein Peper und Hein Moppi wirklich noch persönlich gekannt hat. Wir haben sie doch gesehen. Wir sind ihnen fast jeden Tag begegnet. Und wenn die Jugend von Kreis Land Hadel heute immer noch die alten Lieder singt, die wir schon damals kannten, und wenn sie vielleicht glaubt, daß die Mär von Hein Moppi (der beim Kommiß sein Dings verlor, das ihm erst nach vielen beschwerlichen Abenteuern und manchem Ungemach, endlich, in Rußland, wieder wuchs) eine bloße Legende sei, dann muß ich noch einmal ganz klar stellen: Hein Moppi, Leute, war kein Mythos! Und Kordelbrümmer war es natürlich ebenso wenig. Der wilde Mann des deutschen Doppelkopf, der jeden Ostern seine siebzig hartgekochten Eier aß (mitsamt der Schale!), ohne zunächst daran zu sterben. Oder Hein Peper, den sie alle für verrückt hielten, der aber doch echte Erleuchtungen hatte, und der uns den Untergang nicht nur von Altwarstade, Neuwarstade und Warstade-Herrlichkeit, sondern des ganzen Großdeutschen Reiches, lange vor Stalingrad, aus leeren Ecksteinschachteln weissagte. Oder Ol-Mudder-Döscher, die nach dem Rentenentzug praktisch nur noch vom zweiten Gesicht lebte. Oder Mudder Torborch, die mir (als einzige!) die Warzen wegzaubern konnte. Oder Oma sowieso (Namen tun hier nichts zur Sache), die gegen Ende des Krieges, schon als alles drunter und drüber ging, noch sechs junge Hunde bekam.

Und Du, mein grünblondes Kind, warst es schon gar nicht. Und ich weiß es auch noch wie heut, daß wir die Oste rauf-, oder die Oste runter fuhren, bis weit hinters Kattegatt. Und ich habe es wohl behalten, daß Du mich dann gleich darauf vergessen hast. Und ich kenne noch alle Deine neun Finger, jeden einzeln. Und ich möchte beschwören, daß damals auf Deiner Schürze ein kleines Schaf abgebildet war. Und ich habe mir Deinen Pullover ganz grün eingeprägt. Und einmal, da warst Du auf einmal ganz lang geworden, aber das war noch vor unserer Zeit, und einmal warst Du ganz dick. Aber eines vergesse ich nie. Aber das sage ich nun bestimmt nicht. Denn das kann man ja nicht so in drei Worten sagen. Denn das ist ja fast nicht mehr wahr. Denn das ist ja alles noch lange nicht zu Ende. Denn das ist ja ein richtiger Roman. Und ich kann gar keine Romane schreiben. Und ich habe ja auch gar keine Zeit. Und Du, mein Herr Verleger, mußt also auch noch warten. Aber Langeromaneundsowas, das schreibt Dir heute doch jeder.

Herzlich

Dein P. R.

Loden M. mhd. lode, ahd. lodo (ludo) grobes Tuch', asächs. lotho, afries. lotha, ags. loða 'Mantel, Decke' anord. loði 'grobes Überkleid', loðinn 'zottig'. Dazu mit anderem Suffix nhd. mundartl. Luder 'Fetzen', ahd. lodera 'Windel' und mit Ablaut frühnhd. lauder, ahd. lūdara, asächs. lūthara, mnd. lūder(e), nnl. luier 'Windel'. Sichere außergerm. Entspr. fehlen.

Karl Krolow

Grüner Loden

Hannover ist für mich ein anderes Wort für naßkalt. Jedenfalls war das früher so. Vor ziemlich langer Zeit. Zwischen den Kriegen und bald nach dem bekannten Ausgang des ersten dieser Kriege. Naßkalt und gelegentlich naßforsch. Aber meistens doch: naßkalt. Die Schulwege in einer Gegend, in der es lange Februar war, viel länger als die üblichen achtundzwanzig oder neunundzwanzig Tage! Oder November oder März: undeutliche Monate mit einer grünlodenen Luft. Meine Eltern ließen zum Streichen der Zimmer einen Malermeister kommen, der mit Hermann Löns grünlodenen Skat geklopft hatte. Das war, als Hermann Löns in der Großen Barlinge oder Am Bokemahle wohnte, grünlodenen Straßen im Südteil unserer Stadt.
Feuchte Kleider riechen für mich noch jetzt nach Großer Barlinge, Löns und Skatspiel. Man wechselt sie möglichst schnell, aber ihr Schneeregengeruch teilt sich der Wohnung mit. Diese Nässe riecht nach feuchter Pirsch, auch nach zugigen Straßenecken, nach unwirschem Verzicht auf einen

Regenschirm, nach trotzig hochgeschlagenem Mantelkragen, »mein Schatz hat's Grün so gern« und »In Grün will ich mich kleiden«. Eine lieblos machende Farbe, die man zu nassen Füßen und zwischen zwei Schnupfen trägt. Ich bekam regelmäßig meine Mandelentzündung. Sie gehörte dazu. Undenkbar: Hannover ohne Mandelentzündungen. Das Fieber kam während der Schulstunden, in die Mathematikarbeit hinein, ins Englische, ins Lateinische. Es ging jedesmal ganz schnell, und ich kroch mit ihm nach Hause durch den nassen Wind, bei dem nur Leute unterwegs waren, die Dobermänner hielten, Abgehärtete oder Furchteinflößende, was in der Regel gleichzusetzen ist, Leute mit dem forschenden Blick aus steifem Leinen heraus. Sie hielten ihre Hunde zurück. Aber es war nicht sicher, ob sie es das nächste Mal noch über sich bringen würden. Ein Dobermann ist gefährlicher als ein gut trainierter deutscher Schäferhund. Doch vielleicht machte mich nur das Fieber furchtsam, hellsichtig oder verändert. Ich konnte mich ungebissen zu Bett legen. Meine Mutter maß Fieber im dritten Stockwerk der Bandelstraße 23. Ich sah von meinem Zimmer aus grauen Krankenhimmel ohne große Haustiere. Der Arzt wurde gerufen. Er wußte im voraus, was ich hatte: meine November- oder Februar-Krankheit.

Die graue Luft war wie ein geschwärztes Grab, mit Spuren Atlantik darin, ziemlich viel Atlantik, Westwind mittlerer Stärke. Doch das hatte mir genügt. Mir hatte er die Rachenmandeln gerötet und den Schüttelfrost gebracht. Der Hermann Löns-Himmel roch nach Kalk und lustloser Ebene, nach Fläche hinter den Häusern, immer so fort in die Heide, in die Moore, in die sumpfigen Wälder hinaus. Hinaus in eine Sumpfdotterblumen-Landschaft, in die Anemonenforste mit ihren gelbweißen Welfenfarben im Frühjahr, mit dem Welfenpudding-Geruch der rutschigen Böden in Gaim und Bokkemer Holz, Seelhorst und Ahltener Wald.

Die Bandelstraße (nach dem Erfinder einer kolossalen Geschmacklosigkeit im angesehenen Teutoburgerwald, dem Hersteller des Hermannsdenkmals, benannt) lag um 1925 in einer beinahe amönen Gegend, wenn man nichts dagegen hat, daß mir grindig gewordene Feldstücke mit magerem Getreide, Schrebergärten, Sandgruben, Heckenbraunellen und schwarzen Bauzäunen, hinter denen Bierflaschen klirrten, heute als ein niedersächsisches Stadtrand-Amöneburg erscheinen. Ein ideales Spielgelände, soweit das die unfrohen Züchter von Braunkohl und Pappelrosen zuließen. Sie waren gut organisiert gegen kindliche Übergriffe auf Sauerkirschen und Stachelbeeren. Aber auch hier mischte sich die Nässe des Klimas ein. Sie war mit uns im Bunde, wenn sie die Selbstschüsse unbrauchbar machte und die Fußangeln rosten ließ, sodaß alle gärtnerische Notwehr und Heimtücke zuschanden wurde. Der nasse Mief der Kleinigkeiten setzte sich durch. Er machte die Spiel- und Grabefinger klamm. Er säuerte die Luft, die über den glücklichen Besitzern von Laubhütten, Tränenden Herzen, Schlagringen, frühen Nazi-Parteibüchern, Inhabern sonntäglicher Gartensorgfalt anstand: dumpf und beiläufig, Luft, die die Mundwinkel zu einem sauren Lächeln verziehen ließ, in der das Gartengehechel gedieh, während ich mit dem Ranzen zur Bürgerschule ging und später zum Gymnasium trabte oder stolperte, als wäre ich auf der Flucht vor Nachstellungen, die anderen galten.

Es gab schöne Gartenfeste. Die Sommer mußten sich gelegentlich zur Trockenheit entschließen. Es konnte nicht ständig regnen und windig sein. Jahreszeit der ziehenden Drehorgelmänner. Über Nacht war ein Karussell aufgebaut. Rhesusaffen benahmen sich wie ihre Umwelt. Ein Flohzirkus machte kleine Kasse. Zigeuner tauchten auf und wurden von organisierten Gemüseanbauern verjagt. Halbwüchsige schoben sich aneinander, wo Rentner sich sonst morgens

Schulmädchen präsentierten. Die Zeit war vorübergehend laut. Es windete weniger als sonst. Das Wetter verhielt sich anständig und ließ zu, daß auf den Gartenbänken Liebespaare nicht so schnell miteinander fertig werden mußten. Selbst in Norddeutschland gibt es Nächte ohne Zähneklappern. Der sanfte Mittsommerspuk war freilich kurz und erschien hinterher doppelt unglaubwürdig und ungehörig. Die Tage verliefen – vom Schlechtwetter abgesehen – wieder korrekt.
Steifes Leinen grüßte auf den Straßen steifes Leinen wie sonst. Beamtensauberkeit ging über alles. Manches blieb erlaubt, solange man nicht spöttisch wurde. Wer sich fein still hielt, war fast wohlgelitten. Einige hielten es bei solchem Zustand lange aus. Gingen zur Schule. Kamen aus der Schule. Neue Beamtenwohnblocks mit Fernheizung wurden gebaut. Rangordnung und Grußsitte waren aufeinander abgestimmt. Man kehrte mit sorgfältigem Besen. Der Stadtrand verschwand schneller als erwartet. Straßen wurden asphaltiert. Schnellrollerjagden kamen aus der Mode. Man hatte die erste Freundin mit spitzer Zunge, mit spitzigem Kinn. Hannoveraner hatten etwas Zugespitztes damals, beileibe nichts Zugeknöpftes. Ein bißchen Reserve gegenüber dem Nächsten: schön und gut. Die Mädchen waren nicht so spröde wie ihre Sprache. Auch hier kam es nicht so sehr darauf an, was man von ihnen wollte, als wie es sich gerade traf. Die höhere Tochter war gerade abgeschafft, und man erfreute sich einer gemäßigten Freiheit miteinander. Zügellosigkeit gedieh nun einmal nicht in anständigen Kreisen. Man hielt auf sich in den Oberinspektors- und Oberregierungsrats-Wohnungen. (Und draußen sprang schon wieder der Wind um, und es schauerte!)
Ich gehe noch einmal durch die hannoverschen Wohnungen und Häuser meines Viertels. Lange Treppen herauf und hinunter. Vieles glich vielem. Manches war von manchem nicht

mehr zu unterscheiden. Diese obligatorischen vier Stockwerke, die zehn Familien aufnahmen! Die Treppenhausläufer fielen der Inflation zum Opfer. Man wurde sparsamer, schaffte den Hausmeister ab. Seinen Dienst übernahm stillschweigend ein Parterre-Mieter. Man beschied sich. Man versuchte, sich zu arrangieren. Der Massenmörder Haarmann fischte seine Opfer auf dem hannoverschen Schützenfest und verarbeitete sie zu feinen Konserven. Man sagt von ihm (ich fand kürzlich sein Foto in einem sexualwissenschaftlichen Lexikon, das solche Nachrede bestätigte), er sei durchaus distinguiert gewesen. Damit kam man weiter, wenn auch Haarmann entschieden zu weit gegangen war. Hindenburg ergab sich in diesen Jahren seiner bald darauf unterbrochenen Altersbeschäftigung: dem täglichen Spazierengehen in der Eilenriede, dem Stadtwald: ein ausgedienter General. Eines Tages rannte ich dem alten Manne – unachtsam, wie ich war, und den Kopf sicher nicht meinen Beinen voraus – gegen den Bauch. Mein Vater, den ich begleitet hatte, kam gar nicht zum Verdutzen. Hindenburg blieb leutselig. Ich war sonst auch kein schwieriges Kind. Vielleicht steckte in mir ein tüchtiger Soldat.
Als Quintaner konnte ich gut rechnen. Wahrscheinlich hing das damit zusammen, daß ich damals Meteorologe werden wollte. Ich wußte nicht genau, was das war. Aber ich wußte, daß diese Tätigkeit mit dem Wetter zu tun hatte. Und ich war für Schönwetter, ein für alle Male, und wollte den Himmel über Hannover verändern. Menschen schienen mir schon früh unveränderbar in ihren Anlagen. Aber ich war gegen Bronchialkatarrh, geschwollenen Hals und Kieferneuralgien, und liebte doch Hannover, das so schlecht weggekommen war. Das alles – hoffte ich – sollte anders werden. Man mußte das Wetter errechnen können. Man mußte es beherrschen, wie ich das kleine und das große Einmaleins und mehr als das, flink zu beherrschen lernte. Ich wurde eines

Tages belohnt. Mein Lehrer glaubte mich durch ein Diplom anspornen zu können. Vor der Klasse überreichte er mir das Bild unseres großen Mitbürgers Hindenburg mit eigenhändiger Unterschrift.

»Ewig wird das Reich bestehen,
Wenn ihr einig seid und treu»,

las ich da unvermittelt, bevor der Feldmarschall seinen Namen unter das Foto gesetzt hatte, was doch genügt hätte. Ich war enttäuscht. Was sollte ich mit dem Blatt? Eine Auszeichnung – gut. Aber ich wollte das Wetter ändern. Nichts anderes und nichts weniger. Und dazu brauchte ich weder Reich noch Ewigkeit, Einigkeit und Treue. Ich fühlte mich mißverstanden. Ich dachte konkret. Meine Nationalität hieß Hannover, höchstens Niedersachsen, die Unterweser bis zum Rotesand-Leuchtturm, der Oberharz bis Altenau. Aber vor allem: Hannover. Und dort wieder: Südstadt. Hier allein schien man etwas werden zu können. Andere, die Erwachsenen, waren jedenfalls etwas geworden. Ich begrub meinen abstrakten Wandspruch in einer Ecke meines Zimmers. Ich legte Hindenburg auf sein Gesicht, nebst Treue und Einigkeit, und rechnete weiter, bis ich eines Tages die Lust daran verlor, weil ich merkte, daß andere besser darin vorankamen. Hannover blieb unterdessen Hannover, ohne von meinen Absichten zu profitieren. Ohne von ihnen eine Ahnung haben zu können. Es behauptete eigensinnig seine guten und seine schlechten Eigenschaften. Jedenfalls erschien mir das so, und dieser Eigensinn scheint mir auch heute noch charakteristisch für sein norddeutsches Stadtwesen zu sein, für diesen Stadt-Organismus, der ein geregeltes Leben führte mit Welfenpartei und Verwaltungsbehörden, der sich saubere und gerade Straßen wie die weißen Hemden seiner Bürger leistete.

Das gut gebürstete, das gepflegte Hannover, das nach dem Kaffee und Kuchen seiner Damenkränzchen roch, butterkuchen-trocken, leibnizkeks-berühmt, maschpark- und eilenriede-grün, kröpcke-laut und dabei stets wohlerzogen, ohne Zuzug von außen, immer unter sich, ohne Selbstzufriedenheit, weil alles selbstverständlich war, ohne Dankbarkeit, weil alles sich so gehörte. Das Unerhörte gab es nicht. Oder es wurde nicht wahrgenommen und jedenfalls glatt verdaut. Der Verdauungsprozeß blieb vorzüglich geregelt: keine Schwierigkeiten mit niemandem! Ich fror oft vor lauter geregeltem Gleichmut, der doch eine besondere Art der Gutmütigkeit war, die es sich bei Lüttjen Lagen und Haidschnuckenessen wie bei Beförderungen behaglich sein ließ. Das alles hatte auch etwas merkwürdig Unangreifbares. Natürlich konnte man in Hannover besonders gut den Traum von der großen Veränderung träumen. Man konnte sicher sein, daß er ein Traum blieb. An der Wirklichkeit gab es dort besonders wenig zu rütteln. *Sie* währte ihre kleine Ewigkeit, von der Hindenburg um seinen Platz an der Wand gebrachten Zweizeiler »auf Reichsebene« (wie man es heute auf bundesrepublikanisch ausdrücken würde) geradebrecht hatte.

Die trockene Realität der großen Stadt an der Leine war *darum* so wirksam, weil sie nicht auf Wirkungen aus war, weil sie strohblond und strohfahl war wie ihre Hausfrauen und aktenkundigen Pensionäre, eine Realität, in der es – wie bei meinem Vater – hieß, ins Büro gehen und aus dem Büro kommen, ohne Auto und Fahrrad, zu Fuß, die Aktentasche mit dem sorgfältig verpackten Frühstück unter dem Arm, begleitet von Kollegen, zu denen sich Kollegen gesellten.

Die beamtengraue Stadt des Fleißes, der Genauigkeit von 1925, der »püttcherigen« Gattinnen und pedantischen Hausbesitzer, der sauberen Straßenbahnen zwischen Continentalgummi und Pelikanol, zwischen Wurst- und Schokoladefabriken: Hannover, dessen Bademeister mir kaltes Wasser beibrachten, Hannover meiner Religionslehrer, die mir Kirchenlieder mittels Ohrfeigen unvergeßlich machten, meiner Musiklehrer, die mir mit zwei Fingern das Backenfleisch bearbeiteten, während ich vom Diskant zum Baß sank, Realgymnasiasten-Hannover mit Schulpausen, verbracht unter einem zum Denkmal gewordenen Schiller, der so aussah, als wäre er soeben von einem Deutschlehrer erfunden worden: ein unnatürlich idealischer Mann, der jedem Wetter trotzte, während Höltys Grab auf einem nahe gelegenen Friedhof verkümmerte, weil ihm der Frühling selbst in diesem Lande als Freund erschienen war, mit der wehenden Hainbund-Locke. Hannover mit den Chaussee-Wanzen seiner Hanomags und seiner zartesten Erfindung: den MERZ-Bildern von Kurt Schwitters, von denen ich nichts wußte, als ich im Kieler-Anzug zum Kindergottesdienst zugelassen war, nasse Kälte im Hals, indessen der Lodenmantel des längst unsterblich gewordenen Löns im unablässigen Wind schwenkte.

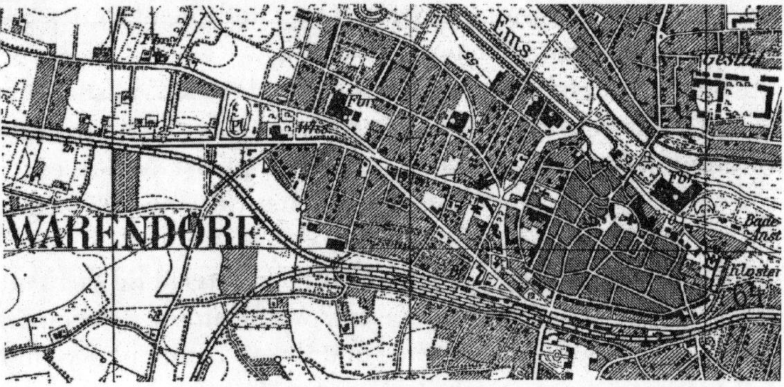

Paul Schallück

Warendorfer Pferde

Von Hunden und ihren Besitzern sagt man, daß ihre Gesichter einander gleichen, leben sie nur lange und einträchtig genug miteinander.
Warendorf ist die Stadt des Pferdes.
Warendorf liegt an der westfälisch-münsterländischen Ems, an einer Furt, ungefähr im Schnittpunkt des achten Längen- und des zweiundfünfzigsten Breitengrades. Handwarm haben nur wenige der acht- bis zehntausend Dortgeborenen sowie der fünf- bis siebentausend Vonferngekommenen mit Pferden zu tun – in diesem schmucken Städtchen aus höchstens dreistöckigen Wohnhäusern, Gassen mit Katzenkopfpflaster, krummen Straßen und viel zu schmalen Bürgersteigen. Alle Warendorfer indessen leben, atmen, essen, trinken, freuen und ärgern sich im Dunst- und Bewußtseinskreis von Pferden. Sie gehören ihnen nicht, aber sie gehören zur Stadt, zu Warendorf, weshalb dieser Furt-Flecken der lieben Got-

tesmutter zwar geweiht, trotzdem die Stadt des Pferdes genannt zu werden verdient.
Aus all dem darf man jedoch nicht schließen, ausnahmslos alle Menschen dort, alle Greise und Pipimädchen, alle Onanierbuben und Scheu-ager, alle Ausgewachsenen eines kräftigen Manns- und eines ebenso ansehnlichen Weibsgeschlechtes hätten Pferdegesichter.
Ich zum Beispiel lebe nicht mehr unterm Sternbild des Warendorfer Pferdes, bin aber ohne Zweifel unter demselben geboren, gleich neben der Ems und ihrem Mühlenkolk, und ich habe einen wichtigen Teil meines Lebens daselbst verbracht, bis zur Pubertät nämlich. Zuerst haben wir auf der Totenstraße gewohnt, über die ehedem – vielleicht, ich mißtraue Auslegungen, die sich so mühelos anbieten – Schwarzbedeckte von der Alten Kirche her ihren letzten Gang getragen wurden, später an der Gartenstraße, wieder nahe dem Emsflüßchen, das direkt in die Nordsee mündet, worauf Warendorfer mit vollem Recht auch dann stolz wären, würde ihnen dieser antike Fact im heimatkundlichen Unterricht nicht eingebläut. Wir haben zu Hause Kaninchen, Hühner, Tauben und Meerschweinchen besessen, Raupen, Eidechsen und Schlangen, womit ich zweimal im Jahr eine Tierschau arrangieren konnte, Erwachsene fünf, Kinder die Hälfte; aber wir haben uns nie mit Pferden oder Pferdeähnlichem beschäftigt.
Draußen am Sassenberger Tor hatten wir unseren Garten; der lag freilich so unmittelbar zum Gestüt, wie der Mensch nach evangelischer Theologen-Meinung zu Gott ist. Manchmal ließ ich die Pferdeharke zwischen den Pferdebohnen liegen, legte ein Ohr an die westfälische Heimaterde und hörte die männischen Rösser auf der Pferdebahn des Gestüts traben und stampfen, ich weiß nicht in welcher Wut, oder im Stall. In mistarmen Tagen wurde ich zur Abenddämmerung ausgeschickt, setzte nach mehrfachem Versuch über den

Lattenzaun und sammelte heimlich in eine Einkaufstasche Pferdeäpfel ein, ganze Berge von wohlduftenden Haferbreikugeln. Vater mistete sie unter die Erdbeeren. Ich habe mich oft gewundert, daß man den saftigen Früchten nicht ansah, auf welche Weise sie am Warendorfer Pferdeleben teilnahmen. Und als ich mit einem Fuß in der Pubertät stand, habe ich mich gefragt, ob es für Erdbeeren einen Unterschied macht, mit Äpfeln von Hengsten oder mit solchen von Stuten, Wallachen oder Fohlen gedüngt zu werden. Ich war davon überzeugt. Denn ich konnte, mich selbst und meine Schwester betrachtend, nicht einsehen, daß eine Ohnealles die gleiche Qualität zu produzieren imstande sein sollte wie ein Rutenbewehrter. Und die vom Gestüt hatten Kabänesse! Wir haben sie uns zu Vorbildern genommen, vergeblich. Schon bald mußte ich die Wahrheit der salomonischen Weisheit begreifen: Vanitas vanitatum, et omnia vanitas. (Eitelkeit der Eitelkeiten, und alles ist eitel.)
Ich war nicht der einzige Ein- oder Fremdgeborene, der Pferdeäpfel auflas. Auf dem Marktplatz, der kleinen Spatzenarena aus Rathaus, zwei Apotheken, Bürgerhäusern, Patriziergiebeln und dem Turm der nahen Laurentius-Kirche, habe ich den spinnigen Pillendreher und die asthmatisch dicke Pastorenhaushälterin, den glatzigen Stadtkämmerer und manch fromme Marienjungfrau bei der gleichen Arbeit gesehen. Wie stolz wäre ich gewesen, hätte man dann und wann wenigstens von Hinterlassenschaften eines Pegasus sprechen können. Aber mit dieser außenseiterischen Sorte des equus communis (des gemeinen Pferdes) hat man sich an der Ems nie sonderlich verstanden. Es soll ein oder zwei oder gar drei Musenküsse gegeben haben in fernen Tagen; aber zu einem fruchtbringenden Koitus ist es anscheinend doch nie gekommen, zumindest nicht in hochdeutscher Mundart; Petting also, sonst nichts. Hier ist man für's Handfeste, für sichtbare und dampfende Rösser und ihre Produkte. Die besten

Pferde im Warendorfer Stall sind immer und allemal Handwerker und Geschäftetreibende, nicht aber Poeten gewesen; neuerdings auch Pferdereiter mit olympischem Lametta.
Heute ist der Marktplatz an Wochentagen mit blechernen Pferdestärken vollgestopft. Da haben die hafersüchtigen Spatzen nichts mehr zu suchen. Einst aber war Warendorf die Lieblingsstadt der Sperlinge. Die Gasse, an der das Josefs-Hospital liegt, trägt sogar ihren Namen, sie heißt Lüningerstraße. Sonntags ist es so still auf dem Markplatz, daß man wähnt, da sei soeben ein Pferd begraben worden.
Wie kamen die Pferdeäpfel auf den Markt- und Spatzenplatz, da doch das Gestüt eine gute achthundert Parcoursmeter-Strecke entfernt liegt? Nun, Anfang März wurden die dicken Kaltblüter-Hengste des preußischen Instituts durch die Straßen und also auch über den Markt hinaus aufs Land geführt, zu den Hengststationen, um ihnen Bauern- und Landstuten zuzuführen. Diesem mit gesammelter Kraft gestampften Traberzug aus der Emssiedlung hinaus und Ende Mai mit glücklichen Pferdegesichtern zurück in die heimischen Ställe verdanke ich meine frühe und gründliche Auflklärung der Definitionen Decken, Bespringen, Beschälen. Noch heute nachempfinde ich, wenn ich mir die gewaltigen Burschen, die ab und zu einen der evangelischen Wärter an der Stallwand verkrüppelten oder gar zu Tode drückten, bei ihrer Minnearbeit vorstelle, mit dem Glück der rossigen Pferdemädchen zugleich die Nähe des Todes. Sie sind uns immerhin nahe, die Einhufer, gehören wie wir zur Gattung der Säuger, ob's nun Körhengste sind oder Jubelkühe, Rosinanten oder Gullivers Houynhnhun.
Im Herbst, zur Hengstparade, war den kaltblütigen Bedekkern von ihrem Frühjahrsglück nichts mehr anzumerken. Da dröhnte wieder der westfälische Heimatboden unter ihren tellergroßen Hufen, da zogen sie wieder im gesammelten Galopp oder in wütendem Trab Staubwolken hinter sich

her, im Sechser- oder Zwölferzug und vor dem goldenen Triumphwagen. Und ich war überzeugt, Rom hätte nicht zu zittern brauchen vor Hannibals Elefanten, hätten die Lateiner sich nicht auf ihre Pomadehengste verlassen müssen, sondern ihr Pferdematerial für die Vorwärtsverteidigung aus dem Warendorfer Landgestüt beziehen können. Es mochte morgens sein oder spät abends, keine zehn Pferde hätten mich vor dem Ende der Hengstparade vom Turnierplatz gebracht.

Nicht gar so ansehnlich waren auf dem oktobrigen Fettmarkt, der auf dem Wilhelmsplatz neben Schiffschaukel und Kettenkarussel abgehalten wurde, die Füchse und Lepper, die Jucker und Klepper oder Mähren, Falben und Mustangs vom Bauernland, die den Pflug gezogen hatten durch westfälische Muttererde oder den Mistkarren darüber, die Kutsche durch Sand- und Schlammwege oder den Schlitten über die Eisflächen der aus ihren Ufern getretenen Ems. Nackt wie die Sklaven und auch so begafft, wurden sie feilgeboten; sie mußten es sich schweigend gefallen lassen, zwischen den Hufen, im Maul, zwischen den Hinterbeinen befühlt, beklopft zu werden. Männer schlugen sich in die Hände, rasselten Zahlen herunter, tranken etliche Klaore, redeten Plattdeutsch und so viel wie das ganze Jahr nicht, taten beleidigt, prahlten, machten schlecht, schlugen sich wieder auf die Schwielen und einigten sich schließlich, oder auch nicht. Ein beschämendes Schauspiel, wiedergespiegelt in den tränenden Augen der Gäule.

Alle diese aufklärerischen und traurigen Erlebnisse mit Warendorfer Pferden haben mir jedoch kein Pferdegesicht beigebracht. Mir nicht.

Leugnen kann ich indessen nicht, daß es etwelche gab und noch gibt, die sich angepaßt haben. Da war zum Beispiel unser Erdkundelehrer. Da er tot ist, will ich seinen Namen verschweigen. Er war das Modell zu Engelberts Vater in meinem

Roman »Engelbert Reineke«; wie die Emssiedlung selbst ein Modell für die Topographie dieses Romans hergegeben hat. Lebte er noch, er würde sich lesend nicht wiedererkennen. Denn in Wirklichkeit war er ein unbekümmertes Kaltblut aus der oldenburgischen Zucht. Schnaubend und muffelnd stampfte er in die Klasse, sagte: Verhalten Sie sich noch einen Auchenblick ruhich, ching auf den Flur und frühstückte und wässerte das derbe Brot aus einer Flasche klaoren Korns. Er war einfach und treu wie ein Pferd, treu sich selbst, seinen wenigen Freunden, seinen einmal gefaßten Überzeugungen, die keine braune Tunke vertrugen, und auch den Pinten, die er regelmäßig nach der Schule frequentierte. Ein prächtiger Brauner, schwer in Trab zu bringen, langsam denkend, immerhin denkend. In einer Großstadtschule hätte man ihn vielleicht das Roß genannt oder den Gaul oder Buzephalos. In Warendorf fiel er nicht auf. Da waren manche so. Wir nannten ihn Beileibenicht, weil er – zum Beispiel bei der Behandlung des Rheinlandes – sagen konnte: Da wurde Heinrich Heine geboren, ein Jude, ein Asphaltliterat, wie man heute sagt, können wir das von hier aus beurteilen? Und unisono antwortete die Klasse: Bei-leibe-nicht, und er wiederholte: Beileibenicht. Auch Mädchen gibt's mit sanften Fohlengesichtern, von samtener Haut, mit roten Wangen und großen Pferdeaugen. Einige lernte ich kennen, als ich, nach der Gefangenschaft für einige Monate im heimatlichen Pferdemilieu, eine Diskussionsgruppe leitete. Diese Warendorfer Fohlen waren treu, arbeitsam, sie bewegten sich und ihre Gedanken mit bedächtiger Schnelle und herbem Charme, schwiegen viel, was sie redeten, war bündig, gingen in strammen Miedern, rochen nach Juchten, hatten große Füße und kräftige Waden, weiche Münder wie nur Füllen sie haben, hatten haltbare Schenkel und waren nur zweimal im Jahr heiß, zum Feste Maria Himmelfahrt, wenn sie nach dem Gang unter die gasbeleuchteten Bögen und durch die

geschmückten Straßen in den Büschen verschwanden, und im Winter zu Karneval.
Mit ihnen konnte man Pferde stehlen. Und etwas Ähnliches haben wir auch getan. Irgendwer kam auf die Idee, die immer gleiche Pferdestall-Atmosphäre, so heimelig sie sein mochte, müßte durch geistige Ideen belebt werden. Also erfanden wir Anton Sebastian Nepomuk Papendiek, erfanden Geburtstag, -Jahr und -Haus am winzigen Heumarkt mit den schiefen Giebeln, erfanden eine ganze Biographie und Dokumente, die bezeugten, daß der Warendorfer Papendiek der Erfinder des Schulwanderns war, erfanden Eingaben an den regierenden Fürstbischof in Münster, die nachwiesen, daß Papendiek schon vor zweihundertfünfzig Jahren gegen die Prügelstrafe plädiert hatte, erfanden Briefe an seine jungfräuliche Schwester (»Ich muß wohl sagen, der Frühling naht«), arrangierten in einem Tanzsaal einen Papendiek-Gedenk-Abend zu seinem zweihundertundfünfzigsten Todestag, fanden es schwierig, angesichts der pferdlichen Stadthonoratioren in der ersten Reihe ernst zu bleiben, regten selbigen Abend Stadtväter dazu an, im Parlament eine Papendiek-Straße vorzuschlagen und ließen wenige Tage später das Ganze platzen, sodaß alle Pferde in Warendorfs Ställen wieherten, das war ein Getöse in der Landluft, und machten uns aus dem Stallgeruch, die Füllen an eine Universtität, die Stuten in eine Ehe, die Falben in den Süden, die Schimmel in den Norden und die Zelter in den Westen.
Ich bin ihr außer auf Fotos nie begegnet, der Dichterin aus Ostpreußen – da sie tot ist, verschweige ich ihren Namen –, die ihren Führer angedichtet, sein »Werk« bedichtet, die Tage der Bomben und Trecks äußerlich heil überstanden, sich im Westen heimisch gemacht und sich in Warendorfs guter Stube hat feiern lassen als Balladeuse des Echten, Einfachen und Wahren, das angeblich nur noch auf dem Lande anzutreffen ist, in sogenannten ursprünglichen Bezügen. Ich

kann also nicht sagen, ob sie nach ihrem Liebes-Kontakt mit dem sauberen Städtchen ein Gesicht bekommen hat wie Warendorfs Pferde. Die stehen meinem Herzen außerdem zu nahe, als daß ich es annehmen dürfte.
Sicher aber scheint mir zu sein, daß sich die Dickfelligkeit einiger Warendorfer ihr gegenüber pferdegleich ausnahm. Denn immerhin trachteten sie danach, mit dieser Frau das nicht eben lebenstrotzende Kulturleben zu beleben. Eine merkwürdige Vorstellung sowohl von Lebendigkeit als auch von Kultur. Mit einigen Zeilen und Geburtstagswünschen dieser Frau hängt doch wohl, wenn auch locker, für den Durchblickenden zusammen, daß es heute im Städtchen nur noch einen Juden gibt, der, wenn ich richtig unterrichtet wurde, Pferdehändler geworden ist, mit Recht. Auch in Warendorf stand bei aller traditionellen Kaltblütigkeit eines Tages der Synagogenraum in Flammen, in der Freckenhorsterstraße. »Die Ereignisse des unseligen 9. November«, kann man im Jubiläumsbuch zur Siebenhundertundfünfzig-Jahrfeier lesen, »führten schließlich zur völligen Liquidierung der Gemeinde. Viele Warendorfer Juden starben in den Konzentrationslagern Riga und Theresienstadt.« Das ist lange her. Pferde haben eine kurze Erinnerung, einige Warendorfer anscheinend auch.
Noch kurz vor ihrem Tode feierte man die Dame aus Ostpreußen in der Emsstadt wie ein Genie der Literatur, stiftete eine Plakette ihres Namens, die sich mit ihrem Namen in die Dichterakademie hatte aufnehmen lassen, nachdem Thomas und Heinrich Mann, Oskar Loerke, die Juden Franz Werfel, Alfred Döblin, Alfred Mombert, Jakob Wassermann und andere hinausgefeuert worden waren. Vielleicht ist die Kunde davon noch nicht bis an die Ems gedrungen. Auch die treuesten Pferde haben ihre Nucken.
Wichtiger als das preußische Landgestüt am Sassenberger Tor ist nach meinem Fortgang das Olympische Komitee für

Reiterei geworden. Der große Hans Günter Winkler hat dort sein mondänes Menschen- und Pferde-Domizil, der große Amateur (wer hat ihm das bezahlt?), der Uwe Seeler der deutschen Reiterei. Halla, die Prächtige, die Goldige, die große Unvergeßliche, die Retterin der bundesdeutschen Ehre auf den Parcours der abendländischen Welt hat dort gestanden. Und als sie dort stand, muß in Warendorfer Nächten manch ein Ehrfurchtsschauer gehaucht worden sein. Ich habe jedenfalls etliche Ein- und Zugeborene Hallas Namen wie den ihres Gottes aussprechen hören. Heute ist Halla, wie ich höre, hinabgesunken in die Gemeinsphäre des Sexus, denn heutzutage darf die Deflorierte nur noch das Glück der Mutterschaften auskosten, nicht mehr das der Kränze, Pokale und Medaillen. Sic transit gloria mundi. Ich weiß nicht genau, ob in Hallas Glanzzeiten sie selbst oder ihr Zureiter mit einem Sack Zucker zum Ehrenbürger von Warendorf ernannt wurde. Auf alle Fälle hat jemand einen Ehrenbürgerbrief bekommen. Ein Königreich für ein Pferd. Das Olympische Komitee ist ein solches, wo – wie man im erwähnten Jubiläumsalmanach erfährt – »Reiter und Pferde zusammengezogen und ausgebildet werden, die berufen sind, die Qualität der Produkte der deutschen Pferdezucht und den anzustrebenden Hochstand der deutschen Reiterei auf allen Kampfstätten des Inlandes und des Auslandes, zuhöchst bei den olympischen Spielen, zu vertreten ... Das deutsche Olympiade-Komitee für Reiterei ist das Zentrum für alle reiterlichen Bestrebungen in Deutschland ... Es hütet eine gewaltige Tradition... Sein Einfluß ist in allen Belangen der Pferdezucht und der Ausbildung von Reitern deshalb so weittragend ...«

Denk ich so an Warendorf in der Nacht, dann bin ich um meinen Pferdeverstand gebracht; dann sattle ich um; dann setze ich einen Hafermotor gegen alle Pferdestärken; dann geh' ich ein Königreich stehlen für ein Pferd; dann schwinge ich mich auf die begrabene Mähre und mache die Klepper scheu direkt vor der Apotheke; dann zeige ich meinen Pferdefuß. Heilige Rosinante, heiliger Maestoso, heiliger Lippizaner, bittet für mich. Dem Denken geht der Beschäler durch in der Stadt ohne olympische Pegasusse, olympische Buzephalen, Houynhnhun. In der Kaltblutstadt an der Furt, der Rappenstadt, der Fohlenstadt, der schmucken Hengst- und Wallachstadt auf dem achten Längengrad.

Dann män tau, her mit dem Kranz aus Cheochienen! Greift aus, ihr Stuten, setzt über vergangene Hürden. Wahrt die Belange, ihr Ein-und-Zu-und-Aus-und-Ab-und-Zu-Reiter. Zeigt die Qualität eurer Produkte, ihr menschenähnlichen Hallas, ihr pferdegleichen Olympioniken. Züchtet euch zuhöchst, vertretet eure Beine und Hufe, zieht euch zusammen, nehmt euch zusammen, bitte ich euch, wenn's über die feindlichen Ochser geht. Bildet euch für die olympischen Spiele, macht uns keine Schande, bitte ich euch. Legt Ehre für uns ein, bitte ich euch. Hilf uns siegen, heiliger Fury, wir reiten für Deutschland. Hilf uns, heilige Deflorata, wir reiten fürs halbe – o nein, gemäß unseres Alleinvertretungsanspruches fürs ganze, das ganze Deutschland muß es sein. Bitte ich euch, ihr Winkler-Schüler, ihr Halla-Töchter-Söhne, ihr Söhne der Pferdestadt Warendorf an der Ems.

Ein Königreich für Warendorf. Warendorf für ein Pferd.

Krawatte *f* 1) einen hinter die K. gießen (stoßen) = ein Glas Alkohol trinken. Vgl BINDE. Lit: Löns 2, 62; 1950 Brummküsel 2, 28.

2) jn an der K. (beim Krawattl) nehmen (packen) = jn würgen. Mir vorwiegend als südd gemeldet. 19. Jh. Elsaß 1, 533; Wien 4, 103.

V. O. Stomps

In der Krawatte

An einem Abend des Jahres 98 wurde ein kleiner Junge in einem Patrizierhaus des Krefelder Ostwalls zum letzten Mal auf das Nachtkonsölkes gesetzt. Dann wurde er sorgsam gekleidet und in eine samtene Decke gewickelt. Zum letzten Mal hörte er rheinische Stimmen, die ein Lamento des Aufbruchs intonierten. Er wurde in eine Kutsche getragen und seiner Großmutter, die darin wie es ihr Stand erheischte, ohne sich in die Polster zu räkeln, wie eine Ölgötz saß, auf den Schoß gelegt. Das Klatschen der Pferdehufe aufs Pflaster, das Anschaukeln des gut gefederten Wagens schläferte ihn bald ein. Er merkte es nicht, wie er am Krefelder Bahnhof als Fracht in einen Schlafwagen umgebettet wurde. Erst in der Berliner Wohnung, in der Hindersinstraße, kam ihm, wenn auch nur undeutlich zur Besinnung, daß er in ein anderes Land umgezogen war. Doch von seinem Fenster aus war der räumliche Wechsel kaum zu erkennen. Die gegenüberliegenden Häuser glichen den Bauten seiner verlorenen

Heimat, dem rheinischen Potsdam: Krefeld. Nichts als der Klang der singenden Stimmen ging ihm nach einer langen Eisenbahnnacht verloren. Sonst zog auf der breiten Straße vor dem Berliner Haus der gleiche Wandel der Tageszeiten wie auf dem Wall vor der Krefelder Heimat auf. Die Türen der gegenüberliegenden Häuser öffneten sich ebenso vorsichtig vor den Kommenden, und die Fenster, die man im Sommer durch das Laubwerk der Bäume kaum deutlich sah, zeigten am Abend ähnliche Lichter. Nur die Stimmen waren verschwunden und die eigenen Töne des Jungen klangen fremd in dem Land, das ihm scheinbar das gleiche war. So hatte sich in den ganz frühen Jahren der weiche Fall seiner Stimme wie etwas Schwaches gegen die tonfesten Laute seiner seit jener unverstandenen Nachtfahrt nur im Klange ganz neuen Umgebung zu wehren.

Doch es hätte der Mißton in ihm, der aus seiner Hilflosigkeit gegenüber dem scheinbar derberen Sprechen entstand, sich schneller ausgleichen lassen, wäre die Großmutter mit nach Berlin gezogen; sie war Krefeld für ihn.

Man sollte prüfen, ob man sich einer Stadt oder der in ihr lebenden Menschen besser erinnert. Wer verzaubert das Bild, läßt die Häuser Paläste, die engen Gassen Alleen werden. – Richtig beschreiben kann eine Stadt nur ein Fremder.

Allerdings kennt der Einheimische mancherlei Wege besser. Doch seine Wege sind das, belegt durch Ereignisse, die nur ihm wichtig wurden. Aber die Eigenart einer Stadt ist daraus nicht abzuschätzen. Sie verliert sich in Schön- und Schwarz-Färbereien, deren es viele, um Samt und Seide zu tönen, in Krefeld gibt. Räuberpistolen werden daraus, bis schließlich im Alpdruck der engen Umgebung Hirngespinste vom bösen Mann entstehen, von dem schon die kleinen Kinder erfahren, daß ihn der Scharfrichter, der Krawattenanmesser, holen wird. Kein Fremder wüßte damit etwas anzufangen. Er sieht die Kirchen und Parkanlagen, die klassizistischen Bürger-

häuser im Stile Schinkels, den Tiergarten und die Burgen Krakauen und Linn, das Stadtschloß, den Rhein, und im ›Krefelder Hof‹ stellt er fest, daß er sich vor den Piccolos nicht zu verstecken braucht, weil auch seine Krawatte echt krefeldisch ist.
Zweimal im Jahr kam der Junge nach Krefeld. Seine Eltern machten größere Reisen und gaben ihn bei der Großmutter ab. Mit den Jahren, in denen diese Besuche sich wiederholten, fand er sich dort immer besser zurecht. War es zunächst nur vor dem Haus der Ostwall mit seiner Gartenanlage zwischen den Häuserreihen, so brachten ihn Streifzüge bald an die rechtwinklig abzweigenden, ebenso breiten Straßen im Süden und Norden, und es entstand ihm das Bild dieser nach allen vier Himmelsrichtungen durch Wälle begrenzten Stadt. Erst fühlte er sich von ihnen beschützt, aber nachdem er die engen Gassen dieses Geviertes betrachtet hatte, schienen ihm die Menschen darin gefangen. In späteren Jahren fand er dafür den aus Berlin mitgebrachten Schuljungen-Begriff ›Schwitzkasten‹ richtig, änderte ihn aber ab, nachdem ihn ein Krefelder Junge mal ›in die Krawatte‹ genommen hatte. Diese Bezeichnung fand er auch deshalb besser, weil er inzwischen erfahren hatte, daß sich die Menschen im Krefelder Stadtkern nicht wie Gefangene fühlten.
Von einer Person, die im Haus seiner Großmutter wohnte, wußte er das. Es war eine dickliche, etwas schlampig wirkende Frau, die ihre Zimmer im hinteren Teil des Hauses hatte, der an einer schmalen Gasse lag. Gutmütig war diese Alte, und das reizte den Jungen, sie manchmal zu necken, bis es die Großmutter ihm verbot. »Das ist eine Dame wie ich«, sagte sie, »Witwe unseres verstorbenen Bürgermeisters.« – »Warum benutzt sie dann nur den Hinterausgang?« – »Weil sie zu stolz ist. Der Ausgang zum Ostwall ist ihr zu vornehm – Jeder hat seinen Stolz – ich habe den meinen.« Der Junge verstand das zwar nicht, doch als er älter geworden war,

erkannte er es als Zeichen der Toleranz, auf die Krefelds Bürger hinweisen können. Schon aus dem Jahr 1688 stammt von ihnen der erste ›Aufruf für die Abschaffung der Negersklaverei‹.

Wer weiß, ob ein Umgang mit Samt und Seide die Denkart der Menschen zu größerer Rücksicht auf andere beeinflussen kann. Ein Junge, den man in diesen Stoff kleidet, mag eine weichere Prägung erhalten. Zum Widerspruch reizt ihn erst die Krawatte, die als Erzeugnis aus weichen Stoffen die Menschen in Zucht und Ordnung hält. In seinem Widerwillen dagegen bedenkt er nur seine Reaktion und übersieht, daß die Umwelt ihre Gesinnung nicht daraus erfuhr, daß sie gleich ihm mit Krawatten behandelt wurde, sondern daß sie mit ihnen gehandelt hat. Das erbrachte die Tuchfühlung mit den verschiedensten Weltanschauungen, von der Spitzenkrawatte der Fürstenhöfe bis zur roten Krawatte der Unzufriedenen. Friedrich der Große hätte die Krefelder Seidenweber sicherlich nicht vom Militärdienst befreit, wenn er geahnt haben würde, daß die von ihnen hergestellten Krawatten zu politischen Abzeichen werden sollten.

So blieb man in Krefeld frei, und umso freimütiger dachte man auch. Im 17ten Jahrhundert schon wurden die wegen ihres Glaubens aus anderen Städten Vertriebenen dort aufgenommen.

Reformeeden en Papisten
Lutheranen en Mennisten
Dompelaars en Abrams Soonen
Tsamen nu in Kreyfeld wohnen

heißt eines der ersten Gedichte, das der Junge in seinem Leben hörte.

»Ich« also erlebte Krefeld, wie es das Krefeld meiner Großmutter war. Sie war stolz auf die Stadt, in der Samt und Seide hergestellt wurde. Abschätzig sprach sie von Halbseide. Immer war es eine Tortur, wenn meine inzwischen geborene

Schwester und ich in Berlin fotografiert wurden, damit sie zu Weihnachten ein Bild ihrer Enkelkinder bekam. Ich mußte eine seidene Krawatte anziehen, denn es hieß sie wird durch die Lupe betrachten, ob die Krawatte auch echt ist, und sie wird auf dem Bild auch erkennen, ob meine Fingernägel kein ›noir prussien‹ haben. Wenn ich nach Krefeld fuhr, sprach ich nur von ›Krawattenstadt‹, in der ich aufgetakelt sein müsse. Ich muckte mehr und mehr auf, wenn sie erzählte, daß vornehme Leute ihre Wäsche nach Dover senden, weil sie nur auf englischem Rasen richtig gebleicht werden kann. Übertreibungen liebte sie, in der Absicht, erzieherisch wirken zu wollen.
Mich hat das alles dazu erzogen, keine Krawatten zu tragen. Aber die Welt denkt anders darüber, und nun gar in der Stadt, der ich meine freie Gesinnung zu verdanken glaube, in Berlin, weist man mich bei meinem letzten Besuch aus einem Kurfürstendamm-Lokal, weil ich keine Krawatte anhabe. Da erst erkannte ich, wie ›fortschrittlich‹ meine Geburtsstadt immer war.
Was ist ›Fortschrittlichkeit‹ solch eine Feststellung trifft man verschieden. Irgendwo hat sie ihren Ursprung. Welche Umgebung hat sie erbracht. Waren es Einflüsse zweier Heimatpole. Und ist ein Mensch dann schon gezeichnet, wenn sich in seiner frühesten Jugend der weiche Tonfall seiner ersten Heimat als etwas Schwaches gegen die derberen Stimmen der zweiten zu wehren hatte. Ist man dann vorbelastet, immer verbindlich zu sein. Und wie sieht die Rückwirkung aus.
Ich fahre nach Krefeld, betrachte die Ausweitung dieser Stadt, und sehe Fabriken für Stahl und Eisen um den alten Stadtkern herum. Im früheren Ratskeller spreche ich mit den Menschen, und da erst wird es mir heimisch, als eine vertraut krefeldisch singende Stimme sagt: »Wir planen demnächst auch eine Krawattenausstellung.«

Ich nehme am Abend den Nachtzug und fahre in meine dritte Heimat, nach Stierstadt. Davon zu reden, ist keine Abtrünnigkeit. Man weiß ja, Heimat läßt sich verändern, doch es bleibt die Geburtsstadt die uns in ihren Maßen, in der Krawatte hat.

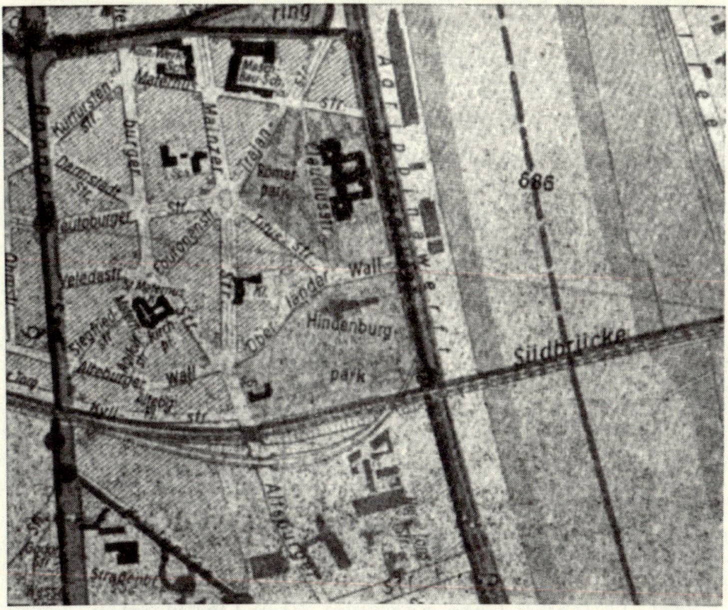

Heinrich Böll *Raderberg, Raderthal*

Als ich vier Jahre alt war, zogen wir aus der Vorstadt in einen noch halb ländlichen Vorort. Ich legte den Weg dorthin – er schien unendlich weit und ins Unendliche zu führen – auf der ersten Umzugfuhre zurück, saß eingekeilt zwischen Stühlen, Kochtöpfen, Kissen auf dem Handwagen, den ein Gehilfe meines Vaters zog; der Gehilfe hieß Köhler, war dunkelhaarig, Schlesier, katholisch, und – ich erfuhr das alles viel später – sehr, sehr links; als Jackett trug er einen umgearbeiteten feldgrauen Rock, und wenn ich an ihn denke, weiß ich, aus wessen Mund ich zum ersten Mal das Wort Verdun hörte.

Im spitzen Winkel von der Bonnerstraße ab führte die Raderbergerstraße; ich weiß nicht mehr zu unterscheiden, ob mich spätere Spaziergänge in den Vorstädten von Odessa an die Raderbergerstraße erinnerten, oder die Erinnerung an die Raderbergerstraße mir jetzt wie die an Odessa vorkommt. Links am Anfang der Straße ein vernachlässigtes, zweistöckiges Bauernhaus; in dessen Hof Zigeunerwagen, ein bellender Hund, ein Tanzbär, den eine junge Zigeunerin vergeblich mit einem Tambourin in Schwung zu setzen versuchte: müde, schmutzig, braun, wohl hungrig, verweigerte der Bär Aktivität und Optimismus. Rechts der große, schon geräumte Judenfriedhof, noch Grabsteine darauf, doch schon der Planierung anheimgegeben (mein älterer Bruder brachte später manchmal Gebeine mit, die er auf dem Heimweg dort fand; ich erinnere mich eines wohlerhaltenen, mir sehr groß erscheinenden Kieferknochens, der dunkle Märchenmorde und Mordmärchen wirklich machte). Wieder links, zwischen alten Obstbäumen, schon aufgegeben und halb verfallen, das große Tanzlokal, ein seinerzeit beliebtes und bekanntes Arbeiter- und Soldatenbums. Das alte, dunkle Kopfsteinpflaster der Raderbergerstraße brachte Stühle, Kisten, Geschirr zwar ein bißchen in Bewegung, doch nichts ins Rutschen. (Nie wieder habe ich einen Menschen getroffen, der, wie mein Vater, eine abenteuerlich beladene Handwagenfuhre mit Rolladengurten festzurren und sichern konnte; wir erfuhren, erlebten, erlitten es später oft am eigenen Leib, wenn wir, nicht nur bei so manchem noch bevorstehenden Umzug, die Handwagen beladen und ziehen mußten; es erforderte viel Mut, auch Vertrauen in die von Vaterhand festgezurrte Ladung – Flüche unsererseits, Zurechtweisungen seinerseits gehörten zu den Spielregeln – quer durch die enge Kölner Altstadt zwischen Straßenbahnen, Autos, Pferdefuhrwerken hindurch, über die Kreuzungen am Platz der Republik, am Opernhaus,

über Neumarkt und Heumarkt über die Deutzer Brücke zu steuern.)
Im Frühjahr 1922 war ich noch nicht Kapitän oder erster Steuermann eines abenteuerlich beladenen, fluchend gezogenen Handwagens; ich war nur beigeladen, ließ mich neugierig nach Raderberg schaukeln. Köhler warf mir hin und wieder, keuchend, wahrscheinlich der Ladung wegen den »Alten« verfluchend, ein ermunterndes Wort zu, dessen ich nicht bedurfte. Er war sonst von der Art, die man wortkarg nennt, ernst, zuverlässig, auf eine Weise treu, die nichts Devotes hatte.

Es war mein erster Umzug; das Versprechen meiner Mutter, »dort draußen« könnte ich viel besser spielen, war noch nicht eingelöst. In der Teutoburgerstraße hatten wir schön gespielt: im Römerpark, im Hindenburgpark, meistens auf der Straße, auf dem Bordstein sitzend, mit den Füßen in der Gosse, noch zu klein, um Hüpfen zu spielen, doch groß genug, um Ball zu spielen, zum Ärger jenes Herrn, der Kinder so wenig mochte wie Bälle und schlicht »Ballabnehmer« genannt wurde. Manchmal »stivvelten« uns die größeren Kinder an, Sand in die Fahrerhäuser vorüberfahrender Besatzungsautos zu werfen; wenn dann die Bremsen quietschten, zornige Fahrer auf die Straße sprangen, liefen sie, die größeren weg; wir blieben ahnungslos stehen, hörten englische Schimpfwörter, demonstrierten, unser selbst nicht ganz so sicher, das Sand-ins-Fahrerhaus-werfen als eine Art Warnschuß vor den Bug, etablierten uns als Zöllner und Wegelagerer zugleich und riefen in das wütende Schimpfwortgesprudel hinein, was uns eingetrichtert worden war: »Tschokelät pliehs – tschokelät pliehs –« bekamen manchmal sogar welche, bekamen sie von den größeren wieder abgenommen. Es herrschte Inflation. Knappe Zeiten.
Schöner an der Teutoburgerstraße: sie lag nicht weit vom

Rhein; im Herbst lag auf der Uferpromenade das Laub kniehoch, im Frühjahr stand dort Hochwasser, das auch die tiefergelegenen Gräben der alten Kasematte füllte, aus der der Hindenburgpark entstanden war, eine durch Rosenrabatten und Laubengänge geschmückte und getarnte ehemalige Festung. Schöner noch, wenn meine älteren Brüder es wagten, mich weit (realistisch betrachtet: knapp einen Kilometer weit) mitzunehmen, unter der dunklen und düsteren, bis auf den heutigen Tag dunklen und düsteren Südbrücke hindurch, bis zu Boisserées Holzplatz und Sägewerk. Dort schwenkten die großen Flöße, vom Oberrhein kommend, vor der Südbrücke ein, wurden ans Ufer manövriert, die Stämme an Ketten durch einen Tunnel unter der Uferstraße hindurch ins Sägewerk hineingezogen. Sie kamen weit her, aus dem Schwarzwald, dem Spessart, dem Steigerwald. Der Rhein roch gut, nicht salzig, doch bitter genug, nach Algen auch; nun, so wie der Rhein riecht (roch). Das Tempo des Rheins, seine Gewalt war atemberaubend: er riß an den Flößen, wenn sie schwenkten, in den Rufen und Kommandos der Flößer klang Angst mit; und wie rasch war eine Büchse, ein Karton, ein Stück Holz auf die Brücke zu, in die Strudel an den Pfeilern, um die Pfeiler herum geschwommen, dann stolz mitten im Strom, an der Stadt vorbei, auf den Dom zu verschwunden.

Mir schien, als führe ich mit Köhler weit, immer weiter vom Rhein weg, und ich würde nie mehr auf der abschüssigen Basaltmauer sitzen und zusehen dürfen, wie die Flöße aus der Biegung bei Rodenkirchen kamen, mit telegrafenstangenlangen Masten gebremst, geschwenkt, ans Ufer manövriert wurden. Mein Vater kaufte auch bei Boisserée Holz. Alles, was er aus Holz machte oder was in seiner Werkstatt gemacht wurde, hatte mit dem Rhein zu tun; der Rhein brachte das Holz, und auch frischgesägtes Holz roch gut: säuerlich

und harzig, streng und milde zugleich. (Meine Brüder nahmen mich weiterhin mit: über die Mansfelder- die Schönhauserstraße, am Bayenthaler Schützenfestplatz vorbei erreichten wir zu meinem Erstaunen auch von der neuen Wohnung aus Boisserées Holzplatz.)
Ich war nicht untröstlich; die Neugierde siegte. Noch nie hatte ich Bauplätze gesehen, jetzt sah ich welche: Berge von Schwemm- und Ziegelsteinen, große Kalkwannen (verlokkende schneeweiße Puddingberge, Versuchungen, Steine hineinzuwerfen, Bauarbeiterbuden, Kästen mit Bierflaschen davor; Steine wurden auf die hölzernen Tragen gestapelt, Leiter um Leiter, Stockwerk um Stockwerk hochgetragen, Mörtelwannen gefüllt, Leiter um Leiter hoch getragen; in der Mansfelderstraße links und rechts Bauplätze, in der Kreuznacherstraße nur links. Rechts, wovon meine Mutter geschwärmt, womit sie mich getröstet hatte: der Park. Noch dünn das Gebüsch am Rand; Flieder, Statuen zwischen Laubengängen, große Fischbecken, hölzerne Pergolen; der Name der Siedlung, in die wir zogen, hieß »Am Rosengarten«; der Name war zutreffend, die Zuversicht, mit der da »im Grünen« gebaut wurde, nicht ganz so angemessen.
Das neue Haus, unser Haus, gefiel mir, wenn ich auch acht Jahre später, als wir in die Stadt zurück und noch tiefer in sie hineinzogen, die dunklen Flure und die vielen Namensschilder als heimatlich wieder begrüßte. Köhler wartete vor dem neuen Haus, ob jemand herauskäme, ihm den Stützbalken unter die lange Karre zu postieren; es kam niemand, und er schwenkte die Karre so, daß er sie unter der Vorgartenmauer aufsetzen, die Holmen loslassen konnte. (Später, wenn wir manchmal allein mit der beladenen Karre losziehen mußten, lernten wir das riskante Manöver, die Karre solange zu schütteln, bis der Stützbalken aus der Eisenschlaufe fiel, und, hin und her balanciert, in jene Position gebracht werden konnte, die es erlaubte, die Holmen los, die Karre hinten

aufsitzen zu lassen; das konnte schief gehen, ging manchmal schief, wenn der Stützbalken nicht richtig Halt fand; dann hing einer baumelnd an den Holmen hoch in der Luft, versuchte – vergebens – sie herunterzudrücken, Passanten mußten zu Hilfe gerufen werden, denn sogar auf so schiefer Ebene hielt die festgezurrte Ladung; die lange Karre auf eine Mauer oder Fensterbank zu schwenken, das konnte nur bei entsprechender architektonischer Gegebenheit praktiziert werden.)
Ich kletterte zwischen Töpfen, Stühlen, Kissen hindurch, hinaus und über die Radnaben in den Vorgarten. Drinnen im Haus roch es schon, wonach es bei späteren Umzügen immer riechen sollte: nach Kakao.
Acht Jahre lang wohnten wir in dieser Straße, die von zwei »Lagern« bestimmt war, dem bürgerlichen und dem sozialistischen (das waren damals noch wirkliche Gegensätze!), oder von den »Roten« und den »besseren Leuten«. Ich habe nie, bis heute nicht begriffen, was an den besseren Leuten besser gewesen wäre oder hätte sein können. Mich zog's immer in die Siedlung, die, wie unsere, neuerbaut war, in der Arbeiter, Partei- und Gewerkschaftssekretäre wohnten; dort gab es die meisten Kinder und die besten Spielgenossen, immer genug Kinder, um Fußball, Räuber und Gendarm, später Schlagball zu spielen. Meine Eltern störte es nicht, daß ich die meiste Zeit bei den »Roten« verbrachte, sie wären nie auf den Gedanken gekommen, zu tun, was die Professoren, Prokuristen, Architekten, Bankdirektoren taten: die verboten ihren Kindem, mit den »Roten« zu spielen. Der bürgerliche Teil war offensichtlich der langweiligere, die Spiele dort in Gärten und Stuben ganz à la Trotzköpfchen: Teeparties, Pfänderspiele, die merkwürdig schwüle Früherotik, aus der man sich sentimentale Erinnerungen strickt. Auf der Straße, von den »roten« Kindern lernte ich, was ich bei den »besseren« nie gelernt hätte: Reifenschlagen als Wettlauf, rund um

den Park, rund um den Block, barfuß, mit einem Stock die kahle, rostige, aus dem Abfallhaufen herausgesuchte Fahrradfelge vor mir herzutreiben, sie, ohne viel Tempo zu verlieren, in die Kurve zu lenken, ihr vorne links, vorne rechts eins zu versetzen, dann mit dem Stock schleifend zu bremsen, rund um den Park, rund um den Block. Oder Reifenweitwurf oder -weitrollen: den Reifen im Vorgebirgspark den Wiesenhang hinunter zu schleudern, auf Kommando, zuzusehen dann, wie die Reifen, erst nebeneinander, dann Tempo gewinnend, verlierend, auf die Nußbaumgruppe am Querweg zurollten, obeinig eiernd schließlich ermatteten, ausschlugen, umfielen, während des Siegers Reifen sich stolz dem Querweg näherte.

Die Straße wurde erst gepflastert, während wir dort wohnten; monatelang die Dampfwalze, viel Sand, viel Steine, monatelang der Rhythmus der Pflasterhämmer: der kleinen, der mittleren, der schweren Stampfer und Stößer; abends und nachts schafften wir Pflastersteine beiseite (kleine, mit quadratischer Oberfläche, 10 mal 10 Zentimeter). Wir brauchten sie zum »Pöhlen« (bedeutet »pfählen«, auch »aufspießen« – das Ö wird offen wie in Mönch, aber lang gesprochen). Beim »Pöhlen« legt jeder Mitspieler einen »Ömmer« (bedeutet Murmel – Ö wird wie oben, aber kurz gesprochen) in eine senkrechte Reihe vor eine Mauer, mit einem Pflasterstein muß dann aus der ausgelegten Reihe im Steilwurf ein Klicker »herausgepöhlt« werden, möglichst der unterste; er darf nicht voll getroffen, nicht zerstampft werden, sondern gerade so, daß er heil herunterspringt, alle, die oberhalb des getroffenen liegen, gehören dem Werfer als Tribut. Und natürlich Kuhle und »in der Sot« (kommt von Sode, bedeutet Gosse); in die Kuhle mußte man werfend hineinzielen, dann mit dem Finger »schibbeln«: wer den letzten Ömmer hineinschibbelte, bekam den Inhalt der Kuhle; »in der Sot« wird auf lange Distanz geöchelt (öchele ist das Verb zu Ömmer), im Rinnstein; einer wirft seinen Ömmer aus, der nächste versucht ihn zu treffen; hat er dazu wenig Chancen, darf er den Ömmer nicht zu nah an den des ersten heranrollen lassen, denn der erste Werfer – das Spiel kann nur zu zweien gespielt werden – hat beim nächsten Wurf als Ausgangsposition die Distanz der beiden Ömmer, also in jedem Fall eine bessere; man kann natürlich – das ist, wie wenn einer beim Fußball in brenzligen Situationen den Ball absichtlich ins »Aus« schießt, also unfair – in entgegengesetzter Richtung werfen, um die Distanz zu vergrößern; das Spiel wurde auch »rund um den Block« gespielt; in Zwischenstücken, wo an Bauplätzen, Gärten, keine Gossen und Bordsteine waren, wurde eine Art Boule- oder Bocciataktik improvisiert, bis der Anschluß an die nächste Gosse gefunden war. »In der Sot zu öchele« zwingt zur Alternative zwischen Kühnheit und Vorsicht, Taktik und Strategie. Natürlich gab's auch »Gewerbsmäßige«, auf Besitz erpichte Ömmerspieler, die sich aus Schuhkartons einen »Tunnel« machten, Fensterchen einschnitten, von 1 bis 6 immer kleiner werdend, und zum Glückspiel aufforderten: traf man in Fensterchen 1, bekam man einen, traf man in Fensterchen 6, bekam man sechs Ömmer; was daneben, gegen die »Latte« ging, bekam der Herr Unternehmer, meist »Haifisch« genannt, da er immer auf Unerfahrene aus war, mit seinem Riesenömmerbeutel, den »Tunnel« unter dem Arm nach Ahnungslosen Ausschau hielt; das waren keine Mitspieler, sondern bloße Kassierer, eine frühe Variation des Glücksspielautomaten: »Pöhler« ließen sie nie ran.

Ein Ritus, an dem ich zwei-dreimal teilnahm, blieb immer geheimnisvoll und anziehend, eine Art selbstvollzogener Mannbarkeitsritus. Manche, wenn sie aus der Schule entlassen waren und in die Lehre gingen, kamen an einem Tag in den Osterferien, wenn die Ömmersaison anfing, auf die Straße, riefen die kleineren Kinder zusammen und verteilten

ihren ganzen, in vielen Jahren angesammelten Reichtum an Ömmern und »Bomsen«, indem sie sie mit vollen Händen in die Menge der kreischenden, grapschenden Kleinen hineinrollten. Ein fremdes, poetisches Pathos lag in diesem Ritus, Ernst im Gesicht des Jungen, auch Schmerz und eine unfreiwillige Ironie, die merkwürdige Gleichgültigkeit und Feierlichkeit, mit der er etwas, das ihm kostbar, Zeichen seines Ranges und Könnens gewesen war, ohne Sentimentalität, doch pathetisch weggab. Er schied aus, trat aus, erschien nie mehr am frühen Nachmittag, stand abends in der Gruppe der Älteren, manchmal noch im blauen Arbeitsanzug, *offen* Zigaretten rauchend, blieb noch draußen, wenn es dämmerte und die Mütter riefen.
Ich war noch lange nicht vierzehn, kaum mehr als zwölf, als wir wieder in die Stadt zurückzogen, diesmal an den Rand der Altstadt, zum Ubierring. Mein Vater hatte wohl dem kleinen »Wirtschaftswunder« von 1928/29 zu sehr vertraut: ich weiß nicht, ob der »schwarze Freitag« ein paar Monate später mit seinen letzten Ausläufern die Straße am Park erreichte; es hing mit dem Zusammenbruch einer Bank zusammen, das Haus mußte verkauft werden, die Bank oder deren Gläubiger schluckten die ganze Kaufsumme. Es kam ganz plötzlich, über Nacht, diesmal brauchte ich noch nicht den Handwagen zu beladen und zu ziehen, wurde auch nicht auf ihm transportiert: mein Bruder und ich bekamen nur gesagt, wir sollten nach der Schule nicht in die »Straße am Park« zurück, sondern zu Fuß über Severin- und Silvanstraße in die neue Wohnung am Ubierring kommen. Das war 1930, im Frühjahr, glaube ich, und die zwanziger Jahre waren damit zu Ende; die dreißiger fingen an.
Es hatte vorher schon, wenn auch nicht endgültig, so doch schmerzliche Trennungen zwischen mir und den »roten Kindern« gegeben; ich kam, als ich sechs war, in die katholische, die meisten von ihnen in die »freie« Schule; wir hatten nicht

einmal den Schulweg gemeinsam, und gemeinsam zu spielen war nicht mehr die Regel, sondern die Ausnahme; ich zog zum Spielen mit, wenn auch nicht »besseren«, so doch mehr oder weniger »katholischen« Kindern öfter zum Raderberg hinüber (dort wurden im Mittelalter die zum Tode Verurteilten den Berg hinuntergerädert), mehr zur Brühlerstraße, zum »Sausack« (hat nichts mit Säuen zu tun, vielmehr mit sausen, Saus-Acker), wo wir in den Hängen hinter Kotthoffs Lackfabrik Höhlen gruben, in denen wir mit Tomahawk, Federschmuck und Friedenspfeife hausten, ein erfundenes Indianeridiom murmelnd und schreiend (ich erinnere mich des Wortes »Wöhne«, das Rache, Blut, Kampf bedeutete); mit Schleudern köpften wir in den Schrebergärten unterhalb des Hanges die Blumen oder schossen auf die Schrotthaufen, die Blechbüchsen im umzäunten Hof des Altwarenhändlers dort unten.
Zweite, fast endgültige Trennung von den »roten« wie von den »nicht besseren katholischen« Kindern: eine achtwöchige Quarantäne, die über mich verhängt wurde, weil mein älterer Bruder an Scharlach erkrankte und ich, da ich ihn schon gehabt hatte, als ansteckungspotentiell weder in die Schule gehen noch mit Kindern spielen durfte. Das Langweilige daran: ich war gar nicht krank, durfte auch nicht mit meinem erkrankten Bruder zusammen sein (der – was mir so romantisch wie lasterhaft vorkam – auf dem Balkon heimlich Zigaretten mit violettem Mundstück rauchte). Mit Stubenspielzeug konnte ich nicht spielen: Märklin- und Holzbaukästen, Eisenbahnzüge und das von geschickter Schwesterhand aus Papier ausgeschnittene, auf ein Brett aufgeklebte Rothenburg ob der Tauber interessierten mich nicht. Ich war an den Park, an die Straße gewöhnt: Schlagball, Treibball, Völkerball, Bückball, Hockey mit Milchbüchsen, Fußball und »Wöhne«-Germurmel in den Hängen am »Sausack«, hinter Kotthoffs Lackfabrik.

Dritte, schlimmste Trennung: ich kam nach der Quarantäne gar nicht mehr in die Volksschule zurück, sondem sofort ins Gymnasium. Ich ging gern hin, sah aber nicht ein, warum die anderen, die »Roten« und die »nicht besseren katholischen« nicht mit dorthin gingen. Ich sehe es bis heute nicht ein.
Vierte, allerletzte und endgültige Trennung: der plötzliche Umzug in die Stadt zurück. Der Beginn der dreißiger Jahre: es war nicht ganz, aber fast ganz aus mit dem Spielen. Es wurde ernster. Schwierigkeiten. Wechsel- und Pfandhaus- und Gerichtsvollzieherjahre, auch mancher notwendige abenteuerliche Wechselritt. Schießereien auf der Straße. Nur selten noch spielten wir Fußball auf der Straße oder in der Allee, zum Schlagballspielen mußten wir rübergehen auf die Poller Wiesen: so wurde die dunkle und düstere Südbrücke vertraut. Seltener kamen die Flöße, zu denen ich nun selbständig, nicht mehr an der Hand der Brüder, gehen konnte. Später lasen wir in der Zeitung, daß einer, mit dem wir draußen oft »gepöhlt« hatten, von seinem Vater erschlagen worden war: er war Kommunist, radikal, bitter, intelligent – sein Vater Sozialist.
Morgens mehr bitter als süß der Geruch von Kakaobutter, Rohschokolade, der aus der Stollwerckenklave drang, den Häuserblock zwischen Altenburgerstraße und Bottmühle umklammerte, sich unter den Ulmen am Ubierring vereinte. Es kommt zuviel auf mit den Dreißigern – ich springe in die Vierziger vor. Sehe es tausendmal vor mir, was ich als Acht-als Neunjähriger beim »Wöhne«-Gemurmel an den Sausack Hängen so oft gesehen und gelesen hatte; ich sah und sehe es auf allen Waggons, den ochsenblutfarbenen, in denen im Krieg 8 Pferde, 40 Menschen, oder 120 Gefangene oder Verschleppte transportiert wurden, in Amiens und in Winiza, in Kertsch und in Berlin, Bitsch und Odessa, Namur, Antwerpen, Sinzig, Calais – das unvergeßliche, mit der sauberen,

exakten Schablone schneeweiß auf Ochsenblutrot gemalt; Todgeweihte, Soldaten und Verwundete, Mensch, Vieh, Untermensch und Übermensch zu Sieg und Niederlage, in Tod, Gefangenschaft, aus dieser heraus, es stand und steht zu lesen, was mir überall Kindheit in Erinnerung rief: *Theodor Kotthoff*, *Lackfabrik*, *Köln-Raderthal*, *Hitzelerstraße*.

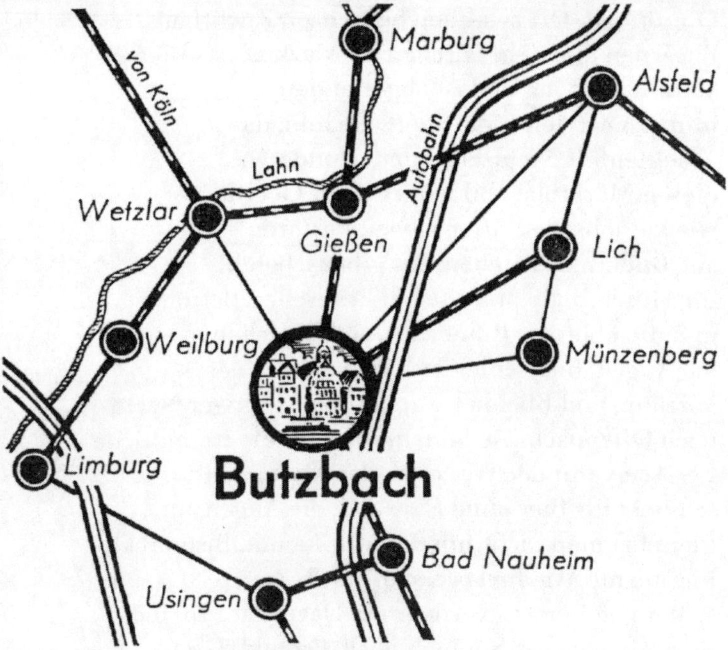

F. C. Delius

Butzbach, zum Exempel

Freunde, hier schick ich euch hin,
wenns euch zu wohl wird in Kreuzberg,
bei Höllerer, Bense oder in Schwabing,
hier fangt an mit Beschreibung, hier spart
ihr Adjektive und Fragezeichen, hier
stimmen Klischees, dies ist der Ort,
die Augen, nicht nur, aufzumachen, die
Augen, Geduld zu üben mit vergeblicher

Dummheit, Ort zwischen Schrenzer, Zuchthaus,
Kasernen und dem falschen St. Markus, das Bier
kommt aus Lich und ist abgestanden,
immer noch feiert die Stadt, Geduld, das
Trachtenfest Neunzehnhundertundsechs,
diesen Marktplatz bildete ab jener Goethe,
wie katholische Stifter knieen Pastoren
auf Bildern in Kirchen, das gibt es, beseht
im Museum die praktischen hessischen Betten
und die üble alte Römerzeit, aufzumachen
die Augen, hier schleicht Konrad Kuhl, der
Verräter, und Büchner wandert bei sterniger Nacht
nach Offenbach, Geduld, hier vögelt die freundliche
US-Army mit der Wetterau, der Alten, und
schluckt ihr Bier ohne Einwand, die Augen auf,
hier ehrt man nicht minder Marika und Bismarck,
hier turnte Weidig als erster, der Rektor,
später gefoltert im vornehmen Darmstadt zu Tod,
hier schlagen die Stunden noch, Geduld, Fern-
sehn und Fußball sprechen ihr Recht, hier
angenehm nichts, und ein Idyll der Friedhof
bestenfalls, da ist noch Platz, Geduld, all das,
Freunde, sei nichts für uns, ich geb das
ja zu, das tragen auch lange Gedichte nicht aus,
eben deshalb, zum Exempel, fahrt einmal hin, es
lohnt sich wohl nicht, Augen auf, aber fahrt und
sucht euch in Butzbach, bei Butzbach den plot.

Nehmt mageres und fettes Schweinefleisch, hackt es klein, das Gehirn legt in Wasser, und spühlet das Blutige davon ab; dann thut es zu dem Fleisch, und hackt es mit durch, im gleichen Kümmel, Salz, feingehackte Zwiebeln, gestoßene Muskatblumen, Pfeffer und englisch Gewürz, hackt es alles gut durcheinander. Von so viel Schweinen, als man Gehirn hat nimmt man auf jedes ein Ei, schlägt diese dazu, und hackt sie gut mit durch; dann thut es in eine große Schüssel, gebt etwas von der Brühe dazu, worin das Fleisch zur Leberwurst gekocht worden, stopft es in Fettdärme vom Schwein, kocht sie gahr, wie gebräuchlich, und bratet sie dann auf dem Rost.

Herbert Heckmann

Die Wurstesser

Es war die Zeit der Knickerbocker und Lodenmäntel, der breiten Damenhüte, Koppelschlösser und blankgewichsten Schaftstiefel, als ich das Wurstessen lernte. Ei, könnte einer einwerfen, das ist doch keine Kunst. Das will ich auch gar nicht behaupten. Man macht den Mund auf, beißt zu, kaut und wird satt. Und doch macht das noch lange keinen zum Wurstesser, aber alles der Reihe nach, Bissen für Bissen, um beim Thema zu bleiben.

Mein Großvater, dem ich damals kaum übers Knie reichte, liebte sonntägliche Spaziergänge, die er mit einem derben Spazierstock ausführte. Beim Gehen schlug seine schwere Uhrkette gegen den Bauch, seine Schuhe ächzten und seine Nase rötete sich. Ich trippelte drei Schritte hinter ihm her und trat die Löcher zu, die er mit dem Stock in der Erde hinterlassen hatte. Unser Weg war immer derselbe, selbst die kopfnickenden Bekannten schienen nahezu immer am selben Ort aufzukreuzen. Die Fahnen auf dem Paradeplatz verkümmerten an windstillen Tagen oder klatschten kriegerisch gegen die Maste, wenn der Wind die Bismarckallee entlang stürmte und die Pappeln zu Gehorsam zwang. Frauen in matten Seidenstrümpfen schritten an der Seite steifer Männer. Hunde stießen die Schnauze in die Gosse. Nach einiger Zeit war mein Großvater der Höflichkeiten müde, die er nach allen Seiten hin austeilte. Es verwirrte mich, wenn er Heil Hitler sagte und Herrn Lorenz meinte und Herr Lorenz Heil Hitler sagte und meinen Großvater meinte. Fast alle hießen Hitler, und ihre Augen leuchteten auf, wenn man sie daran erinnerte.

Unser Spaziergang endete im Schlagbaum, einer Gastwirtschaft an der Bockenheimer Warte, wo mein Großvater für sich ein Bier und für mich eine Himbeerlimonade bestellte, eine Zeitung auseinander faltete und mich der Betrachtung der Gäste überließ, die laut durcheinanderschrien. Es roch nach Sauerkraut und Bier, und über der Theke, über den blankgeputzten Zapfhähnen hing das Bild eines gutgekämmten Mannes mit starren Augen, der eine Hand ans Koppelschloß preßte. Er zuckte noch nicht einmal zusammen, wenn ein Skatspieler seinen Trumpf ausspielte, daß die Gläser hochhüpften und überschwappten, er schaute in die Zukunft.

»Wie ist es?« fragte mein Großvater einmal und schob seinen Kopf über den Zeitungsrand. »Sind deine Beine schon

müde?« Ich nippte an meiner Limonade und gab zu verstehen, daß ich gern und gut noch bis zum großen Feldberg laufen könnte. Gesagt und schon gelogen. Müde paßte ich mich den sorgfältigen Schritten meines Großvaters an, fragte wohl ein dutzendmal, wo es denn hin ginge, aber der Spazierstock holte weiter aus und stieß härter auf den Boden. Ich hüpfte auf einem Bein, um das andere zu schonen, stolperte und jammerte »Wie lange noch?« Die Bockenheimer Landstraße ging zu Ende. Straßenbahnen dröhnten vorüber.
Persil bleibt Persil. Ein Volk, ein Reich, ein Führer, buchstabierte ich. Fremde Menschen begegneten uns, für die mein Großvater kein Kopfnicken übrig hatte. Wir überquerten den Opernplatz. Ich wußte mir nicht mehr zu helfen und stöhnte:
»Ich habe Hunger.«
Mein Großvater war ein Feind des Hungers, das wußte ich, aber seine Reaktion verblüffte mich doch ein wenig. »Wart ab!« sagte er und schwang den Spazierstock, daß die Spatzen aufflogen. Ich überließ mich meinen Füßen. Schatten krochen aus den Ecken, und die Dächer schoben sich aneinander. Die Menschen gingen mitten auf der Straße und schienen ausgelassener als auf den Trottoirs. Sie taumelten Arm in Arm, sie sangen und zitterten in den Kniekehlen. Ein Geruch von Wein und Fett strömte uns entgegen. Ich suchte Schutz in der Spazierstockreichweite meines Großvaters.
»Ei« fragte ich kleinlaut, »sind die nicht richtig im Kopf?«
»Das sind nur Wurstesser«, erwiderte mein Großvater und packte mich an der Hand. Ich hatte Angst in der lärmenden Masse grölender Männer und kreischender Frauen verlorenzugehen. Unter einem offenen Durchgang, den das Erdgeschoß eines rotgestrichenen Hauses zu einer dunklen Gasse bildete, drängten sich die Wurstesser zusammen, und zwischen zerstiebenden Dampfwolken erblickte ich glänzende Wurstkringel, die an Stangen herunter hingen. Zwei mäch-

tige Eichensäulen stützten das Haus; ein schwarzes Maul gähnte mich an. Die kleinen Fenster blinzelten müde. Unter meinen Schuhen raschelte Papier. Ich winkelte meine Ellenbogen an und schlüpfte an den Stand, hinter dem ein dicker Mann seine roten Hände rieb. Sein Kopf war halb hinter Würsten verborgen.
»Ei, Bubsche« sagte er mit hoher Stimme, »willst de ä Gelbworscht?«
Mein Großvater bejahte es und fingerte in seiner Manteltasche nach Geld. Der Mann stieß mit einer langzinkigen Gabel in den Kessel, der auf einem Holzkohlenfeuer tanzte, und holte eine eidottergelbe Wurst hervor, die er mir auf einem Stück Papier überreichte.

»Als Kind geleckt
so es Gelbworschthauf voll Saft
was uns Kinner Lewenskraft
Lewensfreud un -lust gemacht«

Er sang es mit zitternden Backen und fügte in Prosa hinzu:
»Verbrenn der awwer net die Gosch!«
Aber der Rat kam zu spät. Ich leckte mir die Lippen mit der Zunge. Um mich herum sah ich kauende Gesichter. Augen fielen zu, die Backen strafften sich, die Köpfe rotierten. Ich sah auf den Boden und sah Lachen von Bier, Papierknäuel, Stiefel, Knickerbockerhosen, Damenschuhe und Strümpfe. Ich wagte nicht hochzuschauen – in das Meer kauender Münder, in die grausamen Gesichter, die voller Verachtung auf die Würste starrten und zubissen und schmatzten und schluckten. Ob es bei den Würsten blieb, fragte ich mich und fragte meinen Großvater, der auch wußte, was außerhalb Frankfurts geschah und geschehen konnte. Er antwortete:
»In Grönland essen sie verfaulte Seehundsköpfe und in Afrika gebackene Heuschrecken.«
Ich schluckte. In meinen Ohren dröhnte es.
»Heil Hitler! Bitte eine ganze Portion!«

Die Stimmen hüpften über meinen Kopf hinweg. Ich schob meine gerade angebissene Gelbwurst meinem Großvater vorsichtig in die Manteltasche und wischte mir den Mund ab.
»Schon satt?« fragte mein Großvater, der noch nichts von seinem neuen Besitz wußte. Die Welt drehte sich, die Häuser wackelten, der Boden zitterte.
»Nemme se den Bub hahm. Der verdreht ja die Aache wie en dode Mann nach em Finfer.«
Und mein Großvater, der schon längst die Veränderung meiner Gesichtsfarbe bemerkt hatte, bahnte mir einen Weg durch die Wurstesser, durch die Gerüche von Fett und Schweiß und Grausamkeit, durch Heil Hitler und Knickerbockerhosen. Kaum umfing uns wieder die muffige Stille einsamer Gassen, sagte ich so nachdrücklich, wie es mein Magen erlaubte:
»Ich esse nie mehr Gelbwurst. Was ist denn da eigentlich drin?«
»Hirn.« erwiderte mein Großvater.
Ich seufzte und fürchtete mich vor den kommenden Gedanken.

DAS HOLZTHOR IN MAINZ

Carl Zuckmayer

Mainz, versunkene Stadt

Die Stadt, an die ich denke und von der ich sprechen will, liegt auf dem Grund der Gewässer, tief unter der Flut. Wieviele Faden tief? Da schon am ›großen Bassin‹ der Badeanstalt Watrin, knapp einen Laufsteg vom Ufer weg, zu lesen stand: ›Vorsicht! Nur für Schwimmer! Fünf Meter tief!‹ – so muß die Flut, in der die alte Stadt versunken ist, mindestens zehnmal so tief sein. Denn in Watrins großem Schwimmbassin konnte man, mit einem Kopfsprung (oder ›Schlubbert‹) vom hohen Trampolin, leicht auf den Grund tauchen und einen Stein heraufholen, es lag eine ganze Sammlung solcher Steine, vom Rhein glatt gespült, auf dem Fensterbrett meines Knabenzimmers. Von unserer alten Stadt aber unter der Flut holt kein Mensch mehr einen Stein herauf, und wenn er die Flossen eines Froschmanns hätte.

Es ist eine Flut, so mächtig wie die, die einst das ganze mittelrheinische Becken bedeckte, und von der unser ›Großer Sand‹, – die Schleifstätte der Rekruten, Zeugnis abgelegt, – auch der schöne Muschelkalk, den man in der Umgebung findet. Aber sie ist von einer vollkommenen Durchsichtigkeit, klarer als die Luft, und nicht nur einmal im Jahr, sondern täglich hört man zu den geheiligten Stunden die Stadtglocken brausen. Spiegelklar, wie durch ein scharfes Fernglas, sieht man die alten Gassen, die alten Plätze, die alten Häuser und Kirchen, und es schwimmen keine Fische, es weht kein Tang zwischen ihren Mauern: aus und ein gehen Menschen, – Du kennst sie alle, sie sind Dir ganz vertraut, – auch wenn Du sie nicht hören kannst, weißt Du, wie ihre Stimmen klingen, wie ihre Mundart lautet, – und es ist gleich, ob sie vor fünfzig Jahren gelebt haben, als Du jung warst, oder vor hundert und aber hundert, oder ob sie morgen erst leben werden. Denn sie sind das Volk, das Volk Deiner Stadt.

Da gehen sie ein und aus, rasch und langsam, geschäftig oder der Muse hingegeben, dem Gewerbe nach oder zum Abendschoppen ins Wirtshaus, und die Namen der Gassen und Plätze, die ihnen selbstverständlich sind, klingen wie der Tropfenfall der Geschichte, wie der Widerhall der Legenden: da ist die Golden Luft, der Kästrich, die Umbach, (in die man auch fallen kann, denn wenn jemand ohnmächtig wurde, hieß es: der is in die Umbach gefalle), – da ist der Flachsmarkt, die Heidelbergerfaßgaß, die Reicheclarastraß, da ist die große, die mittlere, die hintere Bleich, wo man früher wirklich einmal die Wäsche aufhing, noch bevor dort nah beim Schloßplatz die prächtige Barockkirche St. Peter gebaut wurde und das Kurfürstliche Schloß, und dann zerstört, und dann wieder gebaut, – da gibt es den Brand und die Mitternacht, das Kapuzinergäßchen, die Schlossergaß, und in der Korbgasse und im Seilergäßchen lebten noch wirklich die Korbmacher und die Seiler, man konnte sie in Gewölben ihr Geflecht binden sehen und betastete die langen, gedrehten Seile, die in dicken Bündeln auf der Straße hingen, – so wie man am Fischtor zusehen konnte, wie die frischgefangenen Rheinsalmen oder eine Ladung blankschuppiger Seefische in den Hof der Fischhandlung unseres Onkels Wallau geschafft wurden. Der Mittelpunkt aber war der Markt, groß, langgezogen, reich besetzt, dicht bevölkert, – vom Fischtorgäßchen, bei dem auch der Fischmarkt lag, weiter am Dom vorbei und am Liebfrauenplatz, um den herrlichen alten Marktbrunnen herum, bis zum Höfchen hin, wo die Stände und Körbe im Frühling überquollen von Gemüsen und wo es nach Kräutern und Früchten, aber auch nach Zwiebeln und Handkäs roch. Ob es wohl heute noch so mächtige, durch Körperfülle und Zungenfertigkeit gleichermaßen imponierende Originalgestalten gibt, wie die Marktweiber von dazumal? Sie kamen von Mombach, oder Budenheim, noch mit dem bespannten Fuhrwerk, einige wohl auch mit der Pferdebahn, die mit lautem Hufklappern, Achsenrattern und Klingeln vom Kaisertor durch die schmalen Straßen bis zum Neutor trabte, sie kamen von Gonsenheim, Finthen und Bretzenheim mit der Dampfbahn, die so langsam fuhr, daß die Buben aus ihren Fenstern heraus reife Kirschen von den Bäumen pflückten, und die schnaufend und prustend am Münsterplatz anhielt: von dort marschierten die Marktfrauen, mit wiegenden aber festen Schritten, den großen schweren Korb überm wohlfrisierten, festgeflochtenen ›Nest‹ auf den Kopf gestellt, von einem ringartigen, weichen Tragkreuz unterstützt, die Hände in die Hüften gestemmt oder die Arme leicht schlenkernd, immer ein Witzwort auf den Lippen oder auf Anruf zu einer schlagfertigen Antwort bereit, – so schritten sie dahin, die Große Bleich entlang und dann durch die engeren Straßen bis zu ihren Marktständen. Sie waren wohl freundlicher und gesitteter, als man sich die Pariser Hallenweiber vorstellt, aber auch gegen sie hätte es im Falle einer Revolution keinen Widerspruch gegeben. Wie sie tratschen konnten, wie sie lachen konnten, – und wie sie schimpfen konnten! Das reizte natürlich die Jugend, ihre homerische Sprachgewalt herauszufordern. Schon in der Dampfbahn, mit der wir im Frühling zur Schule fuhren, versuchten wir, unter den Bänken hinter sie schleichend, ihre über dem respektablen Hinterquartier zur Schleife gebundenen Schürzenbändel aufzuziehen. Durch die dicken Röcke spürten sie das nicht, aber wenn sie dann aufstanden und die Schürze herunterfiel, dann konnte man etwas hören, wovon die hessische Dialektdichtung von Niebergall über Lennig bis Zuckmayer ein schwacher Abklatsch ist. Viel toller trieben es die Wallau-Buben, Carl und Adam, unsere Vettern von der großen Fischhandlung, die am hellen Tage mitten auf dem Markt mit beiden Füßen in einen vollen Eierkorb sprangen und gleichzeitig ihre vier Händevoll Rheinsand in den daneben stehenden Handkäskorb schmissen. Der ganze Markt einschließlich zweier behelmter Schutzmänner rannte hinter ihnen her. Ob es heute, hier droben, noch so böse Buben gibt? Drunten, in Vineta, springen sie immer noch, jeden Dienstag und Freitag in die Körbe. Dort flanieren auch noch die jungen Leute, Gymnasiasten der oberen Jahrgänge, Studenten auf Ferienurlaub mit Band und Mütze, aber auch Referendare, Gerichtsassesoren, Kaufmannsstifte, Geschäftsreisende, unverheiratetes Volk eben, am Sonntag morgen halb zwölf über die Ludwigstraße, vom Höfchen langsam auf der einen Seite bis zum Schillerplatz, dann auf der anderen zurück. Auf dem Schillerplatz, neben dem Denkmal, vis-á-vis vom Gouvernement, spielt eine Militärkapelle forsch und mit graziösem Schwung in dem kleinen Pavillon: einen Marsch, eine Ouvertüre, ein Potpourri. Man schlendert mit einer lässigen Steifheit, so als ginge man nur zufällig da herum, und doch so als werde man heimlich beobachtet und dürfe sich's nicht merken lassen, daß man es weiß. Man lacht etwas zu laut, spielt sich weltläufig auf, mondän und unbefangen. Man tut als bemerke man kaum die gelegentlich vorbeitrottenden Mädchenpaare, manche davon nicht ganz eindeutigen Rufes, sie gehen Arm in Arm, sie gucken frech und kichern, man weiß wie sie heißen, aber man traut sich nicht sie zu grüßen oder gar sie anzusprechen. Geht ein ›besseres‹ Mädchen vorbei, hält es die Augen gesenkt und trippelt in ihrem langen engen Rock oder, wenn sie noch jünger ist, im kurzen mit Steckelbeinen ganz rasch dahin, weiß aber genau, daß man ihr nachschaut. Man versucht sich in zynischen Bonmots, mein Gott die Weiber, man kennt das Leben. Man träumt, man flaniere auf einem Boulevard in Paris, man sei ein Spieler, ein Verführer, ein Lebemann oder wenigstens ein ›Bohèmien‹, wie unser großes Vorbild, der wulstlippige Student H. W. Eppelsheimer, um den sich, wenn er in den Ferien hier ist, immer eine Gruppe neugieriger Primaner drängt, denn es heißt, er lebe in Schwabing ganz wild, und gäbe sich einer ausschweifenden Erotik hin, – da stimmt die Kapelle, zum Abschluß, den Präsentiermarsch an, es ist ja schon halb eins! Man beginnt zu laufen, zu Haus wird die Suppe aufgetragen, und um zwei muß man in die Andacht.

Verhaßte Spaziergänge, im guten Anzug am Sonntag Nachmittag: ›Am Rhein entlang‹, – es ist Herbst, die Blätter der Platanen liegen gehäuft auf der Promenade, man kann sie mit den Stiefelspitzen in immer größeren Haufen vor sich her schieben, so wie man es gern bei der Fronleichnamsprozession mit den auf die Straße gestreuten, schon etwas angewelkt duftenden Gräsern und Blumen tut. Jetzt duftet es bitterlich von den Laubhaufen, und das Rheinwasser, rasch und klar vorüberströmend, noch frei von Dieselöl, mischt seinen scharfen, sauberen Hauch hinein. Zur Ingelheimer Au, über die Drehbrücke beim alten Zollhafen, geht's an dem hübschen Favoritenschlößchen gottseliger Kurfürsten vorbei, oder nach Osten, an den verschiedenen Toren entlang, an der Straßenbrücke, der Stadthalle, dem Fischtor, man sieht den unheimlich anheimelnden Holzturm, indem der Schinderhannes gesessen hat, man lugt voll Sehnsucht auf den Halleplatz, auf dem im Frühling und Herbst die märchenhafte ›Mess‹ ihre bunten Buden aufschlägt und das Rasseln und Schmettern der Karusselwerke auf den ›Dippemarkt‹ hinüber schallt, wo Hausfrauen und Köchinnen um das oder jenes Geschirr feilschen, ach, der brenzlige Geruch der ›Waffeln‹, der süßfade Geschmack des ›Messklumpens‹, einer grellroten oder giftgrünen Zuckerstange, die man langsam spitzlutscht, – aber im Winter ist dort, wenn's die Witterung erlaubt, die Eisbahn zu finden, blanke Fläche, über die der Schlittschuh zischt und von der seine Schneide einen mehligen Eisstaub abkratzt, man läuft mit überkreuzten Händen zum Takt der Musik oder versucht sich in ungeschickten ›Bogen‹, während am Eingang Bäckerfrauen ein nach oben geschwelltes, in der Mitte geteiltes Backwerk ausbieten, das man ›Buweschenkel‹ nennt, die dickeren hießen ›Boppeschenkel‹, es wäre ein Traum für den Dr. Freud gewesen. Und dann kommt der alte Floßhafen, der Winterhafen, in dem mancher Schlepper oder Lastkahn vor Anker liegt, und von dem in der Sylvesternacht um zwölf, zum Dröhnen der Domglocken, das Tuten, Pfeifen und Bimmeln aus Dampferschloten und von Schiffsglöckchen erschallt, während fauchende Raketen zum Nachthimmel steigen und mit taubem Knall ihre farbigen Lichtsplitter versprühen. Das ›Schifferviertel‹ wird beim Spaziergang ausgelassen, obwohl es da – gleich hinterm Dom und dem Leichhof oder der Augustinerstraße – die interessantesten alten Gäßchen gibt. Aber die besseren Leute umgehen sie lieber. Dort gibt es, sagen die Eltern, ›Schlechte Kerl‹, Lumpen, die schon bei Tag betrunken sind und mit dem Messer stechen. Besonders im Dunkeln müsse man sich vor dieser Gegend hüten, sagen sie, dort sei es nicht geheuer. Hätten sie eine Ahnung, wie oft man sich, gerade bei Dunkelheit, von ihren Warnungen angestachelt, in seinen ersten langen Hosen schlotternd, dort hingeschlichen hat, – daß man die Bierkneipen in der Schlossergasse kennt, mit ihrem Fuselgeruch und ihren scheppernden Orchestrions, die ›Schiffige‹ aus Holland, Köln oder Straßburg, in ihren dunkelblauen Strickjacken und Sweaters, manche mit tätowierten Armen und goldenen Ohrringen, (nur eine Messerstecherei hat man leider nie erlebt), – ja sogar das berüchtigte Kappelhofgäßchen, wo in schmalen, groß numerierten Fachwerkhäusern das Laster haust, und die roten Laternen blühn. So bunt ist die Stadt, so voll von dichtgehäuftem Leben, zwischen ihrem rötlichen Sandstein, dem matten Schiefergrau ihrer Dächer. Eng und weit, wuchtig und leicht, von bürgerlichem Ernst getragen, von frommer Weihe, vom Wandel der Geschlechter, von kindlicher Heiterkeit; auch von kindlichem Grauen besucht, Gespensterangst, unheimlich grölenden Stimmen in der Nacht, dem Fauchen eines Zugs vom Bahnhof, das wie der Maulhauch eines mörderischen Ungetüms immer näher kommt, bis ins Bett hinein, – und von mancherlei drohenden, unförmigen Gestalten bei Tag, den ›Erwachsenen‹, die nie gespielt hatten, die nicht lachen konnten, unter deren pflichtbeschwertem Schritt die Stadt ein kaltes klirrendes Gefängnis wurde, eine einzige, trockene, muffig riechende Schulstube.

Und doch war sie vom guten Wein durchtränkt, von Musik durchweht, deren Pflege ihre schönste Erbschaft ist: im Saal der ›Liedertafel‹ in der Großen Bleich, bei den Symphoniekonzerten des Städtischen Orchesters, in Kammer- und Hausmusik wird dem Heranwachsenden Sinn und Gehör für eine Musica viva erweckt, die ihm erst später aufgeht. Aber auch im Dom, in dem wir gefirmt wurden, erklangen die Chorwerke alter Kirchenmusik. Und in der Augustinerkirche, in der sonntags die Schulmesse gelesen wurde, predigten abwechselnd unsere Gymnasialpfarrer, Professor Sartorius und der spätere Domkapitular, der geistvolle Professor Mayer: man ärgerte ihn wohl oft in der Religionsstunde, man brachte ihn durch heimtückisch ausgedachte Fragen in Verlegenheit, man konnte nicht anders, aber man hatte ein schlechtes Gewissen dabei, wenn seine klugen, freundlichen Augen hinter der Brille trüb und hilflos wurden. Manchmal, bei festlichen Konzerten der Liedertafel, oder im Theater, erschien in der Mittelloge eine schlanke, schmalköpfige Männergestalt, ein sehr ziviler Herr im dunklen Anzug, höchstens mit einem unauffälligen Ordensband geschmückt, er wurde stehend begrüßt, das Orchester spielte die deutsche Fürstenhymne, die der englischen gleicht, der schlanke Herr verneigte sich vor der Ehrerbietung des Publikums, wie es schien in einer scheuen, fast gequälten und ungemein sympathischen Haltung, bevor er sich in seinen Sessel zurücklehnte: das war Ernst Ludwig von Hessen und bei Rhein, ›unser Großherzog‹, Schirmherr der Künste, Schwager des letzten Zaren, jedem Waffengerassel und Kriegsgeschrei abhold, einer der vornehmsten Fürsten dieser Zeit. Man liebte ihn, man freute sich, ihn zu sehen, vom Sperrsitz der feinen Leute bis zur Galerie hinauf, er wurde den Kindern mit Stolz gezeigt.

Aber auf der Straße zeigte man uns auch manchmal einen kleinen, älteren Mann, in Havelock und Schlapphut, und sagte mit großem Respekt: das ist der Dr. David, unser Reichstagsabgeordneter, – mit Stolz sagte man das, ›obwohl‹ er Sozialist war, eine führende Persönlichkeit der deutschen Sozialdemokratie, in deren Geschichte er neben August Bebel einen Ehrenplatz einnimmt. ›Unser‹ Großherzog, – ›unser‹ Dr. David, – der eine regierte in Darmstadt, der andere hielt seine Reden, gewiß nicht fürstenfromme, in Berlin, – aber sie gehörten uns, gehörten unserer Stadt. Die Stadt selbst war damals noch vom alten Festungswerk umschlossen, das sich von der Zitadelle im Osten übers Gautor, Binger und Gonsenheimer Tor im Halbkreis nach Westen zog, doch hatten die hohen Wälle wohl keine andere militärische Bedeutung mehr, als daß manche unserer mehr preußisch gesinnten Lehrer sie uns bei Schulspaziergängen als Zehnjährige erstürmen ließen. Auch ergaben sie im Winter gute Rodelbahnen. Lag aber nur wenig oder sehr dünner Schnee, dann ging man in eine der steileren Gassen, am liebsten die Gaugass, und zog ›scharfe Schleifen‹, die glatter waren als jede Eisbahn und auf denen man, einen Fuß vorangestellt, viele Meter weit dahin schlidderte. Bis man von einem wütenden Herrn oder einer älteren Frau, die darauf ausgerutscht waren, verjagt wurde. Laut höre ich ihr Schimpfen und Drohn, laut unser Johlen und Lachen aus der Flut herauf. Mein Blick folgt jenem alten Spazierweg ›Um die Tore‹, der am Linsenberg beginnt und, an der Steinfratze des Gautor vorbei, in der ›Anlage‹ überm Neutor endet, wo man, die Arme aufs Geländer gestemmt, in eine weiße Dampfwolke gehüllt, die Züge aus dem schwarzen Loch des großen Tunnels herauskommen sah. Und man hört, von einem der infanteristischen Übungsplätze da draußen, das dünne Trommeln und Pfeifen, – ›He Mutter die Landwehr kommt‹, – der Exerziermusik. Das sind ›die Preusse‹ sagt man, obschon es gewöhnlich wohl hessische Bauernbuben und Bürgersöhne bei den 117ern, dem ›Leibregiment‹ der Großherzogin, waren und schauert leise bei dem Gedanken, daß man auch einmal bei ihnen dienen müsse. Man weiß noch nicht, daß es einen August 1914 geben wird, wo man atemlos, und ahnungslos, von Kaserne zu Kaserne rennen wird, um als Freiwilliger angenommen zu werden. Man weiß noch nicht mehr – als das, was in schöner lebendiger Gegenwart greifbar um uns ausgebreitet liegt. Man hört, aus den Gärten beim ›Schützenhaus‹, oberhalb der Wallstraße und der Gonsenheimer Hohl, an einem Maiabend die Nachtigallen flöten. Man ist sechzehn Jahre. Man schlendert zur Stadt zurück, ruhelos. Man steht am niedrigen Steingeländer der Mathildenterrasse, die schon zu Römerzeiten eine die Stadt beherrschende Bastion war, unweit vom alten Pulverturm – es ist schwül, der Himmel hängt tief, es riecht nach Regen, der kommen will, vielleicht wird's ein Gewitter, – der Rhein hat einen bleiernen Glanz, der Streif der Taunusberge ist ganz nah, tief dunkelblau über die Stadt getuscht, darüber noch ein schmaler, gelber Lichtstreif. Die Dächer und Türme aber fast schon im Dämmergrau versunken. Ein trüber Dunst zieht sich darüber zusammen, wie vom Schwelen der ›Newwelinge‹, der um einen Stock gewundenen Wachsringe, auf dem Friedhof am Allerseelentag. Versunken im Dämmergrau. Verschüttet. Begraben unter der Flut. Die Städte der Kindheit sind verschwunden. Auch wenn sie verschont blieben, sind sie nicht mehr die gleichen, sie sind vom Wandel berührt wie wir selbst, man findet sie nicht wieder, es führt kein Weg zurück. Jede Stadt ist Vineta.

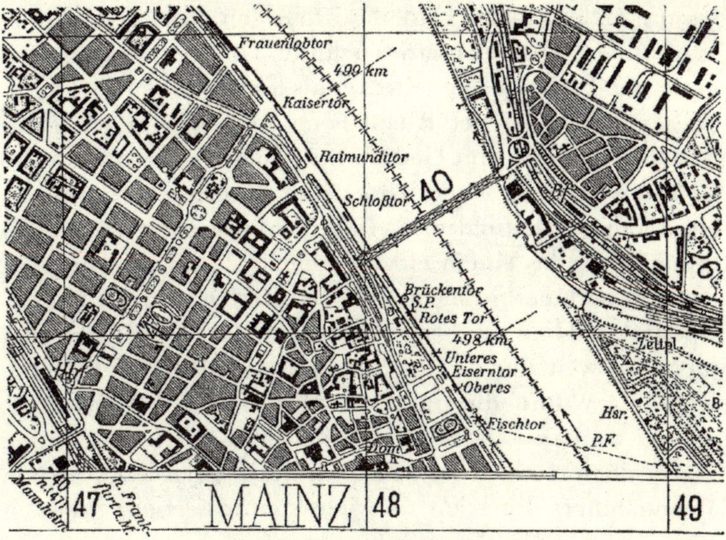

Anna Seghers

Zwei Denkmäler

In der Emigration begann ich eine Erzählung, die der Krieg unterbrochen hat. Ihr Anfang ist mir noch in Erinnerung. Nicht Wort für Wort, aber dem Sinn nach. Was mich damals erregt hat, geht mir auch heute noch nicht aus dem Kopf. Ich erinnere mich an eine Erinnerung.
In meiner Heimat, in Mainz am Rhein, gab es zwei Denkmäler, die ich niemals vergessen konnte, in Freude und Angst auf Schiffen, in fernen Städten. Eins ist der Dom. – Wie ich als Schulkind zu meinem Erstaunen sah, ist er auf Pfeilern gebaut, die tief in die Erde hineingehen – damals kam es mir vor, beinahe so tief wie der Dom hochragt. Ihre Risse sind auszementiert worden, sagte man, in vergangener Zeit, da,

wo das Grundwasser Unheil stiftete. Ich weiß nicht, ob es stimmt, was uns ein Lehrer erzählte: Die romanischen und gotischen Pfeiler seien haltbarer als die jüngeren.
Dieser Dom über der Rheinebene wäre mir in all seiner Macht und Größe im Gedächtnis geblieben, wenn ich ihn auch nie wiedergesehen hätte. Aber ebensowenig kann ich ein anderes Denkmal in meiner Heimatstadt vergessen. Es bestand nur aus einem einzigen flachen Stein, den man in das Pflaster einer Straße gesetzt hat. Hieß die Straße Bonifaziusstraße? Hieß sie Frauenlobstraße? Das weiß ich nicht mehr. Ich weiß nur, daß der Stein zum Gedächtnis einer Frau eingefügt wurde, die im ersten Weltkrieg durch Bombensplitter umkam, als sie Milch für ihr Kind holen wollte. Wenn ich mich recht erinnere, war sie die Frau des jüdischen Weinhändlers Eppstein. – Menschenfresserisch, grausam war der erste Weltkrieg, man begann aber erst an seinem Ende mit Luftangriffen auf Städte und Menschen. Darum hat man zum Gedächtnis der Frau den Stein gesetzt, flach wie das Pflaster, und ihren Namen eingraviert. –
Der Dom hat die Luftangriffe des zweiten Weltkriegs irgendwie überstanden, wie auch die Stadt zerstört worden ist. Er ragt über Fluß und Ebene. Ob der kleine flache Gedenkstein noch da ist, das weiß ich nicht. Bei meinen Besuchen hab ich ihn nicht mehr gefunden.

In der Erzählung, die ich vor dem zweiten Weltkrieg zu schreiben begann und im Krieg verlor, ist die Rede von dem Kind, dem die Mutter Milch holen wollte, aber nicht heimbringen konnte. Ich hatte die Absicht, in dem Buch zu erzählen, was aus diesem Mädchen geworden ist.

Ludwigshafen, kreisfreie Stadt in Rhld.-Pfalz, links am Rhein, gegenüber Mannheim, 160000 E (1957); bedeutender Rheinhafen. Zentrum der dt. chem. Industrie (u.a. Badische Anilin- u. Soda-Fabrik); ferner Maschinen, Korkstein, Isoliermittel, Weberei und Wäschefabriken, Mühlen usw. Wichtiger Handelsplatz (Kohle, Erze, Getreide, Düngemittel, Holz). Stadion für 85000 Zuschauer. 1938 Eingemeindung von Oppau u.a. Orten. Die schweren Zerstörungen im 2. Weltkrieg durch planvollen Wiederaufbau in modernster Form beseitigt.

Ernst Bloch

Ludwigshafen-Mannheim

1928

Sonst rußt das Öl mehr für sich. Oder nur dort, wo gehobelt wird, liegen die Späne. Die Hobler wohnen in Mietslöchern, die Straßen sind trostlos. Weit weg aber wohnen die Herren mit dem von anderen verdienten Geld. Hatten Häuser wie Nippes, bekleideten sich mit alter Form. Kein Laut von dem sauren Tagwerk drang herein.

So trennten sich früher schon die Viertel, wo geschafft wird und wo verzehrt. Zwar sprang die Technik auch in ältere, edle Stadtteile vor, zerstörte das Bild. Die Zufahrtsstraße vom Bahnhof war meist eine andere als die von der Landstraße geworden, verlegte die alte Achse. Aber immerhin starb überkommene Stadtkultur nicht ganz; der Wall, der Ring wurde bepflanzt oder gar Wohngegend. Der neue Wasserturm genierte sich, in den achtziger Jahren, einer zu sein, wurde wie ein Humpen gebaut. Auch gesellschaftlich rückte die Bourgeoisie ins höfische Vergnügen ein, hatte ihre guten Konzerte, plauderte in den Logen.

Schlecht aber erging es dabei neuen Städten, denen nichts die Schritte lenkte. Besonders wenn sie neben einer alten Kulturstadt liegen, wie Ludwigshafen neben Mannheim, auf beiden Seiten des Rheins. Der Fluß trennte schon genügend, die bayrisch-badische Landesgrenze hinderte erst recht jeden Ausgleich. Ludwigshafen war derart verpflichtet, eine eigene Stadt zu werden, nicht etwa nur eine Vorstadt, worin die Abwässer der Industrie fließen. Bei seiner Gründung vor 75 Jahren war es durchaus als Konkurrenz gegen Mannheim gedacht; so richtete es sich auch weiter höchst gegenwärtig aus Eigenem ein. Hier ist darum eine Stelle, bezeichnend fürs kapitalistische Jetzt durchaus, wo die Hobler in der Stadt selber wohnen, wo keine schönen Häuser weit weg, erst recht keine früheren Stadtkulturen das Jetzt überschwindeln. Die Badische Anilin- und Sodafabrik, der Kern von I. G.-Farben (hierher verlegt, damit Rauch und Proletariat nicht nach Mannheim bliesen), wurde das buchstäbliche Wahr-Zeichen der Stadt. Drüben lag das Schachbrett der alten Residenz, heiter und freundlich gebaut wie zu Hermann und Dorotheas Zeiten; hatte statt der größten Fabrik das größte Schloß Deutschlands, vielleicht weniger Wahr-Zeichen im neunzehnten Jahrhundert, doch eine schöne Dekoration, die der Bourgeoisie Haltung gab, wann immer sie bei Kaffee und Zigarre angelangt war und bei dem Höheren. Ludwigshafen dagegen blieb der Fabrikschmutz, den man gezwungen hatte, Stadt zu werden: zufällig und hilflos, vom Bahndamm im Kreis entzweigeschnitten, ein Zwickau ohne Hemmungen, nach dem falschen Morgenrot von Biedermeier, das in seine Gründungszeit fiel, ein äußerst nasser Tag. Die Anläufe zu »Kunst und Wissenschaft« gerieten lächerlich, wurden alle von Mannheim abgefangen; es gibt in der zahlenmäßig längst perfekten Großstadt heute noch kein Theater. Auf dem Marktplatz steht ein »Monumentalbrunnen« (er heißt so); der ist grau, gelb, weiß, rot, weil er sämtliche Sorten des pfälzischen Sandsteins enthalten sollte. Männerköpfe, Wappensprüche, Säulen, Nischen, Urnen, Kränze, Schiffchen, Kronen, Bronze, Becken, Obelisk, alles im mickrigsten Ausmaß – das Ganze ist vielleicht das schönste Renaissance-Denkmal des neunzehnten Jahrhunderts. Tausend gute Stuben sehen von diesen Steinen auf uns herab; hier ist 1896 in nuce und in der Provinz. Und vom Bahndamm grüßt eine Trauerweide zum »Jubiläumsbrunnen« herüber (er heißt wieder so): dort steht Gußeisen auf Tuffstein, die Bavaria verleiht der Ludwigshafenia die Stadtkrone, schräg unten lehnt Vater Rhein grottenhaft, gießt spärlich Wasser aus seinem Füllhorn. Am Bahnhof steht eine Schillerbüste und die Berg-und-Talbahn singt den Text dazu, Branntweinschenken heißen »Zur Pariser Uhr« und der theatralische Verein spielt den »Scharfrichter von Augsburg«: das ist oder war bis vor kurzem dieses kleinbürgerliche Wildwest am Rhein. Am feierlichsten Fluß Deutschlands, mitten zwischen Speyer und Worms, mitten im Nibelungenlied gleichsam, dicht neben Jesuitenkirche, Rokoko-Bibliothek, Schillers Hof- und Nationaltheater in Mannheim. Selten hatte man die Wirklichkeiten und die Ideale des Industriezeitalters so nahe beisammen, den Schmutz und das residenzhaft eingebaute Geld.

Weshalb schreiben wir aber darüber mit so langem Anlauf? Eben weil hier etwas umschlug, weil hervorkommt, wohin die Zeit marschiert. Weil Ludwigshafen, das für mehreres steht, plötzlich wichtiger geworden ist, in der neuen Luft, als Mannheim. Da liegt, nein, da *fährt* nun die häßliche Stadt, aber sie spektakelt so roh, Geld kreist und die I. G.-Farben dampfen. Da ist etwas zur Front geworden, die alles an den Tag legt und sich nicht mehr gebildet geniert. Selbst der Stadtgöttin Ludwigshafenia wie auch dem Vater Rhein legte man jetzt einen Strick um den Hals, am Jubiläumsbrunnen, und zog sie nieder, was mindestens so symbolisch ist wie der Baumeister Solneß. Und eine Vergnügungsmaschine soll an die romantische Stelle, ein Theater dazu mit wechselnden Truppen, die gerade vorn liegen; kurz, all der mischende Lärm, den die Bourgeoisie jetzt zuläßt und der immerhin konkreter ist als Schiller und Ibsen, vom Stamm Pensionsberechtigter gespielt. Die Knaben Ludwigshafens haben Krane vor Augen, Jahrmarkt und Karl May, der Mittelstand liest zwar auch hier seinen Rudolf Herzog, doch ohne Glauben daran, die meisten lesen überhaupt nicht, doch ihre Welt sieht aus wie Sinclair, manchmal auch wie Jack London. Darin haben Wassermann und Thomas Mann, soignierte Bürgerprobleme älterer Schicht, keinen Platz. Hier ist nur die Rampe für Fabriken und was damit zusammenhängt, ist Roheit und Gestank, doch ohne Stickluft. I. G.-Farben haben die Stadt von Anfang an begründet, geben ihr jetzt erst recht das reine, roh-kalte, phantastische Gesicht des Spätkapitalismus.

Städte dieser Art sollte man darum besonders wiegen. Im Ruhrgebiet gibt es manche dergleichen, obzwar ohne so nah scharfen Gegensatz. Sie haben noch reaktionären Muff genug, den Stumpfsinn währender Kleinbürger, eine schauerliche Provinzpresse. Dennoch hat Ludwigshafen gegen den Typ Mannheim das ehrlichere Gesicht; seine Industrie zerstört nicht erst natürliche, kulturelle Zusammenhänge, sondern steht ab ovo fremd zu ihnen. Da ist aufrichtigster Hohlraum des Kapitalismus: dieser Schmutz, dieses rohe und todmüde Proletariat, ausgetüftelt bezahlt, ausgetüftelt ans laufende Band gestellt, dies Projektemachen eiskalter Herren, dieser Profitbetrieb ohne Legendenreste und Phrase, dieser schundig-kühne Kinoglanz in den traurigen Straßen. So sieht es jetzt aus in der deutschen Seele, eine proletarisch-kapitalistische Mischwirklichkeit ohne Maske. Und rings um Ludwigshafen die dunstige Ebene mit Sumpflöchern und Wassertümpeln, eine Art Prärie, die keine Gütchen und Idyllen kennt, zu der Fabrikmauern und Feuerschlote bedeu-

tend passen; die Telefonstange singt dazu. Das ist ein guter Standort, um die jetzige Wirklichkeit zu sehen, um mehr noch die Tendenz zu fassen, die sie ist und die sie aufheben wird. Ältere, gemütlichere Städte, Plüschstädte gleichsam, haben diese Tendenz auch, doch nicht in solch traditionsloser Luftleere. In 50 Jahren könnte auf dem kruden Boden eine Stadt stehen, die sich gewaschen, die sich nicht einmal gewaschen hat, sondern direktester Wuchs ist aus Schiffbau, Silos, Elevatoren, Fabriksaal. Die kommende Zeit hat hier mehr umzustoßen, aber weniger anzuzünden als in der alten Kultur, die dafür mehr zu plündern gibt.
Im jetzigen Schmutz blüht noch kaum etwas, der Rede wert. An die vorgeschrittenste Stelle kommt nichts als dürftiger Abhub Berlins, bestenfalls, hie und da. Dafür aber sind Sprungstellen da, die Berlin noch nicht hat, und in denen Improvisationen nisten können, die kein »Kulturwille« ahnt. Orte wie Ludwigshafen sind die ersten Seestädte auf dem Land, fluktuierend, aufgelockert, am Meer einer unstatischen Zukunft. Das behagliche pfälzische Weinland, eine halbe Stunde von hier, Hof- und Nationaltheater, die nahen Dome von Worms und Speyer rücken vorerst fern. Die internationale Bahnhofhaftigkeit schmilzt alles ein, hat weder die frühere Muse noch kann sie sich am rezeptiven Genuß überkommener Bilder begnügen. Der Nullpunkt, der schreit, das Chaos, das kalt und gegenwärtig sich verschiebt, ist dem Ursprung, der die Kulturbilder gemacht hat, wahrscheinlich näher als das bloß »gebildete« Bürgertum, das sie im Eßzimmer aufhängt. Noch das Alte zu plündern, zu Neuem zu montieren, gelingt vom Standort solcher Städte am besten. Sie sind selber ein Knotenpunkt; Arbeiter und Unternehmer schürzen ihn klar, gleichzeitig, sachlich, zwischen sich und Künftigem.

Nachschrift 1965

Die 50 Jahre nach 1928, von denen oben gesprochen ward, sind noch nicht ganz um. Eine neue, kühne, gleichsam fahrende Stadt, sich vom neureichen Bürgermuff abstoßend, war als möglich hingestellt. Zum Teil weicht das heutige Ludwigshafen nicht ganz davon ab, aber das neueste Lexikon sagt darüber auch: »Die schweren Zerstörungen im 2. Weltkrieg sind durch planvollen Wiederaufbau in modernster Form beseitigt.« Das ist wahr, ist keineswegs aus der ehemaligen löcherigen Luft gegriffen und unterstreicht den zudekkenden Wohlstand. Insofern also ward auf dem ehemaligen ungeschminkten, unverstellten, kaltphantastischen Minus-Plus eine Stadt wie fast alle anderen neureichen auch. Unbillig gewiß, nach dem so sterilen wie kosmetischen Auftrag von heute ein anderes zu erwarten. Doch wenn dem Proletariat an seiner Wiege nicht unbedingt vorgesungen wurde, kleinbürgerlich adrett zu sein, dann war das dialektisch Unbehauste solcher Städte auch nicht unbedingt zu Konfektion als Deckung seiner Blößen berufen. Orte wie Ludwigshafen, ehrlicher Hohlraum von Anfang an, ohne möglichen »Wiederaufbau« nach Art der besseren Herrschaften überall – dies Angebot bleibt offen.

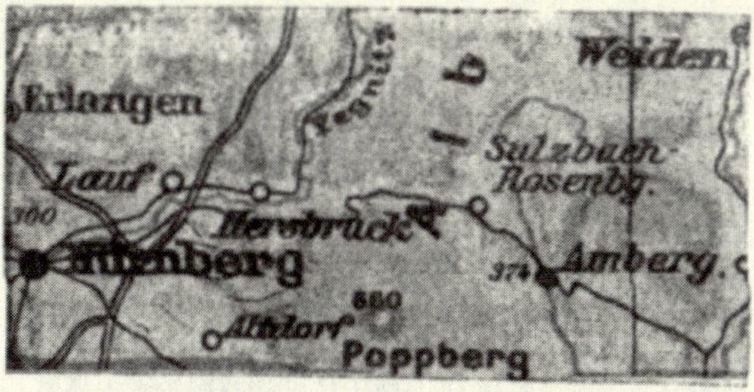

Sulzbach, 1) S.-Rosenberg, Stadt in der Fränk. Alb, Bayern, 400 *m* ü. M., 18800 E; ehem. Schloß, got. Rathaus. Eisenerze. –

Walter Höllerer

Schiller-Gedächtnis

Da haben wir seit je
Die Wundertüten abgestellt
In einem Fuchsbau nah der Eiche Friedrichs
Von Schiller neunzehnhundertfünf
Auf blauem Etikett mit weißer Schrift:
»Gedächtnis«. Beeren-
Und Feuerwanzen an dem Stein.
Ein Rest von früher Industrie.
Ein Hohlweg. Eichelhäher. Das Gesicht
Vom Tod: Die Eichkatz blutend aus dem Pinselohr
Und blindem Auge, schädlich ist, was räuberisch.
Ein Maulwurf, aus der Nase blutend. Grauen
Und Idyllenbilder wechseln ab in Germany.

Im Feuerschein des Stahlwerks eine Burg aus Stein
In der man trommelnd Runde geht
Ja, auf uns zwei: ihr unten und ich oben, Bürgersinn
Geschlossener Marktplatz Bürgschaft Schilderhaus
Sumpfdotterblumen Zuchthaus und ein Kirchenlied
Wallfahrten Stationen Unterschlagungskrach
Der Dampf des langen Güterzugs am Erlenbach
Dazu die Straße Seilbahn Schwebe Fahrt
So geh dahin so bleib getrennt gepaart
So bittfüruns so bleibbeiuns der Gast
Gottseibeiuns behaltunsbei bescherethast
So sink: der Ruch der Schneewind gegen dich
Der rote Sand das Heu der Eisenstich
Verschrammte Hände eingeschränkte Zeit und Mahd
Ganz dicht ganz dünn verweht und ohne Scheu
Und von Natur Natur im spröden Heu
Ein Räderknarren, Rappeln vor dem Tore.

Stein was er birgt was kriecht und wie ers krümmt
Und was zu tun ist lassen wie mans nimmt
Die Habichtschwämme und den saueren Klee
Den Brand der Pfosten, den Silvesterschnee,
Den Bohrturm und den Harsch der heimlich näßt
Versunken jetzt, vernichtet jetzt –
ums Haar.
Ein Riß ein Schattenspiel so wie es war
Ein Rand, und Stimme, überstimmt von fern,
Historisch Morgenglanz ein Abendstern
Ein Scheunenbrand ein Osterbock ein Hüttentanz
Ein Kuckuck Apotheke Myrtenkranz
Ein Fußballtor ein Förderturm ein Hügel sank
Ein Sonnwendmarsch ein Heil, – am Abend krank

Ein Wind von Süden und ein Schülerpfiff:
Im Scheunenschlund ein Totenwagen steht nicht still
Ein Herbst ein Blätterweg und ein April
Und Lippen Stimmen Käfer fliegen flieh
Und laufen lauf! und flieg! – verfliegen die
Im schweren Flug darüber und dahin
Und stoß nicht an und flieg und geh und gleit
Und fühl dich fort und sieh dich für und faß dich breit
Und komm und wachs betört vertraut
Verstreut vertan vertraut versteint verstreunt
Vernimmst vergangen und vergaß
Verbliebst und riebst an Löchern deine Hand
Wo jungen Spechts mit weichem Schnabel Widerstand
Wo Kugelfang die Jungen vor dem Tore.

Heckenburgen

Eisen macht sich bemerkbar –
Von hier, in den Hecken
Zwischen den Zweigen, die Sonne wird heißer
Grüne, verspannte
Decke der Reiser
Gegen Übergriffe

Ein Mädchen in einer Heckenburg, schleppt Verbote ein.
Quecksilbriges sitzt herum auf Roteisenstein.
Es lauert der
Flurwächter
durch die Schlehen.
Die Wallfahrer
schleichen fern.
Gegrüßt seist du, Meerstern.

Das Erz geht auf schwebenden Hunden durchs Tal mit leichtem Geklack.
Einsilbig. Kein Komplott.
Die Maulwürfe schieben Ocker Siena orangene Haufen (bevor
man sie fängt)
durchs Schnittlauchgrün.

Von hier, in den Hecken,
sind Feldränder sichtbar,
Grannen von Gerste.
Kornraden, ihr
Rock auf dem Steinhaufen:
blühn.

Ich find mich zurecht in
schartigen, schattenfleckigen
Hecken subjektiv:
Was vor mir läuft
Und was hinter mir lief, –
Erkenne dann Kompaßzahlen: westlich, ostwärts,
Seh dann die Himmelsrichtungen setzbar (Gattung
Mensch allerwärts).

Ich habe Gefühle im Sinn.
Ich rede Namen von Dingen vor mich hin.
Heckenburgen
Schneckenhäuser
Und die schwarzen
Besenreiser
Tassenhenkel
Mädchenschenkel
Schuß! –

Und die dürren
Äste rasseln
Tausendfüßler
Kalksteinasseln
Sinus Tangens
Cosinus.

Ich sehe mich in der Kontrafaktur, meine Auffassung grenzt
Mir die Hecke ein, die mich sichert und hemmt; werde
Objektiv, durch Erkenntnis der Psyche, die jedermann,
Ist er nur eng genug angelegt, testbereit, halbwegs durchschauen kann.

Zu den gezogenen Rillen im Heckensand einige
Striche dazu:
Da seh ich die subjektive Begrenztheit, mein Selbstreflexionstabu.
Ich objektiviere: Aussparung
Meiner Figur im Heckenspind
Ich verfolge
den Gegenstand
Und mich,
wie sie gegeneinander sind,
Seh, wie der Laubfrosch mit seiner Zunge nach einer Fliege leckt:
Es gibt keine fruchtbare Diskussion zwischen Subjekt Objekt.
Wenn es auch einem anderswo Sitzenden nicht einleuchtet
oder gefällt:
Ohne Zweifel ist
eine Hecke, ist
Sulzbach-Rosenberg
Mittelpunkt der Welt, –

So wie Rom (vom Papst aus), Moskau (vom Kreml her); denk an
Ford Foundation (New York): Leute, auf Steinhaufen
Sitzend, den Horizont zimmern.
Wilde Beeren
Im Heckeninnern sind da, das Leben zu erhalten;
Roter, samtweicher Rock,
es zu entfalten.
Tal von vier Kilometern Rundschau: Siedlung und Industrie,
Voll Harmonie,
Opossumzucht
und Diphterie.

In einer Heckenburg mit Rosalie Sp., mit dem Blick auf sie,
Und auf Maxhütte (Macht), Herzogsschloß (Jahrhundertpracht),
Wallfahrtszug (die Himmelsfracht),
Auf ein Bürgerhaus (liberal), Einsprengsel: Pflüge mit Kühen,
Arbeitslosenkrawall,
Du kannst dich nicht drücken, einhecken, du wirsts sonst
bezahlen,
Deinen Heckenburgenverschluß,
Dein Mittelpunktsprahlen.

Unter der Hecke: rumort die Berg-Industrie.
Hinter der Hecke: das Auge der Flurwächter-Gendarmerie.
Gar nicht fern: Singsang und Leib des Herrn.
Und schon knattern die Übungssalven der Grünen Polizei.
Und die Arbeitslosen bemalen die Scheunen: wählt Liste zwei,
das ist
Adolf Hitler und, Ernst Thälmann, drei.
Natur: hier ist sie. Technik: die Flanken des Berges rutschen, der Häher
krächzt,
Daß Ockerrisse verharschen,
Silberdistel über den Erdrutsch wächst.
Der Staub von Dreschmaschinen
und Schwefeldunst
gehn dem Ätzkalk voraus.
In der Heckenburg kippt Rosalie den Sand aus den Schuhen aus.

Günter Herburger *Stuttgarter Festschrift*

Die ich gesehen habe zwischen den Reben
hoch überm Tal an den Hängen
jeder freundlich auf seinem Thron
mit Zwingern für Hunde und Autos
und Scherengittern vor den Fenstern
im Treppen- und Rosengeflecht
denn Angst hat nur der der recht hat
und hinuntersehen kann ins fruchtbare
steinerne Tal voller Fleiß
das beruhigend zum Topfrand hinaufsummt
so schlummern sie und werfen sich
morgens wieder in die Maschinenpolster
diesen Leitstern für Straßen und Hochhäuser
der immer besser wird schneller

und jeden schützt der gezahlt hat
zum Ruhm dieser Stadt wo der Wein
durch elektrische Rechner
Wicklungen und Vergaser fließt

Ein Aal der sich knotet und windet
am Zungenbaum der Sprache
fette Brühe die zudeckt und immer
recht behalten will wenn sie gebeten werden
ein wenig Platz zu machen
nein nein wo ich sitze sitze ich
sagen sie und blähen den Hals
mögen andere in fernen Ländern kämpfen
und ihre Gedärme wehen lassen
oder mögen die Väter auf Kanzeln gestanden
und gesegnet haben
muldig gebettet und weit weg
von den Stürmen und Nägeln
gedeiht jeder Bauch in der Wärme
von Soßen und Nudeln

Giovanni oder wie er sonst heißt
wenn er in der Bahnhofshalle steht
vor den Gleisen mit allen anderen
und erzählt wie der Kapo war
der Kran und die Tiefe der Baugrube
jetzt schiebt er sich zwischen die Tausend
und ist froh immer noch klein zu sein
mitten unter den Gleichen
wenn manchmal ein Reisender durchdrängt
auf der Flucht vor der Sprache
die zwitschert und schnell ist
diese Rache am Sonntag
für Stunden im Bahnhof

Da haben sie gepredigt und gewohnt
an allen Talausgängen seit Jahrhunderten
wo das Gras dick war
und meistens warmer Regen fiel
unter dem Deckel des Himmels
wo Gott Recht hat und Familien beschützt
wie jetzt auch die schönen Fabriken
für Wolle Bücher oder vielleicht
eine besondere Art von Mikroschrauben
aufgetürmt mit Geduld
und der ehrfürchtigen Liebe
für alles was lohnt
denn die andern sind sündig

Ich träume wenn ich wie üblich
Gästen die Stadt zeige
im Hubschrauber um den Fernsehturm
und langsam abwärts überm Schloß
daß sie schon mittags tanzen
in leichten Kleidern vor den Kirchen
und Italienern und Griechen
die an den Zebrastreifen warten
ihre Töchter anbieten
hastig und laut
denn wer gut ißt wird doch freundlich

Peter Härtling

Das Ballerinaglas, Nürtingen, Marktstraße

Damit läßt sich kein Zimmer bauen, zwei Wände fehlen, das Auge hat sie, für später, nicht mitgenommen, waren sie schräg gewesen? eine Mansarde?, die Stube bleibt leicht, durchlässig, ein Nest der Mauersegler, aber zwei Frauen wollen in der Stube wohnen, nachdem sie fünf Wochen lang im Güterwagen gehaust hatten, unterwegs, auf der Flucht vor jemandem, niemandem, vertrieben von jemandem, niemandem, und als die Großmutter, verwirrt und voller Witz, auf der Fahrt sagte, hier werde sie keine Briefe bekommen können, wurden die andern vierzig zornig, sie wollten nicht abgeschnitten sein von Adressen und Postkästen. Namen wurden keine Städte, Ruinen, Bahnhöfe, an denen es Wasser gab – Passau, Landshut, Wasseralfingen, Nürtingen. Sie warteten acht Tage in den Waggons, auf Lagern aus stinkenden Decken, manche die Krätze zwischen Fingern und Zehen, dann stiegen sie aus, taumelten, die schlingernden, krachenden Bohlen gewohnt, auf den Straßen, ohne jegliches Willkomm, Verachtete, von ungewisser Herkunft, sich aufrichtend an den Lügen einstigen Besitzes. Der Junge sah im Schaufenster in Cellophan verpackte Nudeln, diese Welt hatte er vergessen. Sie wurden eingewiesen, verdrossen empfangen von den Vermietern, die man gezwungen hatte, den Aussatz des geschlagenen Reiches zu beherbergen, in Kellerlöchern, in Dachwinkeln, und sie, die nichts mehr erwartet hatten, begannen erneut zu leben.

Aber läßt sich denn so die Stube bauen? Nürtingen, Marktstraße, bei Fräulein Jedele, sie steigen die Hühnerleiter hinauf, die beiden Spitze von Frau Schwarz keifen, haschen nach den Schuhen, die Kofferhenkel drücken die Hände pelzig; hier wird die Großmutter mit der Tante untergebracht sein, der Junge fragt: Und wo wir? Wir haben einen Schein, es steht eine Adresse drauf, dorthin müssen wir gehn.

Bei einem daheim hatte es so etwas nicht gegeben. – Als das Fräulein Jedele die gläserne Kuppel ins Licht rückte, lächelte Großmutter. Das sei vermutlich schon alt. Sie habe es geschenkt bekommen, vor fünfzig Jahren, von jemandem, den nannte sie nicht, doch die Erinnerung an den Namen, die Gestalt, das Geschenk fuhr ihr so kräftig durchs Apfelgesicht, daß sich der Mund entstellte und die Augen einen Moment blind wurden. Es hat hier immer gestanden. Und ältere Leute würden sich schon vorsehen, es habe seinen Wert.

Der Junge ging darauf zu. Der brauchte man keine Wände aufzurichten, sie war von hunderten durchsichtigen umgeben, von einer Kuppel, die ihre Bewegungslosigkeit und ihre bewegte Welt einschloß.

Man vergißt das rasch. Man kommt darüber hinweg. Mit den Häusern hatte man vielen auch die Haut geraubt: Wesen reisten herum, wurden geschoben, verschoben, denen das Fleisch, die Nerven bloßlagen. Sie ertrugen Stimmen und Blicke nicht mehr. Sie versteckten sich in ihrer wunden Erinnerung oder prahlten die einstige Habe in unerreichbare Höhe.

Jetzt geht er darauf zu; er meint, er sei auf Zehenspitzen gegangen. Fräulein Jedele verläßt die Stube, wünscht, man möge sich erholen, als wärs eine Sommerfrische, und die Großmutter lacht. Daß sie solch ein Unding noch einmal zu Gesicht bekommen werde, offenbar seien sie um Jahre zurückgereist. Weißt du, wie das geht? Sie hebt, vorsichtig, das Glas und stellt es kurz auf den Kopf: Im Gehäuse beginnt es zu schneien, und die festgepappte Ballerina drinnen scheint zu tanzen. Eine Ballerina aus Wachs, das Röckchen, die Corsage, die steifen Beine, das Gesicht: im wächsernen Haar ein Diadem aus Glassplittern. Mit erhobenen Armen hüpft sie durchs Schneetreiben; eingesperrt; es friert sie nicht. Sie nicht. Sie schwingt sich durch ihre Puppenstubenillusion, lächerlich und von schön geglätteter Widerwärtigkeit. Die Flocken sind, oft schon gefallen, vergilbt. Scheußlich, sagt die Großmutter. Der Junge findet es nicht. Sie tanzt unter der Glocke, sie hat ihren eigenen Schnee, der nicht schmilzt. Wer ihren Himmel, ihre Wände zerschlägt, tötet sie. Man kann sie nirgendwohin verjagen. Er wünscht sich zu ihr, unter die Flocken. Er weiß, daß dies alles verjährt ist und verrottet. Und doch nicht zum Lachen. Er läßt es wieder schneien, wartet, während sich die Frauen einzurichten beginnen, bis die letzte Flocke zu Füßen der brustlosen Tänzerin gefallen ist, betrachtet sich die Stube, wieviele Wände hatte sie?, soviele nicht, wie er verlangte, die fasrigen, für alle Zeit welken Tapetenblumen, die beiden hochbeinigen Betten; unter das eine ist ein emaillierter Nachttopf geschoben;

der schwarze Tisch mit der Wachstuchhaut, die beiden Stühle. Er geht, mit Mutter und Schwester, hinunter auf die Marktstraße, dort würde er Ball spielen, Freunde haben, er hat die Pflastersteine kennengelernt. Die Großmutter zog bald aus. Das Fräulein Jedele hatte schon vorher die Ballerinenglocke geholt, zu sich hinunter neben ihr Bett, auch mitgenommen ins Altersheim, glücklich über den dauernden Schnee, der ihr Leben lang nicht zerging.

Christoph Meckel

Der Brand

Im Jahr 1944 lebten wir, meine Mutter, meine Brüder und ich (mein Vater war zu jener Zeit vermißt) in Littenweiler. Das ist ein Vorort von Freiburg, eine Trambahn fährt hin, Scheunen, kleine Gehöfte und ländliche, von Gärten umgebene Familienhäuser ziehn sich längs steiler Straßen aus den Wiesen des Dreisamtals in eine Bergmulde hinauf, wo der Schwarzwald beginnt mit Bächen und Tannenwäldern. Bereits am frühen Nachmittag wirft der Kybfelsen seinen Schatten über den Eichberg, an dem wir wohnten. Unser Haus gehörte der alten Emely Holzapfel in Freiburg, wir aber lebten in ihm. Wer bei uns eintreten wollte, mußte an einer Glocke ziehn, die an einem Baum überm Gartentor hing. Durch unsern Garten floß ein von wildem Gras verhängter Bach. Wir besaßen eine Schaukel, einen hölzernen Brunnen ohne Wasser und ein achteckiges Gartenhäuschen, das mit Epheu behangen war. Eine wacklige Brücke aus Birkenstämmen führte zu ihm; unter der Brücke wuchs ein Brennesselbusch. Um einen Baum stapelte sich gespaltenes Holz im Kreis; ein Dickicht aus Stachelbeerbüschen und Haselnußhecken umschloß unsern Garten. In seinem entlegensten Teil hatte ich mir aus Pappe, Blättern, Stöcken und alten Bettvorlegern einen Schwarzwaldhof erbaut. Er hielt dem Regen stand und barg getrocknetes Gras für meine Kühe und Pferde aus Tannenzapfen. Streichholzschachteln waren meine Heuwagen und ausgehöhlte Holzscheite meine Brunnen. Wir sammelten Pilze und Himbeeren; bei einem Bauern kauften wir Ziegenmilch.

Der 27. November dieses Jahres war sonnig und klar. Ich ließ meinen Viehbestand im Garten weiden und sah in großer Höhe zahllose Geschwader über Freiburg fliegen. Metall funkelte in der Sonne, das Brummen der Motore verklang im Himmel, ich hatte das schon häufig gesehn und gehört und wußte, daß große Städte im Osten Deutschlands zerstört wurden. Leipzig, Berlin und andere Orte, deren Namen die Erwachsenen, wenn vom Krieg die Rede war, mit sonderbar gedämpfter Stimme aussprachen. Gewöhnlich überflogen die Flugzeuge, von Osten kommend oder nach Osten fliegend, die Stadt, an diesem Tag aber kreisten sie in weiten Schleifen über dem Breisgau. (Und man sagte später, es seien dieselben gewesen, die ein paar Stunden später Freiburg zerstörten und sie hätten, bevor sie westwärts weiterflogen, den Schauplatz der bevorstehenden Vernichtung besichtigt.)

Kurz vor acht Uhr abends heulte die Sirene. Ich warf einen Mantel über den Schlafanzug, zog in Eile meine Schuhe an und wir liefen in den Luftschutzkeller des Nachbarhauses. In unserem Haus war nur eine kleine Waschküche zu ebener Erde und da wir häufig in den Keller des Nachbarhauses rennen mußten, hatten wir dort unsre festen Plätze. Meine Mutter besaß einen Liegestuhl, meine Brüder, beide kleiner als ich, schliefen in Waschkörben und ich selbst lag auf einem Stapel von Kisten unmittelbar unter der Kellerdecke, hatte den weiß gekalkten Beton vor Augen und dachte: Wenn eine Bombe auf das Haus fliegt, stürzt die Decke herunter und ich werde als erster zerdrückt. Mein Kopf bricht ab und rollt in einen Waschkorb, meine Beine fallen in die Kanalisation und alles Übrige liegt tot herum, und irgendwer rutscht auf mir aus wie auf einer zermatschten Pflaume. Ich hatte Trümmer und Tote genug gesehn und konnte mir eine Vorstellung davon machen, denn hin und wieder waren einzelne Bomben in Littenweiler gefallen, eine Scheune im Dreisamtal war abgebrannt, einige Häuser in der Nähe des Eichbergs waren zerstört, und wo es Krach und Feuer gegeben hatte, war ich augenblicklich hingerannt, hatte mit einem Stecken in Gerümpel und Asche gestochert, die Tücher vom Gesicht der Toten gezogen und verstreuten Kram wie Briefkasten, Topfdeckel, Granatsplitter und Tapetenfetzen in Räuberwinkel und Spielhütten beiseitegetragen. Wir hockten und lagen im verdunkelten Keller des Nachbarhauses zwischen Marmeladengläsern und Kartoffeln, es brannten Kerzen, meine Brüder schliefen, leise sprach meine Mutter mit den Nachbarn, der Boden schütterte von fernen Detonationen, das Röhren der Flugzeugmotore näherte und entfernte sich. Wir saßen und lagen eng zusammengerückt, horchten und redeten leise, bis 20 Minuten später die Entwarnung kam.

Die Erwachsenen atmeten auf, ich kannte das schon, ich atmete ebenfalls auf, das heißt: ich beeilte mich, von meinem Kistenstapel herunterzuklettern. In so kurzer Zeit kann nichts geschehen sein, sagten wir. Wir zogen die Mäntel über und gingen hinaus in die Nacht. In Littenweiler war keine Bombe gefallen, aber mir war unbehaglich zumute, denn ein nie gesehenes Licht, ein schmutziger, unangenehmer Schimmer zitterte über die Berge in den Himmel. Bäume, Hauswände und Gartenhecken waren matt beleuchtet, durch das Dreisamtal brandete eine Springflutwelle roten Lichts. Während meine Mutter die Brüder nach Hause brachte, rannte ich mit Nachbarskindern den Eichberg hinab in die große Kurve, von wo aus man Freiburg zwischen den Ausläufern des Schwarzwaldes in der Ebene liegen sieht. In der Kurve waren Menschen zusammengelaufen, eine Unruhe aus Gemurmel, Gerede und unterdrücktem Gewimmer ging um, Menschen standen und hasteten in einem lodernden Licht. Und an der Stelle, wo, einige Kilometer entfernt, die Silhouette Freiburgs gewöhnlich zu sehen war, brannte eine einzige, gewaltige Flamme. Die Bergwände waren überflutet von zuckendem Feuerschein, die Täler seitab versunken in schwarzen Schatten, deutlich traten die Tannen an den Hängen des Roßkopfs hervor. Fetter, orangefarbener Rauch schäumte hoch hinauf in die Nacht, wälzte sich gefräßig über die Bergköpfe und verschlang alles Dunkel. In ungeheurer Stille vollzog sich der Untergang Freiburgs, die Stille war so groß, daß ich vor Beklommenheit lachte. Die Ebenen hinter Freiburg waren ausgefressen von Glut, das Feuer schien sich selbst zu widerkäun und mit Qualm und Gefackel bis an den Weltrand fortzusetzen. Das Münster ist zusammengekracht, dachte ich, der Alte Friedhof, Salzstraße, Wenzingerhaus, Schwabentor, das dunkle, schiefe Buttergäßchen – bis auf den Boden heruntergebrannt und weg. Die Türme liegen wie Baumstämme umgekippt quer über den Straßen, die Steine sind zerkrümelt, ich möchte nicht dort sein, alles liegt auf einem Haufen und das Feuer macht übelriechende Asche daraus. Doch was auch immer ich mir vorstellen mochte, war nebensächlich im Vergleich zu dem Gedanken, daß dieses Feuer nur der Anfang eines weit größeren Feuers sein müsse. Dieses Feuer, sagte ich mir, breitet sich in rasender Eile nach allen Seiten aus, es frißt sich durch die Welt und wird auch mich, gleich zu Anfang, in seine Mitte nehmen. Es kriecht zischend und knallend das Dreisamtal und den Eichberg hinauf, leckt die Wiesen weg, frißt unser Haus, den Garten, das Gartenhäuschen, es frißt auch mein Schwarzwälderhaus, meine Pferde, mein Heu. Dann kommt Kappel an die Reihe, dann Kirchzarten, dann Himmelreich, dann der Schwarzwald und schließlich alles Übrige. Dem widersprach, daß das Feuer lautlos an seiner Stelle stand, sich

nirgendwohin ausbreitete und alle Glut in den Himmel schickte. Hier oben am Eichberg war alles unverändert. Die Häuser, Gärten und Bäume standen an ihrem Ort und es gab viel gute und sichere Dunkelheit. Ein Schluchzen in meiner Nähe schreckte mich auf. Ich merkte, daß ich an Händen und Füßen fror. Wenn so absonderlich geweint wurde, ließ sich nicht recht abschätzen, was eigentlich geschehen war. Da fiel mir ein, daß das Feuer nicht allein mich und eine Stadt aus Steinen betraf, sondern daß Freiburg ein Ort war, in dem Menschen lebten und daß diese Menschen nun inmitten des Feuers waren. Was mochten sie in diesem Feuer tun? Ich dachte an die alte Emely Holzapfel und ihren Schwarzwälderladen am Münsterplatz. Was war mit ihr und ihrem Laden geschehn? Wen kannte ich noch in Freiburg? Mir fiel keiner ein. Emely Holzapfel war wohl der einzige Mensch, den ich dort kannte. Das Schaufenster ihres Ladens ist jetzt zersplittert, dachte ich, da ist nichts mehr übrig. Die honiggelben Kerzen sind zerschmolzen, die schönen hölzernen Engel mit den gelackten Flügeln, die Glottertäler Hüte mit den roten Knollen verkohlt. Die Webstühle und ihre langen Zöpfe aus Schafswolle, die Holzschatullen, Zinnteller, Schwarzwälder Uhren, die bunt bemalten Kirschwasserflaschen – alles zerscherbt, vom Feuer verkohlt und weg. Und Emely Holzapfel selbst war vielleicht auch verbrannt, oder aber sie kroch, sofern sie noch lebte, unter dem Feuer fort und schleppte Taschen voller Zinnteller und Schwarzwälder Uhren irgendwohin, wo kein Feuer war, vielleicht den Roßkopf hinauf in die Tannenwälder? Was machte der Glöckner im Münsterturm? War er vielleicht in eine Glocke gekrochen oder lag mit dem Turm am Boden?
Ich erinnere mich nicht, ob Worte wie *Tod* oder *Untergang* meinen Gedanken in jener Nacht zur Verfügung standen, aber ich erinnere mich, daß ich über alle Worte hinaus dachte: Dieses Feuer muß etwas Wirkliches sein, das gibt es und

damit ist zu rechnen; und das Feuer selbst ist vielleicht nur der geringste Teil einer Sache, die ohne Sinn geschieht.
Ich stand, in die Straßenhecke gedrängt, zwischen unbekannten Menschen, auf deren Gesichtern der Schein des Feuers tanzte und spürte eine große Kälte. Die Nachbarskinder waren wohl schon nach Hause gegangen. Eine fremde Dame nahm mich bei der Hand und führte mich in ein Haus, das oberhalb des Eichbergs hinter Bäumen verborgen stand. In diesem Haus, das ihr gehören mochte, brannte Licht, in den Zimmern war Ruhe und Wärme, ein uralter Mann saß in einem Sessel am Fenster und nickte mir ernst und freundlich zu. Die Dame gab mir eine Tasse Milch zu trinken und riet mir, nach Hause zu gehn, da meine Mutter gewiß auf mich warte. Ich kann jetzt nicht nach Hause gehn, sagte ich, das Feuer brennt doch! Das Feuer wird noch lange brennen, antwortete die Dame, du kannst nicht solange warten, bis es niedergebrannt ist. Wird es denn niederbrennen, fragte ich, bleibt das Feuer denn, wo es ist? Die Dame versicherte mir, daß das Feuer gewiß an Ort und Stelle niederbrennen werde. Sie führte mich auf die Straße und riet mir nocheinmal, nach Hause zu gehn. Ich fror und ging zögernd den Eichberg hinauf. Der Widerschein des Brandes flammte über den Gärten, die Berge standen dunkel vor rauchigem Licht, die Schluchten des Kybfelsens waren finster und still, die Nacht enthielt sich der Stimme. Zu Hause war alles in Ordnung. Im Garten murmelte der Bach, mein Schwarzwaldhaus stand unversehrt im Gras, meine Brüder schliefen.
Am folgenden Tag kam Emely Holzapfel zu uns; da merkte ich, daß unser Haus ihr gehörte. Sie kam ohne Zinnteller und Glottertäler Hüte, weinte und warf uns ohne Umstände aus dem Haus. Wir packten und gingen fort. Ich hatte mein Schwarzwaldhaus zerstört und seine Teile in den Bach geschmissen. Im Morgengrauen standen wir am kleinen Bahnhof in Littenweiler und reisten ab.

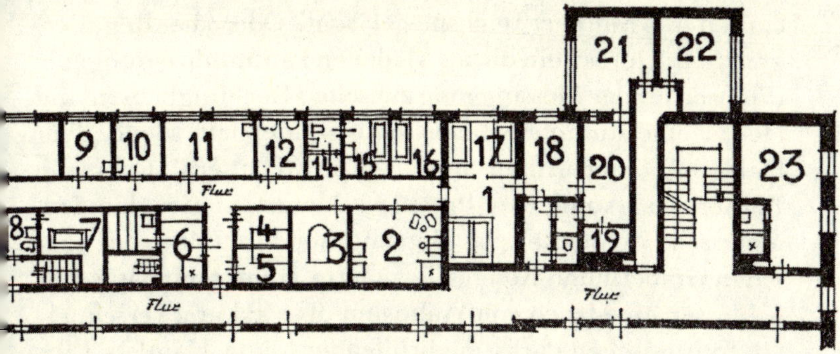

Wassertretbad mit Sandfußbad
Kneippraum, Wechselsitzbad
Wechselfußbad, -Armbad,
scharfe Ecke und Güsse
Komb. Unterwassermassage,
Elektro-Stangerbad, Wirbelbäder
Raum für UKW-Behandlung
Raum für Höhensonne etc.
Sauna

7 Kohlensäuretrockenbad und Unterwassermassage
8 Medizinisches Kräuterbad
9 Schwesternzimmer
10 Bademeisterin
11 Gymnastik- und Massageraum
12 Inhalatorium, auch für Augenspritz-Einrichtungen, Hauff-Armband

15–17 Med. Bäder mit Kohlensäure Sauerstoff und Druckluft
18 Labor
19 Dunkelkammer
20 EKG- und Grundumsatz
21 Röntgenraum
22 Arztzimmer
23 Arztzimmer

Walter Jens

Mein Sanatorium

Es könnten, von einem aparten Rasensprenger benetzt, die Rhododendren in S. Fischers Garten sein; aber genausogut die von Emailletäfelchen gekrönten Schubladen des Aktenschranks, drinnen im Hause, zur Rechten der Freitreppenfront.

Es könnten, wollte ich in einem imaginären Atlas Lokalitäten beschwören, die ich nicht nur angeschaut, sondern, mit einem bescheidenen Malte-Blick, *erkannt* zu haben glaube, die sommerlichen Lichter, Schatten und Reflexe der Leopoldstraße oder, an einem Juni-Tag im Park, die grünspansilbernen Bayreuther Teichspiegel sein. Oder die Reguliergracht im Herbst: ein dickes Mädchen kämmt ihre rotblonde Puppe; oder der Messinggong zwischen Recklinghausen und Herne: eine stumpfe Scheibe, halb Sonne, halb Mond, über Halden, Fördertürmen und rußigen Häusern. Oder die Zuckerbäckerstraße im Puschlav, Mozart in Graubünden, maurische Schnörkel; das Sprechgitter in Pfullingen, zwischen Gräbern und Rosen; die violette Traurigkeit dänischer Schlösser: ein Hauch von Wahnsinn über akkurat verschneiten französischen Parks; ein brüllender König, Hamlets Tänzerschritt, Bierdunst und Melancholie. Oder das Elternhaus in Eppendorf; Kohldunst und noch immer die gleichen Riffelscheiben und Briefkästenschlitze wie damals; die gleichen Namen, *Bote, Franz, Zanoni,* wie vor einem Vierteljahrhundert. Oder Kampen im Sommer: der Stechwind auf den Lidern, Reth, Heckenrosen und Badewäsche, weiße Häuser, die an Storm'sche Feste erinnern; in der Dämmerung die Silhouetten zierlicher Boote, chinazart und kokett; und nachts über den Zotteldächern und Leuchtturmfeuern, den Kapitänskaten und Schiffslaternen die Schrift: ECHO I. Oder das Spitzweg-Filigran, Fachwerk und Dienst, vom Bebenhausener Kloster; die schwäbische Luna, sehr sanft, sehr poetisch, sehr unsentimental.

Aber zum Atlas gehört auch die nächtliche Straße, hell und menschenleer, von der ich nicht weiß, ob ich sie, durch pendelnde Laternen erhellt, von einem Schlafwagenzug aus oder – im Film sah. Zum Atlas gehört das Lübeck Thomas Manns, *dominus providebit*, das Davos der Herren Krokowski und Behrens und Kierkegaards jütische Heide; zum Atlas gehört, Tschinellen, Ziehbrunnen und zirpende Grillen, das alte Österreich des Joseph Roth, das Kronland zwischen Sipolje und Zlotogrod.

Im Zentrum des Atlanten aber liegt das Sanatorium, ein alter Klosterhof, der mit der Zeit gegangen ist: schon 1017 im

Salbuch bayerischer Mönche genannt, erlebte er anno 1147, unter der Ägide des Bruders Werinher von Tegernsee, die festliche Premiere des »Antichrist«-Spiels: der Kaiser selber, zum Kreuzzug bereit, gab dem Drama die Ehre; hinter der Bühne sah man See und Gebirge; Ritter und geistliche Herren hatten sich auf dem Abhang niedergelassen, die langhaarigen Tegernseer, Oberammergauer des Mittelalters, die sich Haar und Bart wachsen ließen, agierten vortrefflich.

Tempi passati. Sieben Jahrhunderte später, während der Regentschaft Max I., sah sich das mönchische Mustergut in eine ländliche Bier- und Kaffeewirtschaft verwandelt, in einstmals frommen Bezirken übte sich eine Feuerschützengesellschaft, und, um das Maß voll zu machen, wurde im Jahre 1861 bei Gelegenheit des Haberfeldtreibens (eines uralten Rügegerichts) unmittelbar hinterm Hofe ein Polizist namens Christl erschossen. Das war zur gleichen Zeit, als Korbinian Essendorfer von Helfendorf das einst so wohl gepflegte Anwesen herunterkommen ließ – die Chronik weiß von Raubbau zu berichten, den er mit dem Walde trieb, von Tagedieberei und Kerkerhaft. Das Gut *kam auf die Gant*, die Sommerwirtschaft wurde aufgelassen; der Brauereibesitzer Pschorr verwandelte den Hof in einen Herrensitz. Man legte Wege an, installierte ein Badegemach und modernisierte, mit Hilfe eines Wasserleitungsnetzes, den bäuerlichen Betrieb. (137.30 Tagwerk groß. Beweidung der Geißalpe von Anfang Juni bis Ende September.)

Später, nach dem Tode des Geheimrats Pschorr, verkaufte die Erbengemeinschaft das Anwesen an die Metallgesellschaft in Frankfurt am Main, die hier im Bayerischen ein Ferienheim aufmachen wollte, daran jedoch vom Krieg gehindert wurde und deshalb im Jahre 1952 um so weniger zögerte, Haus und Hof zu veräußern, als große Waldbestände in der Notzeit ausgeholzt und verkauft, die Gartenanlage von Flüchtlingsfamilien parzelliert und die Parklandschaften

durch kleine Werkstättchen verwüstet worden waren, in denen – so die Chronik – die Vertriebenen das gestohlene Holz verarbeitet hatten.
Nun, der neue Besitzer ließ sich nicht schrecken: den Flüchtlingsfamilien bessere Domizile verschaffend, errichtete er auf dem Gutshof eine Geflügelfarm mit 400 Hühnern und dreihundert Enten, machte aus dem alten Weiher einen kleinen *swimming pool* und verwandelte Klosterhof, Sommerwirtschaft und Herrensitz in ein modernes Sanatorium. *Mein* Sanatorium.

Die Aussicht ist vortrefflich, Kloster und See, die Doppeltürme und das blaue Tuch (im Sommer von kleinen Segelfetzen zerteilt), der Wallberg und das Abwinkel-Kirchlein verändern die Schattierung mit der Witterung, die Gegend wechselt schnell ihr Gesicht, Gäste, die sie, mit Joachim Ziemssen zu sprechen, »unaussprechlich satt haben«, sind selten zu finden. Im Gegenteil, man legt hier Wert darauf, zu den Alteingesessenen zu zählen und das Ritual des Zauberbergs (eines weniger exzessiven, dafür zum Großbürgerlich-Redlichen, Süddeutsch-Liberalen gewandten Domizils) aus dem ff. zu beherrschen. Während die Novizen noch am Eingang herumstehen und darauf warten, daß hinter der Pforte statt des Mönchsgesichts das Antlitz einer kultiviert zurechtgemachten Bürokraft erscheint, begeben sich die Kenner, »Martin kann die Koffer später holen«, mit entschlossenen Schritten auf ihre Zimmer, fragen das schwarzbekleidete, schürzenberüschte Mädchen nach dem Ergehen jener Serviererin Mary, die nur von kruden Anfängern »Fräulein Maria« genannt wird, prüfen mit kundiger Miene Boudoir und Balkon, »wo habt Ihr denn die neuen Liegestühle her?« sehen sich um – und sind wieder zu Hause. Mögen die Neulinge aufgeregt schellen, nach dem Hausdiener (den es nicht gibt), nach dem

Arzt, nach der Schwester: die *oldtimer* wissen zu warten. Nur eine Weile noch – und Adriatica von Mylendonks hessisch-aparte Kollegin tritt ein, Schwester Johanna, von der jedermann weiß, daß sie ihren Urlaub (der Naturschönheit müde) in lauter Großstadtzimmem verbringt. Die Begrüßung ist stürmisch – und ein wenig verlegen: man hat trotz aller Vorsätze wieder zu schreiben vergessen –, Neuigkeiten werden ausgetauscht, die Gänge des Abendessens markiert, nichts Süßes, recht viel Quark, zur Nacht die Thermosflasche mit Kamillentee, das Übrige regelt Herr Doktor … *reschelt*, sagt Schwester Johanna, indem sie sich der gehobenen Mainzer Mundart bedient. Danach entfernt sie sich schnell; ein Summton in ihrem kleinen, am Schürzentäschchen befestigten Empfänger treibt die Vielbeschäftigte fort: Direktor Lindemann, läßt sich eine klare Stimme aus der Zentrale vernehmen, habe seine Gallentropfen verschüttet.

Nun, der Patient weiß Bescheid: Rücksicht am Tag, so viel steht fest, gibt dem Geduldigen das Recht, am Abend, bei der Gute-Nacht-Sage-Runde, ein wenig intensiver plaudern, alte Erinnerungen wecken und bemerkenswerte Novitäten, die Entlassung des Chefkochs, das Ski-Malheur der Diätassistentin, in vertrautem Gespräch diskutieren zu dürfen. Später, wenn man erst wieder eingelebt ist, wird man auch vorwitziger werden, dieser oder jener Schönheit gedenken, derer man zwischen Promenade und Badewiese ansichtig wurde; sich nach dem Befinden des alten Herrn aus Holland, Vater Poot, erkundigen (man traf ihn bei der Gymnastik) oder jener Schwester Inez gedenken, Gott habe sie selig, die ihre einzige Aufgabe in der Reichung von handtuchumwickelten Wärmflaschen sah. Doch bis dahin ist noch gute Weil; einstweilen begrüßt man Schwester Irene (Gaby, ihre gleichgestellte Kollegin hat frei), vergleicht die Künste des neuen maître mit den Arkanen seines Vorgängers, eines ebenso genialen wie unbeherrschten Kochs aus Bad Ems, läßt die

Blicke über die Girlandenketten der Lichter am Westufer gleiten, ein wenig Ronco, ein bißchen Rapallo, lauscht der Musik, die vom Tal heraufdringt und rüstet sich auf das Gespräch mit dem Chefarzt.
Doktor T., von dem nur die Vertrautesten wissen, daß er mit Vornamen Julius heißt, ist ein Mann besonderen Stils: hanseatischen Gepräges, leger und patrizisch, in der Erscheinung einem Segler ähnlicher als einem Arzt, sportif und pöseldorferisch (doch stammt er aus Bremen), mit seinem von Fältchen, Grübchen und Säckchen zerkerbten Gesicht liebt er es, sanft wie eine Elevin an die Türen zu klopfen und mit leiser Stimme, »ich störe doch hoffentlich nicht? Bedenken Sie bitte, ich bin nur ein kleiner Sanatoriumsdoktor«, um Einlaß zu bitten. Hier über die Börsenkurse, dort über Nicolai Hartmann parlierend gewinnt er Respekt; vom Ruhrstahl (so sagt man) ein wenig, von Musil und Kafka (ich kann es bezeugen) eine ganze Menge verstehend, politische Gespräche sorgfältig meidend, gibt er jedem das seine und vernachlässigt keinen. Im Umgang mit nervösen Industriellen so erfahren wie im Verkehr mit hypochondrischen Künstlern kann er es sich leisten, streng und entschlossen zu sein: wer über die Stränge schlägt, fliegt; es gibt Modeanstalten genug; dies ist ein Haus, in dem man auch in Ruhe sterben kann. (Der Doktor legt keinen Wert auf die Statistik; wir sprechen oft über den Tod; ich frage ihn, wie es mit dem und dem zuende ging; er antwortet mir – soweit es die Schweigepflicht zuläßt, diskutiert Erfolgs-Chancen, führt Beispiele an, gibt Zukunftsprognosen, setzt mich ins Bild, wir machen einander nichts vor.)
Gegen 10 wird es still. Mir kann es recht sein, ich finde es angenehm, wenn die Schlüssel um 21 Uhr 55 zu klappern beginnen, wenn das Licht erlischt (bis auf das Lämpchen der Privatpflegerin oben in 30) und man im Kies die Schritte knirschen hört: die Hausmädchen waren im Kino. Dann lege ich mich wie Hans Castorp auf den Liegestuhl in meiner

Loggia, schlage die Decken übereinander (das Rückenpolster fehlt, Maria Mancini wird nicht geduldet), beobachte die schimmernden Spiegel, Ketten, Bänder und Stelzen zwischen Rottach-Egern und Wiessee, überlege die Kur-Verordnungen (*Es sollte Hausgesetz sein, nicht miteinander über die Krankheit zu sprechen*), präpariere mich auf die Magensonde am anderen Morgen (man wird zur Verwunderung aufgeregter Novizen die Süddeutsche Zeitung studieren und, zwischen zwei Saftentnahmen, die Artikel von Proebst und Joachim Kaiser zu beherzigen wissen), resumiere den Tag zwischen Postabholung und abendlicher Visite, überschlage das Lesepensum, rechne den Stunden-Schnitt aus, entwickle kühne Pläne, verwerfe sie wieder, denke an alte Geschichten: wie der Doktor, hinter einer Tanne verborgen, Väterchen Rowohlt dupierte, als der gerade zum verbotenen Bockbierschoppen ins Bachmair wollte; wie Ernst Beutler Goethe mit der stereotypen Wendung zitierte: »In solchen Fällen pflegte mein Chef zu bemerken«; wie ... aber genug. Ich beginne müde zu werden; es wird Zeit, den Stundenplan für morgen zurate zu ziehen: Magensonde und CO_2 Trockengasbad; Segmentmassage und Liegekur, Inhalation und am Abend, nach dem zweiten Spaziergang, auf einer Bank ein wenig Musik: sehr weit weg spielt eine Kapelle. Ich schaue, stelle ich mir vor, auf die dunkler werdenden Berge, ein wenig Purpur und ein wenig elegisches Blau, ich denke ans Antichrist-Spiel, an den getöteten Wachtmeister Christl, an die Gespräche mit Frau Brunnenkant, der Krankengymnastin, an die Erwägung des Doktors, bei Sterbenden mit Hilfe von Medikamenten jene Euphorisierungsgrenze zu treffen, die das Bewußtsein noch Bewußtsein und den Menschen noch Mensch sein läßt; ich denke an die Rituale, die ich seit dreißig Jahren beherrsche und liebe; ich höre die Musik.

Sie spielen den Choral »Aus meines Herzens Grunde«. Griegs »Hochzeit auf Troldhaugen« und ein Potpourri von Transla-

teur, »Flott durch mein Leben«, folgen unmittelbar. Nach einer Pause intoniert man »Aus meinem Tagebuch«, eine Suite von Rust. Der Radetzkymarsch bildet den Schluß.
Nun, mein Sanatorium liegt hoch am Berg; die Musik, Gottlob, kommt nur bei widrigen Winden herauf. Sonst sind wir hier ganz unter uns.

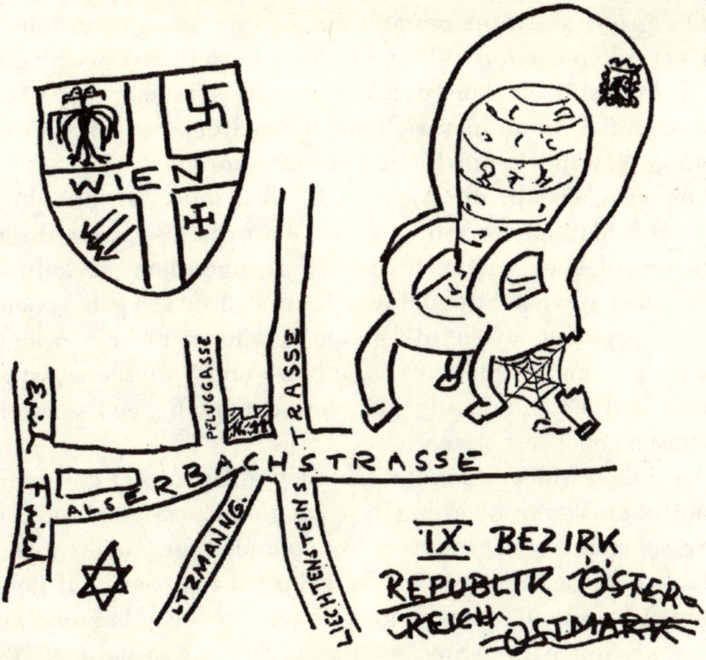

Erich Fried *Die grüne Garnitur*

Sie war schon immer da, fast, wie die blaue Wolldecke im Kinderzimmer und die goldenen Punkte an der Tapete über dem Gitterbett. Nur konnte man die Punkte und die Decke jeden Tag mit dem Finger berühren, die grüne Garnitur aber nicht, denn sie stand im Salon. Dort durfte ich nur selten hinein, und nie ohne Erwachsene. Was sie so an Vertrautheit verlor, das gewann sie an Bedeutung, und ich erinnere mich noch, daß ich lange Zeit die Worte ›die grüne Garnitur‹ nie aussprechen konnte, ohne zuvor und nachher tief Atem zu holen.

Die grüne Garnitur bestand aus einem Sofa mit erhöhter Rückenlehne, zwei Stühlen und zwei Sesseln mit geschweiften Armstützen, von denen der eine wackelig war und manchmal, wenn man sich auf die richtige Schaukelbewegung verstand, kleine Pfiffe ausstoßen konnte.
Obgleich ich nur die Augen schließen muß, um die alten Möbel deutlich vor mir zu sehen, fällt es mir schwer, ihren Stil anzugeben; vielleicht hatten sie eigentlich gar keinen Stil oder zu viele Stile. Ich weiß nur, daß sie aus gebogenem Holz gemacht waren, mit gelblichbraunem Furnier belegt, das an manchen Stellen kleine Risse und Sprünge aufwies, und daß sie mit haarig grünem schnörkelig gemusterten Plüsch gepolstert waren.
An diesen Möbeln konnte man sich aufrichten, wenn man auf allen Vieren über den Teppich gekrochen kam, und die Sessel standen nicht zu weit voneinander, um meine ersten Gehversuche mit knapper Not gelingen zu lassen. Auf dem einen Sessel saß meine Urgroßmutter. Sie lächelte und hielt mir als Stütze ihren Stock entgegen. Später waren die Möbel der grünen Garnitur nicht mehr so groß, und man konnte sogar, wenn nicht aufmerksame Erwachsene einen davon abhielten, auf den Sitz klettern, sich an die Lehne halten und dann mehrmals aufhüpfen, daß alles staubte und stöhnte.
Aber das ging nicht, wenn meine Großmutter im Salon war: sie packte mich an der Hand, führte mich in die Mitte des Zimmers und zeigte der Reihe nach auf die goldgerahmten großen Ölbilder an der Wand: »Schämst du dich nicht? Der Onkel Leo und der Onkel Max haben die Möbel jahrelang gehabt, und von ihnen hat sie der Vater geerbt – dein Urgroßvater! – und *du* wirst sie jetzt ruinieren!« – Und ich schämte mich, denn ich mochte die Alten an der Wand gern. Wenn ich auch nicht die von mir erwartete Angst vor ihnen hatte, so wollte ich sie doch nicht traurig machen; und ich liebte die grüne Garnitur.

Aber die grüne Garnitur ließ sich nicht nur als Sprungbrett oder als Rohmaterial für den Bau von Zimmerburgen und Schanzen verwenden; nein, man konnte mit ihr auch so geräuschlos spielen, daß einen niemand aus dem Salon holen mußte; man konnte zärtlich zu ihr sein, mehr noch als zu den beiden Teddybären und zur Hanswurstpuppe.
Wenn man das Furnierholz ganz aus der Nähe ansah, glänzte und blinkte es, besonders an Tagen, an denen Käthe abgestaubt hatte. An manchen Stellen konnte man bei günstigem Licht sogar das eigene Gesicht erkennen, gespiegelt in komisch verzerrten Grimassen. Hauchte man das Holz an, so vergingen Glanz und Spiegelbild, alles wurde matt. Aber nach drei oder sechs Augenblicken schrumpfte das matte Feld von den Rändern her wieder ein, und das Holz begann zu glänzen wie zuvor.
Nur wenn man allzu stark gehaucht hatte, blieb Atem auf dem gelben Furnier zurück, auf das man dann mit dem Finger zeichnen konnte wie auf ein beschlagenes Fenster. Auch der grüne Plüsch, der sich streicheln ließ wie ein Tier, war zum Zeichnen gut. Er war glatt und weich, wenn man ihn nach der einen Richtung streichelte, und er war rauh und kratzte wie die Zunge der alten Katze in Gaaden, wenn man die Hand gegen den Strich bewegte. Gegen den Strich war sein Grün dunkler, so konnte man auf den Plüsch mit dem Finger zeichnen, dunkelgrün gegen fahlgrau; weniger deutlich als auf Holz, dafür aber war die Plüschfläche größer als der Raum für die Furnierbilder.
Später durfte man auf den Plüsch des Sessels, der pfeifen konnte, nicht mehr zeichnen. Er hatte einen Riß bekommen. Um den Riß zu verbergen, lag eines der Sofakissen darauf. Kamen Gäste, so setzte sich meine Großmutter immer schnell auf diesen Sessel, um eine Entdeckung des heimlichen Schadens zu verhindern, zu dessen ordentlicher Behebung es damals schon an Geld fehlte. Dafür bot der beschädigte Sessel

andere Möglichkeiten. Einige blinkende messingköpfige Ziernägel waren locker, die konnte man heimlich herausziehen, dahinter ein Stück Gurt abheben und ins staubige Sesselinnere schauen.
Noch später kamen die Männer vom Steueramt, setzten sich breit in den Salon, führten kühle Verhandlungen mit einem der Erwachsenen, sprachen von Pfändung und klebten weiße Vogelmarken auf das glatte Holz. Dann durfte ich mir mit Großmutters voller Zustimmung an der grünen Garnitur zu schaffen machen. Ich durfte die Marken anfeuchten und von den Möbeln ablösen, fein säuberlich, daß an dem gelbbraunen Holz keine Spur von ihnen zurückblieb. – »Wenn es das Kind war, das sie heruntergerissen hat, kann man doch uns nichts tun«, sagte meine Großmutter. Sie lächelte dabei über die ganze Garnitur hin und her, denn sie hielt den Kopf nicht still wie sonst.
Es waren aber nur unscheinbare weiße Marken; der Vogel war nicht bunt gemalt, sondern schwarz gezeichnet. Die Schrift war dürr. Das war lange nicht so schön wie die bunten Briefmarken, die ich zu sammeln begonnen hatte, aber es waren doch Marken, und ich klebte sie vorläufig auf die leere letzte Seite meines Albums, denn sie hatten keinen Poststempel. Für Briefe werden sie noch nicht verwendet, hatte man mir gesagt.
Wenn ich weiße Marken bekam, mußte ich gewöhnlich einige Tage später Großmutter, die damals schon schlecht sah, in einen kleinen Laden führen, in dessen Schaufenstern alte Münzen, nachgedunkelter Schmuck und dazwischen verirrte Goldzähne auf Samt lagen. Er war verblichen, aber er war echter blauer Samt und beim Streicheln noch weicher als der grüne Plüsch der Garnitur. Dort im Laden kramte Großmutter seufzend und ganz langsam in Seidenpapier gehüllte Gegenstände aus ihrer Tasche, zählte dann mit befeuchtetem Finger das Papiergeld, ehe sie es einsteckte und sagte beim

Hinaustreten an die Luft der hellen Straße immer zu mir: »Wieder ein Stück weniger.« Die grüne Garnitur blieb im Salon stehen. Die Marken, die nötig gewesen wären, um sie wegzuschicken, hatte ich in meinem Album.

Um 1930, als ich noch in die Grundschule ging, wurde uns der elektrische Strom gesperrt. Wir hatten zwei Jahre lang nur Kerzen und Petroleumlampen. Damals verdarb ich mir die Augen, und die grüne Garnitur litt unter dem tropfenden Wachs. Den seltenen Gästen erzählte man gewöhnlich etwas von Kurzschluß, und sie überstürzten sich in Versicherungen, das mache doch gar nichts, im Gegenteil, Kerzenlicht sei romantisch. Sie gingen meist bald, noch bevor es zu dämmern begann.

Der Sessel, der schon seit Jahren am lautesten geknarrt und gepfiffen hatte, brach damals endgültig zusammen. Er wurde aus der Wohnung entfernt. Käthe trug ihn zum alten Gerümpel auf den Dachboden hinauf, für sie war es ein Stück weniger zum Abstauben. Sie sang dabei: »Es zog ein Regiment vom Ungarland herauf.« Aber nicht ein einziger Soldat kam mit auf den Dachboden, nur meine Großmutter ging Käthe langsam nach, sah zu, wie der Sessel in Käthes Händen höher und höher die Bodentreppe hinauftorkelte, zuckte zusammen, wenn er an die Mauer stieß, betrachtete ihn noch einmal an seinem Ruheplatz zwischen dem alten Bodenkram und stand dann unschlüssig da, als müsse sie ihm drei Handvoll Staub nachwerfen, wie sie es bei Onkel Dio getan hatte. Dann erst merkte sie, daß ich ihr nachgeschlichen war und jagte mich laut schimpfend wieder in die Wohnung hinunter.

Als ich ins Gymnasium ging, wurden die dringlichsten Schulden bezahlt. Es gab wieder elektrisches Licht und ein elektrisches Bügeleisen. Die Familie strengte sich an, den Hausstand wieder ins richtige Gleis zu bringen. Damals wurde beschlossen, ein Zimmer zu vermieten. Allerlei Bilder, Möbel und Teppiche wurden in dieses Zimmer getan, darunter auch die grüne Garnitur. Mir war das nicht lieb, denn seit kurzem hatte ich mir das Recht erworben, meine Freunde und auch ein Mädchen, das ich in den Sommerferien kennengelernt hatte, in den Salon zu führen; außerdem war es manchmal, wenn ich in trübseliger Stimmung war, gut, leise in den Salon zu gehen und dort inmitten der Pracht goldgerahmter Ölbilder und grünlicher Spiegel irgendeinen alten, in Leder gebundenen Schmöker zu lesen. Ohne die grüne Garnitur aber war der Salon trotz Spiegelschrank und Schaukelstuhl nicht mehr der Salon. Auch meiner Großmutter ging es gegen den Strich. Sie ging immerfort um die Möbel herum, und nachher konnte ihr den ganzen Tag über niemand etwas rechtmachen.

Aber wir waren keine erfahrenen Zimmervermieter. Nach ein, zwei Wochen stellte sich heraus, daß unser Mieter die grüne Garnitur gar nicht zu würdigen wußte und ihr die Eßzimmerstühle vorzog. Wir hatten in den letzten Jahren meist ohnehin in der Küche gegessen, und so lag uns nicht viel an den Eßzimmerstühlen. Die grüne Garnitur aber schleppten meine Großmutter und ich im Triumph in den Salon zurück. Das Mädchen konnte wieder in den Salon kommen, wenn es mich besuchte, und auch von Schicksalsschlägen konnte ich mich wie früher auf dem Sofa der grünen Garnitur erholen. Gegen alle Schicksalsschläge half das aber auch nicht. Als das Mädchen Wien verließ, weil ihre Eltem meinten, Österreich sei ein Land ohne Zukunft, es werde genau so kommen wie in Deutschland, und sie mit ihnen nach Amerika fuhr, mußte ich mein Gesicht tief in die Sofakissen vergraben, und auch dann wurde ich nicht ruhig, nur müde. Aber wenn man müde war, begann der grüne Plüsch zu wirken. Er hatte den staubigen Duft des Salons und, wenn man lange auf ihm lag, so daß sich das Holz des Sofas erwärmte, noch einen Rest vom scharfen Geschmack des längst vertrockneten Furnier-

leims. Außerdem hatte die Polsterung im Lauf der Jahre Duft und Parfum all der Menschen angenommen, die ihr in die Nähe gekommen waren. So mußte man nur die Augen zumachen und konnte dann aus den zahllosen Eindrücken einen tröstlichen heraussuchen. Auch das half.
Nach einigen Jahren begann meine Mutter, mit ihren Kleiderentwürfen Erfolg zu haben; sie brachten Geld ins Haus. Wir mußten kein Zimmer mehr vermieten, und nach und nach fing meine Mutter sogar an, größere Anschaffungen zu machen. Auch Möbel kaufte sie, bei einer Versteigerung, eine Biedermeiergarnitur. Die grüne Garnitur wollte sie verkaufen; sie sei alt und schäbig und zu nichts mehr gut.
Da stand meine Großmutter mitten im Salon, der sehr unordentlich aussah, weil die Männer die grüne Garnitur in einen Winkel gedrängt und an ihrem bisherigen Platz die neuen Biedermeiermöbel abgeladen hatten. Nun stand die kleine alte Frau zornig vor den wackeligen Plüschmöbeln, jede Hand an eine Stuhllehne geklammert, und erklärte: »Solange ich lebe, bleibt die grüne Garnitur im Haus. Was ihr dann tut, geht mich nichts mehr an.«
So wurde die grüne Garnitur nicht verkauft. Sie wanderte nur aus dem Salon ins dritte Zimmer, in dem der Mieter gehaust hatte. Ich hielt mich seither mehr als zuvor im dritten Zimmer auf.
Am 11. März 1938 zog Hitler in Österreich ein, am 24. April wurden meine Eltern verhaftet. Während der Haussuchung saß die ganze Familie auf der grünen Garnitur, bewacht von zwei Polizisten. Dann blieb ich allein mit meiner Großmutter zurück. Wir saßen noch zwei oder drei Minuten wortlos da, ich streichelte den Plüsch. Bei der Haussuchung waren zuletzt hunderte Bücher von ihren Gestellen genommen, nach Geldscheinen und Aufzeichnungen durchblättert, geschüttelt und zu Boden geworfen worden. So war das Zimmer vom feinen Bücherstaub erfüllt, der die durch den Vor-

hang einfallenden Sonnenstrahlen sichtbar machte, in ihnen selbst sichtbar wurde und sich langsam auf alles niederließ, auf den Parkettfußboden, auf die wirr aufgehäuften Bücher, auf unsere Hände und unser Haar, auf unsere Zungen und in unsere Nasen, auf den Plüsch, auf das blinkende gelblichbraune Holz und in alle Ritzen und Ecken der grünen Garnitur.

Einen Monat später, am 24. Mai, wurde mein Vater nach Hause gebracht. »Wieder einer weniger«, sagte der eine Polizist. Er schien auf Antwort zu warten und sah die Bilder und die Möbel an. Aber niemand gab Antwort. Dann ging er wieder. Mein Vater mußte auf das Sofa gelegt werden; er versuchte eine Zigarette zu rauchen und lag keuchend und laut röchelnd auf dem grünen Plüsch, bis der alte Hausarzt kam, ihm eine Kampferinjektion gab und ihn ins Krankenhaus schaffen ließ. Er starb am selben Abend; man hatte ihm bei einem Verhör die Magenwand eingetreten.

Am nächsten Tag sah ich das Sofa an, auf dem er zuletzt gelegen hatte. Ich konnte noch deutlich die schmutzigen Vertiefungen sehen, wo seine Schuhabsätze sich in den Plüsch eingegraben hatten. Sonst hatte, glaube ich, seit den Tagen, in denen ich als Kind krähend auf den Möbeln herumgehüpft war, kein Mensch die morsche Polsterung mit den Schuhen berührt. Aber sie hatte diese Prüfung gut bestanden. Die Vertiefungen ließen sich glätten; den Straßenschmutz bürstete die Großmutter bedächtig weg.

Als der Hausverwalter sich weigerte, die Kündigung zurückzunehmen und es klar wurde, daß wir die Wohnung verlassen mußten, war es meine Großmutter, die sagte: »Du wirst auch die grüne Garnitur verkaufen müssen.« – Ich nickte und sah sie an. Ihr Gesicht war ruhig. »Es spielt keine Rolle mehr«, sagte sie. Sie war damals über siebzig Jahre alt und fast blind. Die Prismen des Lüsters, der mit den Möbeln aus dem Salon ins dritte Zimmer übersiedelt war, spiegelten die

grüne Garnitur und brachen zugleich das grelle Sonnenlicht zu einer Vielfalt von Farben und Strahlenfiguren, wie wenn man mit Tränen in den Augen blinzelt.
Eine Woche später fand sich ein Käufer, ein Metallarbeiter. »Wissen Sie, ich hab nicht viel Geld«, sagte er zu meiner Großmutter, »aber ausnützen möchte ich Ihre Lage nicht. Sie brauchen nicht zu glauben, daß mir das alles recht ist, was da jetzt geschieht.« – Er machte eine verlegene Handbewegung und bot dann fast doppelt soviel wie der Möbelhändler. Er wohnte in der Nähe und holte die Möbel einzeln ab, um Transportkosten zu sparen. Immer wieder öffnete ich die Wohnungstüre, schloß sie dann hinter ihm und seiner Last und ging ins Zimmer zurück, das leerer und leerer wurde. Wo das Sofa gestanden hatte, war der Fußboden dunkler, aber an der Wand blieb ein heller Fleck zurück. Es spielte keine Rolle mehr, in wenigen Tagen mußten wir ausziehen.
Zuletzt, als die Wohnung schon ganz leer war, zwei Tage vor meiner Abreise nach England, bestand meine Großmutter noch darauf, mit mir einen Rundgang zu machen, um zu sehen, ob nichts vergessen worden sei. Sie selbst übersiedelte zu zwei alten Tanten in einen anderen Bezirk. Koffer und altertümliche Kisten mit allerlei Hausrat und Andenken waren schon dorthin geschickt worden.
Als wir die nackten Zimmer durchschritten hatten, stiegen wir noch auf den Dachboden. Ich mußte meiner Großmutter über die letzte Stufe hinaufhelfen, die doppelt so hoch war wie die anderen. Dann aber fand sie sich trotz ihrer schlechten Augen zwischen dem Gerümpel besser zurecht als ich. So ging sie geradewegs auf den ausgedienten Sessel zu, der dort, wo sein Bein gebrochen war, auf einem vorspringenden Balken des Dachstuhls ruhte. Sie fegte mit einem Lappen den Staub notdürftig von Holz und Plüsch und setzte sich dann breit und gemütlich hin, als säßen wir unten im Salon auf der grünen Garnitur um den ovalen Tisch herum. Sie sagte:

»Der ist noch gar nicht so schlecht.« Ich sah sie besorgt an. Sie lächelte.

Ich hatte das fehlende Bein gefunden und blankgewischt. Im schrägen Licht, das durch die Dachluke fiel, glänzte das Furnierholz mit seinen Rundungen und kleinen Rissen. An manchen Stellen konnte ich sogar mein Gesicht erkennen, gespiegelt in komisch verzerrten Grimassen, von denen nicht zu sagen war, ob sie lachten oder heulten. Hauchte man das Holz an, so vergingen Glanz und Spiegelbild, alles wurde matt. Aber nach wenigen Augenblicken schrumpfte das matte Feld von den Rändern her wieder ein, und das Holz begann zu glänzen wie zuvor. Ich wog das Sesselbein in der Hand. Es war gekrümmt und sah aus wie eine alte Keule oder ein sonderbarer starker Knochen, ›eines Esels Kinnbakken …‹. Ich hätte das alte Holz wie eine Waffe schwingen und losschlagen müssen. Einer gegen Tausende, gegen Polizeigesichter und Beifallbrüller, gegen Mützen, Armbinden und Stiefel. Aber ich war kein Simon. Ich gab mir einen Ruck und schlug meiner Großmutter vor, den Sessel mit Werkzeugen unserer Nachbarin zu reparieren und ihn ihr nachzubringen. Sie lachte mich aus: »Sei nicht so dumm; du hast Wichtigeres zu tun in deinen letzten zwei Tagen hier.« Dann verließen wir den Dachboden.

Ich fuhr über Belgien nach England. Bis 1942 kamen Nachrichten von meiner Großmutter, dann wurde sie nach Theresienstadt geschickt und ist von dort nicht mehr zurückgekommen. Der Bodenkram des Hauses Alserbachstraße 11 ist im Krieg verbrannt, als unsere Nachbarin aus dem obersten Stockwerk sich selbst und ihre Wohnung mit Benzin übergoß und anzündete. Der Schaden ist längst repariert, das Haus sieht von außen wie neu aus. Bei meinen Besuchen in Wien habe ich es nicht wieder betreten.

Ilse Aichinger

Kleist, Moos, Fasane

Ich erinnere mich der Küche meiner Großmutter. Sie war schmal und hell und lief quer auf die Bahnlinie zu. An ihren guten Tagen setzte sie sich auch darüber hinaus fort, in den stillen, östlichen Himmel hinein. An ihren schlechten Tagen zog sie sich in sich selbst zurück. Sie war überhaupt eine unverheiratete Küche, etwas wie eine wunderbare Jungfer, der die Seligpreisungen der Bibel galten. Abgeblättert und still, aber nicht zu schlagen.

Wenn Besuch kam, vier oder fünf alte Damen mit langen Jacken und merkwürdigen Hüten, so blieb die Freude in der Küche. Da offenbar nicht genug Freude da war, um mehr Räume zu füllen, so sammelte sie sich in der Küche und erfüllte sie ganz. Meine Großmutter kam dann auch oft heraus und machte sich draußen zu schaffen. »Geht nur hinein«, sagte sie zu den andern, »ich komme gleich nach!« Sie holte Milch und Kuchen und Zucker, sie suchte in der Kredenz nach einer größeren Schüssel. Heute glaube ich, sie kam, um die Freude zu suchen, die doch bei einem Besuch von vier oder fünf alten Freundinnen irgendwo geblieben sein mußte. Und da war sie dann auch. Leicht zu finden, wenn man es wußte.

Es ließ sich gut planen in der Küche, ob es Kinobesuche, Reisen oder ein Weg hinaufzu war gegen das Waffenarsenal, das am Ende der Gärten stand. Die Küche kam allen Plänen entgegen, ihr Licht schmeichelte ihnen und ließ sie wachsen. Fuhr dann unten ein Güterzug vorbei und der Rauch drang plötzlich herein und füllte die Augen, so war es als wäre man heimgekehrt aus vielen Erdteilen, als kennte man die Freuden der Welt und brauchte sie nicht mehr. Es war dann schon am besten, gegen das Arsenal hinaufzugehen wie einer, der heimkehrt; oder gegen die Kleistgasse zu, die vielleicht deshalb so hieß, weil nichts darin an Kleist erinnerte oder weil niemand, der dort wohnte, etwas von ihm wußte. Und das wäre ja Grund genug. Daß Kleist mit Fasanen zusammenhing, mit Moos und mit der Bahn, wer hätte es sich träumen lassen, wenn nicht er selber und die Kinder dieser Gegend, die in der Moosgasse wohnten, in der Fasangasse, in der rechten und linken Bahngasse. Auch eine kleine Bahngasse gab es, die Bahn bewegte alles. Sie rührte die staubigen Muscheln in der Lade meines Großvaters, als wäre sie die See, und sie brachte die ziegelroten, nie benützten Mokkatassen zum Klirren, als wäre sie eine größere Gesellschaft. Sie rüttelte an Betten und Flaschen, an den Spiegeln und den Marmorplatten auf den Nachtkästen. Sie rührte die Trauer auf und ließ sie glänzen. Auf ähnliche Weise wie die Küche war sie mächtig und armselig, und wenn man an manchen Tagen die Teller und Gläser in den Schränken schüttern und klirren hörte, so hätte man meinen können, ein altes Liebespaar unterhielte sich gelassen miteinander. Die Bahn tat der Küche die Ehre an, die sie verdiente.

Beugte man sich aus dem Fenster, wenn kein Zug vorbeifuhr, so konnte man links hinter dem Marienkloster, einem Heim für Dienstmädchen, das oft frisch gestrichen wurde, die Dächer der Botschaft herüberdämmern sehen, den Westen. Dort war alles grün und rund, die Rätsel hell dazwischen, erleuchtete Fenster am frühen Abend. Nach rechts zu führte schwarz der Kleiststeg über die Bahnlinie, eckig und kaum betreten, aber nicht weniger verheißungsvoll als die grünen Dächer. Und die Frau, die langsam seine Treppen hinaufstieg, wenn die Besuchsstunde im Krankenhaus zu Ende war, kam aus den Geheimnissen und ging in sie zurück wie die Kinderschwester mit dem kleinen weißen Wagen, die jenseits der Kreuzung auftauchte, sich umsah und wieder im Westen verschwand. Es war eine kleine Kreuzung zwischen den Himmelsrichtungen, und manchmal stand ein Polizist darauf, der bald wieder ging, denn hier war nicht viel zu tun. Kein Land war hier zu Ende, keine Stadt und nicht einmal ein Bezirk. Aber die Hügel fielen nieder und die Steppe begann, ein Atemzug lief aus und ein anderer erhob sich. Wie verlassen wäre der Osten ohne den Westen gewesen, wie leer der Westen ohne den Osten. Die Kräfte der Kindheit hielten die Welt zusammen. Und die Küche meiner Großmutter lag mitten darinnen. Wie man sich des Lichts der Träume auch am Tage noch erinnert, erinnere ich mich ihres Lichtes heute, wenn es mir als ein Streifen Sonne auf einem fremden Meer erscheint.

*

Ich erinnere mich des Nachmittagsunterrichts. Einmal jede Woche Turnen, Handarbeit oder Gesang, drei Dinge, die nur, solange die Schule dauerte, zusammenhingen wie noch viel früher Kleist mit Moos und Fasanen. Vier Uhr nachmittags. Auf dem Weg die steinernen Tiere an den Portalen der alten

Häuser schon in leichten Nebel gehüllt, das Schulhaus selbst, das man zu Mittag erst verlassen hatte, als wären dreißig Jahre vergangen, gesprungen, verloren, liebebedürftig, die Lehrer ziviler, hilfloser, und selbst, wenn sie die Stimmen erhoben, ihrer Konturen nicht mehr so sicher, die Klosterfrauen verlassener, kühner, den Vögeln ähnlicher als am Vormittag. Kein Wunder, wenn man – starb eine von ihnen – am Nachmittag von ihrem Tode hörte. Die gläserne Kabine der Pförtnerin schon leer und spiegelnd, die Türen der Klassenzimmer lockerer in den Angeln, die Dienstmädchen mit Eimer und Besen gehen rasch vorbei. Die Türen zur Klausur verschlossen wie immer. Aber war nicht das Schulhaus selbst am Nachmittag Klausur geworden, die man betrat, die Welt zu Welten zerfallen, die Klausur der Erwachsenen? Am Vormittag war es leicht gewesen, ein Kind zu bleiben. Aber ein Kind zu werden, wie die Bibel es wollte, das war Sache des Nachmittags.

Beim Verlesen der Namen ergab es sich auch meistens, daß einige fehlten, und die übrigen schienen, obwohl es Pflicht war, freiwillig gekommen. Sie brachten mit den Bällen, die sie noch in Netzen über den Schultern trugen, die Parkluft mit, die Nachmittagsluft, die Luft der Elternhäuser, sie bewegten sich freier: Ruth und Ellen Seitz mit den karierten Röcken, ich erinnere mich ihrer.

Zuweilen begegnete man dann auf den Gängen einer Gruppe von Internen, man stieß sich an und flüsterte miteinander, aber die anderen hatten den Übergang sachter vollzogen, sie hatten die letzte Schulglocke um zwei oder drei noch gehört, sie waren unter Aufsicht gestanden den Mittag über, es war kein Sprung in ihrem Tag. Sie hatten das Vormittagslicht noch in den Augen, von dem wir jetzt wußten, wie zerbrechlich es war. Und wenn auch von dem Unsinn, den sie trieben, und von ihrem Gelächter ein leichter Widerschein auf unseren Gesichtern blieb, so störten wir unsere eigenen Stunden

dann doch kaum. Es war uns wohl, als müßten wir selbst zusammenhalten, was sonst zerfiel, die zarten Grenzen unserer Welt: Turnen, Handarbeit und Gesang.
War der Unterricht zu Ende, so verschwanden die Lehrer leicht und schattengleich, fast enttäuschend rasch, Dämmerung füllte von unten herauf die kleinen und großen Höfe, und durch das geöffnete Schultor drang der Geruch von Rauch und Maroni herein. Drüben, in der Auslage des Bäkkerladens schienen die Mohnbeugel um ein weniges mehr als Mohnbeugel, um eine entscheidende Spur sich selbst voraus.
Am nächsten Morgen war alles wie sonst, das Feuer knisterte im Kanonenofen und verband sich mit den aufgeschlagenen Texten, mit Cäsar und Tacitus zu einer Macht, der nicht zu widersprechen und in die nicht einzudringen war. Nur daneben blieb schwerer zu entziffern, zweifels- und geheimnisvoller, ein Folgestern und dennoch nicht wegzudenken, der Nachmittag bestehen. Vielleicht hat er zuletzt die Sprünge im Bild der Erinnerung geschaffen, die es uns süß machen.

*

Ich erinnere mich des Beerensuchens auf dem Lande, irgendwo im Oberösterreichischen, wo wir den Sommer verbrachten. Der Schlag ist heute längst zugewachsen, aber damals schien es uns, als bliebe er immer. So wie es im Grunde schien, daß wir Kinder sein würden.
Um Mittag gingen wir weg, unsere Blechkannen schlugen aneinander oder flogen ein Stück voraus, unsere Stimmen drangen noch eine Weile über die heißen Wiesen gegen die Waldränder vor, ehe sie still wurden. Hinter uns blieben die grünen, kühlen Flure der Bauernhäuser, die nach alten Kalendern rochen, nach Geschichten von Schneegestöbern, von Herbsten und Räubern, nach säuerlichem Brot und den

Milchtöpfen in den Kellern, vor uns zogen die runden, bewaldeten Hügel, einer immer kleiner und ferner als der andere, den Tälern zu; wahrscheinlich waren es sieben. Die jungen Tiere im Pferch bewegten die Stäbe, weit unten im Westen fuhr der Mittagszug von Linz nach Salzburg; und manchmal pfiff er herauf. Es war uns aber eher, als pfiffe die Sonne oder ein Igel im Gras. Und wenn wir auch manchmal darüber nachdachten, wer da unten fuhr, Herren in blauen Röcken mit Silberknöpfen und Damen in Gott weiß welchen Kleidern, so hörten wir doch bald wieder damit auf. Die Ritze umfing uns, der Mittag, der lange, unzerbrechliche Sommer. Daß wir selbst dort gefahren waren und wieder dort fahren würden, dachten wir nicht mehr. Ja, wir gedachten nicht einmal mehr des Sees, der auf der anderen Seite des Berges flimmerte und auf dem die Segel still standen wie die Wälder und Villen an seinen Ufern, aber vielleicht gedachte der See unser und diente uns. Sowie der Zug uns diente mit seinem Rollen und Pfeifen, und der Flieger, der kurz vor drei eine Schleife über den Berg zog und hinter den Spitzen der Tannen verschwand. Wäre er nicht erschienen, so hätte er nicht verschwinden können, und damit, daß er verschwand, diente er uns.

Die Haselnüsse an den Sträuchern waren jung, als wären auch sie es für immer, und die Wurzeln der Disteln schmeckten süß. Wir waren an den Schlag gelangt, der sich in der Sonne vor uns auftat, und verteilten uns rasch. Baumränder und Vögel hoch oben, Morgen- und Abendfarben, wir brauchten nun nicht mehr nach ihnen auszuschauen, sie hatten sich in den Beeren gesammelt und wir sammelten die Beeren, Tag und Nacht sammelten wir in die verbeulten Kannen, den Mittagsgeruch der Marktplätze tief unten, die Höhe und die Breite der leeren Schulhäuser, die Tiefe der tiefsten Stellen aller Seen im Umkreis. Und wenn wir nach einer Weile in die Kannen schauten, so ersetzte uns der rosige Schatten

darin alle Kühle, er war mächtig wie ein Traum und breitete sich über uns aus. Die Welt war darin geordnet wie auf den Tafelbildern der verlassenen Kirchen in den Tälern, Spinnen und Heilige hatten Platz darauf, und alle vertrugen sich. Quer durch den unteren Teil des Schlages lief seiner ganzen Länge nach ein Weg, der kaum jemals begangen wurde; kam aber doch einmal jemand daher, eine alte Frau mit einer Henkeltasche oder ein Mann, dessen Stock kurz aufschlug, so waren sie beim zweiten Mal Aufschauen schon wieder verschwunden, hatten sich hinwegbegeben in ihre Gehöfte oder Austraghäuser, in ihre Stuben und Schicksale, und auch davon blieb der Schatten in den Kannen und wurde immer rosiger und schwerer. Färbte ihn nicht die Ahnung entfernten Schmerzes, von der Kinder leben, ohne es zu wissen?
Waren wir wieder zu Hause und sahen durch die dunkelgefaßten Fenster der guten Stube, in der wir schliefen, den Mond über den Gebirgsrand heraufkommen und sein gelbes Licht in den Glasschränken spiegeln, so war der Mittag für uns noch lange nicht vorbei, er blieb beim nächtlichen Scharren der Tiere, beim Rascheln der Blätter draußen, die die Sternbilder zu bewegen schienen, bei dem Auftappen der Katzen in den Scheunen und unten im Gras. Sie alle waren jetzt Gegenspieler und Bewahrer der heißen, stillen Stunde, Hohlformen, die sie füllte. Das Beerensuchen hatte sie aus der Zeit gehoben, schon damals mitten in den Raum der Erinnerung hinein. Die Beeren begannen in unseren Träumen Muster zu bilden, sie verschoben sich lautlos und ohne sich zu berühren gegeneinander, jedes Muster war ein Glück, das dunkelste entsprach dem hellsten, so schliefen wir ein.
Es sind dann viele Jahre gekommen, in denen es kein Beerensuchen mehr für uns gab, keine guten Stuben und keine Hügel mehr. Aber der Geruch der Beeren, der schon in dieser ersten Nacht durch die Ritzen der Kellertür und die hölzernen Treppen hinaufdrang, in die sich verwirrenden

Gedanken hinein, die dem Schlaf vorangehen, hielt auch der Wirrnis und dem Schrecken einer viel längeren Nacht stand. Manchmal habe ich die Hoffnung, daß er auch diejenigen zuletzt umgab, die diese Nacht nicht überlebt haben. Daß die Dunkelheit, die sie nach allem Schrecken aufnahm, dem wunderbaren Schatten in den Kannen ähnlich ist.
Erinnerung begreift sich nicht zu Ende. Aber vielleicht, daß die Beeren ein geheimes Verhältnis zu ihr haben, das so offenbar und so undurchsichtig vor uns liegt wie sie selber mit dem Blau und Rot ihrer Kinderfarben, eingebettet in den warmen Schatten, in die Unaufhörlichkeit der frühen Zeit.

Die Muse Kleio, eine Bücherrolle in der Linken, neben ihr eine Bücherkapsel. Wandgemälde von Herculanum.

Hans Erich Nossack

Musenweimar

Die Stadt hieß bis spät in die 2. Hälfte des 19. Jahrhunderts Aftersheim an der After. Das wissen heute die wenigsten; auch mir war es unbekannt, bis mein Freund Nasemann mich darüber aufklärte. Im Lexikon wird Aftersheim überhaupt nicht mehr erwähnt. Es findet sich da nur der einzeilige Vermerk: MUSENWEIMAR – s. Musen, s. Weimar. Wer nicht gerade Lokalhistoriker ist, sieht sich kaum veranlaßt, weiter nachzublättern. Die neun musizierenden Mädchen nimmt jeder als gegeben in Kauf, und Weimar ist eine wichtige Angelegenheit für die Literaturwissenschaft, das weiß man noch von der Schule her. Zweifellos muß ich Musenweimar des öfteren nachts im D-Zug durchquert haben, aber die Stimme des Stationsvorstehers hat mich nicht ein einziges Mal aus dem Schlaf geweckt.

Musenweimar war ursprünglich nur ein kleines Villenviertel, in dem sich nach Erfindung der Demokratie ein paar wohlhabende Leute ansiedelten und sich, um sich schärfer von den gewöhnlichen Aftersheimern abzusondern, abends mit Kunst beschäftigten. Ihr Einfluß auf Bürgermeister und Behörden wuchs von Jahr zu Jahr, zumal das Interesse für Kunst auch der Stadt Aftersheim Geld und Ansehen einbrachte, und so kam es eines Tages zu dem Mehrheitsbeschluß, den Namen der Stadt in Musenweimar umzutaufen. Gegen das Argument, die Silbe ›After‹ sei unästhetisch, gäbe zu faulen Witzen Anlaß und hindere Berühmtheiten daran, die Stadt zu besuchen, war schwer etwas einzuwenden. Einige Etymologen, die auf die gute alte Bedeutung des Wortes hinwiesen, wurden mit der höhnischen Bemerkung zum Schweigen gebracht, daß ein moderner Mensch ja auch nicht mehr Aftermieter sage, sondern Untermieter.

So wurde Aftersheim von Musenweimar eingemeindet. Es soll heute noch eine Partei rückständiger Aftersheimer geben, die dem alten Namen nachtrauern, doch es fehlt ihnen an Macht. Selbst Hitler, der sich bemühte, die Bräuche aus der Nibelungenzeit wiedereinzuführen, hat sich damals eindeutig für Musenweimar entschieden als einem der deutschen Volksgemeinschaft liebwerten Kulturgut. Dagegen ist natürlich nicht anzukommen.

Dies alles und auch das folgende habe ich meinem Freund Nasemann zu verdanken, doch ich weiß aus der Widerstandszeit, daß man sich auf ihn verlassen kann. Ich hatte ihn eine Reihe von Jahren aus den Augen verloren. Mit Briefschreiben kann sich unsereiner nicht abgeben. Wir verlassen uns in dieser Beziehung ganz auf Nachrufe in der Presse. Kurz und gut, als ich wegen irgendeiner Tagung in Berlin war, sah ich ihn vormittags im Glaskasten des ›Old Vienna‹ hocken und auf den Kurfürstendamm starren. Ich begrüßte ihn erfreut. Er erschrak sichtlich. Er machte einen ganz verstörten Eindruck. »Nicht so laut!« bat er und blickte ängstlich über die Schulter zurück. »Vor allem keine Namen! Benimm dich ganz unauffällig. Bestell dir einen Espresso. Der Espresso ist hier noch echt.« Und dann flüsterte er mir über den Tisch zu: »Man ist nämlich hinter mir her.« Schon wieder? wollte ich sagen, aber die Kellnerin trat an den Tisch, und so kam ich nicht erst dazu, Nasemann aus alter Gewohnheit meine Hilfe anzubieten. Er winkte auch resigniert mit der Hand ab, als wir wieder allein waren. »Da gibt es keine Hilfe, da gibt es nur Flucht. Ich bin bei Nacht und Nebel aus Musenweimar ausgerissen, aber was nützt das. Die Leute sind mächtig, sie haben überall ihre Geheimagenten, auch hier; sie unterwandern alles. Die Zahnärzte fahnden nach mir.« »Die Zahnärzte?« fragte ich erstaunt. »Ja, sie und die Gattinnen.« »Die Gattinnen?« »Ja, so nennt man das in Musenweimar. Nicht so laut, bitte. Sonst bin ich gleich verloren. Die Gattinnen haben ihr Ohr überall. Sie fördern nämlich die Kunst. Sie fördern alles, was nach Kunst riecht, es ist entsetzlich. Sieh mich doch an. Drei Jahre Musenweimar haben mich zum Wrack gemacht. Die Angst sitzt mir im Nacken. Sie fördern sogar die Angst. Sie rufen einen Kongreß wegen der Angst ein, weil das mit Kunst zu tun hat. Jeder bekommt reichliche Tagegelder und reist zufrieden nach Haus. Seitdem habe ich Angst. Wenn ich ein Zahnarztschild sehe, zittern mir die Knie.«

»Wieso denn ausgerechnet Zahnärzte?« fragte ich. »Das liegt an der Soziologie. Früher machten das die Friseure, aber heute sind die Friseure überall Italiener. Sie können nicht genügend Deutsch, um die Kunst zu fördern, darum haben in Musenweimar die Zahnärzte die Aufgabe übernommen. Das ist auch viel wirkungsvoller. Mit dem Bohrer in der Hand fördern sie die Kunst. Die Gattinnen haben ihnen beim Frübstück erzählt, was modern ist. Wie willst du dich dagegen wehren? Du kannst ja nicht einmal antworten. Man hat dir befohlen, das Maul aufgesperrt zu halten. Du kannst nur knurren und mit den Augen blinzeln, der Zahnarzt hält das für Zustimmung. Er steht vor dir mit dem Bohrer, und der Motor summt. Du denkst: Bohr du schon, Verfluchter, das will ich mannhaft ertragen, und die Versicherung zahlt. Aber gegen Kunst gibt es keine Versicherung. Stattdessen redet der Kerl über Kunst. Er sagt: Wir haben Sie gestern in der Premiere vermißt. Welch eine geniale Regie! Heute müssen Sie sich unbedingt die Ausstellung des jungen X. ansehen. Welch ein Talent! Was? Sie haben das neue Buch von Y. noch nicht gelesen? Aber hören Sie mal, in was für einer Welt leben Sie denn? Professor Z. hat doch einen Vortrag in der Akademie darüber gehalten. Nein, so geht das nicht, mein Lieber. Auf die Weise werden Sie es nie zum Ehrenbürger bringen. Denken Sie doch an Ihre arme Frau. Und damit hat er dir schon einen Nerv herausgespult und dir mit der neuen Zahnfüllung Kunst in die Höhlung gepackt. Du spülst den Mund, du fühlst mit der Zunge hin, du gehst benommen nach Haus. Du setzt dich zu Tisch, du kaust vorsichtig. Deine Frau sitzt dir gegenüber und fragt: Tut es noch weh? Nein, es tut nicht weh, du bist schmerzlos vergiftet. Du legst den Löffel hin und denkst: Sollte ich mit einer Gattin verheiratet sein? Mit einer Ehrenbürgerin? Kunst ruiniert die alte gute Ehe. Du bist verloren. Ehrenbürger von Musenweimar!« Nasemann schauderte. Ich erkundigte mich teilnahmsvoll, wie er denn dahin geraten wäre. Er stöhnte und bestellte einen neuen Espresso. »Hätte ich mich nur an die historischen Materialisten gehalten, dann wäre es mir nicht passiert. Doch ich Idiot habe mir auf meinen Tatsachensinn etwas eingebildet und bin damit reingefallen. Ich habe nur Aftersheim gesehen. Musenweimar, dachte ich, das ist eine Sache der Reisebüros, das gibt es nur in den Prospekten. Dir springen ja in fremden Ländern nicht gleich nackte Mädchen am Kai entgegen, obwohl die Plakate es dir versprechen. Da mußt du dich schon mit einem einheimischen Zuhälter in Verbindung setzen. Und wenn du als Fremdling nach Musenweimar kommst, merkst du nichts von Kunst, du merkst nur Aftersheim, das ist das Niederträchtige. Ja, ich wollte den Widerstand aufgeben. Sollen die Jüngeren Widerstand leisten, wir haben unser Teil getan. Ich sehe also auf der Landkarte nach. Ich sage zu meiner Frau: Schau her, eine kleine Stadt. Nicht einmal hundertfünfzigtausend Einwohner. Dazu noch sechstausend Studenten und ebensoviele amerikanische Soldaten. Warum muß eine Stadt durchaus groß sein? Und was Provinz angeht, die ist überall. Der Platz ist günstig, er liegt handlich zwischen Osten und Westen. Dort wird es sich gut noch einmal über alles nachdenken lassen. Welcher vernünftige Mensch denkt denn an Kunst, wenn er einen Platz sucht, um dort zu wohnen? Dann zieht man besser gleich in ein Museum und legt sich in einer Glasvitrine schlafen. Ach, hätte ich nur an Kunst gedacht! Dann wäre mir rechtzeitig aufgefallen, daß namhafte Männer die Stadt nur als Durchgangsstation benutzten, um dort geboren zu werden. Einen Namen aber machen sie sich anderswo. Doch zu spät! Ich bestellte einen Möbelwagen. So eine Übersiedlung kostet ja Geld, und dazu die Aufregung und neue Gardinen. Kurz, wir gerieten nach Musenweimar, als wir arglos nach Aftersheim zogen.

Auf den unverbindlich Zugereisten macht die Stadt nämlich einen recht ordentlichen Eindruck. Sie ist schlecht und recht wieder aufgebaut. Niedrige Hochhäuser mit Wasserspülung und Ölheizung. Sie hat ihre Parkplatznot, wie es sich gehört. Es gibt Kaufhäuser und Selbstbedienungsläden. Nichts da von Kunst. In den Schaufenstern drehen sich Brathähnchen am Spieß und aus Fischbratküchen weht der Dunst auf die Straße. Sehr anheimelnd! Wie gesagt, nichts Ungewohntes. Überhaupt das Straßenbild ist wie überall. Die Mädchen kleiden sich, wie es Mode ist, einige Damen, das sieht man, haben sich sogar die Mühe gemacht, ihr Zeug in einer benachbarten Großstadt zu kaufen. Alles ist, wie es sein soll. Die Hunde stehen gelangweilt an der Straßenecke und überlegen: Wie verbringen wir den heutigen Tag? Sehr menschlich! Schön, man sieht keine Prostituierten, doch man darf von einer kleinen Stadt nicht alles verlangen. Dafür viele alte Frauen in den Fenstern und alle gehbehindert. Man hat nämlich in Musenweimar das alte Aftersheimer Pflaster beibehalten. Wozu sollte man es erneuern? Es handelt sich ja nicht um Kunst. Und dies Pflaster ist tückisch wie die Vergangenheit, man bricht sich leicht ein Bein. Die alten Frauen blicken stundenlang unbeweglich auf die Straße. Welch ein Friede! Reichlich viel Kirchenglocken, das ist wahr, aber man gewöhnt sich ja auch an Düsenjäger. In den Kinos gibt man Heideröslein und Geyerwalli. Auch da also nichts von Kunst! Sehr vertrauenerweckend. Auch die Umgegend ist hübsch. Bewaldete Hügelketten und sanfte Täler. Sehr deutsch, und zwar ausnahmsweise im besten Sinne des Wortes, wirklich. Ganz ohne Kunst. Und endlich die Zeitung von Musenweimar. Sie bringt täglich mit anerkennenswerter Zuverlässigkeit die internationalen Börsenkurse. Kurz, eine kleine, aber weltoffene Stadt, denkst du.

Ich warne dich. Das alles ist nur Fassade, hinter der Kunst auf der Lauer liegt. Mach es nicht wie ich. Lies vorher in den Geschichtsbüchern nach, ehe du dich darauf einläßt. Sonst ergeht es dir wie mir. Musenweimar ist ein Oktopus, der mit seinen Armen unmerklich umhertastet und selbst einen alten Widerstandskämpfer aus seinem Schlupfwinkel an sich saugt. Die Historiker wissen Bescheid.

Sie sagen, da hat vor tausend Jahren, oder wann auch immer, ein unternehmungslustiger Herr diesen Punkt als geeignet für seine Absichten gefunden. Der Punkt lag an einer Überlandverbindung, die schon die Römer benutzten, oder wenn du willst, auch schon die Kelten. An einer Kreuzung uralter Transportwege von Osten nach Westen und von Norden nach Süden, hin und zurück. Der Unternehmer also baute sich da eine handfeste Wasserburg, indem er die alte gute After in den Graben rundherum leitete. Dann verkündete er: ich werde von nun an die Transporte schützen und dafür Zoll erheben. Eine lukrative Idee! Was sollten die Transporteure machen? Sie waren noch nicht gewerkschaftlich organisiert. Weigerten sie sich, Abgaben zu entrichten, wurden die Wagenladungen in der Wasserburg verstaut und die Kutscher und Pferde dazu. Die Wasserburg kannst du noch heute in Musenweimar sehen, so solide baute man damals. Ein übles Verkehrshindernis, doch in solchen Dingen denkt man in Musenweimar sehr praktisch. Man hat heute das Polizeipräsidium darin untergebracht.
Nun gut, um die Wasserburg bauten sich Herbergen und Kneipen an. Auch Hausierer eilten herbei, um die Reisenden während der Zolluntersuchungen zu versorgen. So blieben immer mehr Leute dort hängen. Aber nichts von Kunst! Die Leute machten ihren Schnitt dabei. Den Unternehmer nannten sie aus Dankbarkeit Landesvater und den Ort Aftersheim. Ich bitte dich, die Silbe ›heim‹ zu beachten. Die Leute zeugten da Aftersheimer.
Dann galt es eines Tages als unmoralisch, Transporte zu brandschatzen. Doch die Erben waren nicht weniger geschäftstüchtig, sie organisierten das Unternehmen um, indem sie sich auf einen Geschäftszweig warfen, der bis heute als hochmoralisch gilt. Sie heirateten überschüssige Königstöchter aus den umliegenden Königreichen, ganz ohne Ansehen der Person, nur um ihre landesväterliche Pflicht zu

erfüllen. Die Mädchen brachten eine standesgemäße Mitgift mit, aber vor allem Einfluß. In der Tat, die Landesväter erkannten schon damals, was heute jeder Lobbyist weiß, daß Beziehungen das wichtigste sind. Ein Mann, der mit einem auswärtigen König verschwägert ist, will mit Handschuhen angefaßt werden, sonst gibt es gleich Krieg.

So wurde Aftersheim eine Residenz. Die Hofbeamten bauten sich ihrerseits Häuser um die Wasserburg, auch Kasernen und Finanzämter wurden nötig. Die Aftersheimer profitierten davon. Mit Kunst hatte das alles immer noch nichts zu tun, laß dir nichts von den Kunsthistorikern erzählen. Man gab zwar viele Bälle und baute ringsherum Jagdschlößchen. Auch verlangten die Königstöchter, in Barockbetten zu schlafen. Aber nicht wegen Kunst, sondern nur zum Vergnügen.

Dann erfand man, wie schon erwähnt, die Demokratie und es stand wieder einmal faul. Residenzen kamen aus der Mode. Selbst Königtümer wurden an die Illustrierten verwiesen. Ein kritischer Augenblick! Leute mit weniger realistischer Erbmasse gingen daran zugrunde. Nicht so Aftersheim. Es war die Geburtsstunde von Kunst. Musenweimar kroch aus dem Aftersheimer Mutterleib hervor.

Eine geniale Idee! Alle Regierungswechsel überdauernd. Haltbarer als Religionen. Nur ein Geschäftsmann mit realistischem Weitblick konnte so etwas erfinden. Wenn je ein Landesvater den Titel Retter des Vaterlandes verdient hat, dann jener Mann, der die Kunst für Musenweimar nutzbar machte. Er sagte sich: Was ist da zu machen? Sollen wir uns mit Industrie behelfen, wie andere Städte das tun? Das ist doch etwas schäbig für eine alte Residenz, und obendrein kann Industrie eines Tages langweilig werden. Versuchen wir es mit Kunst. Statt Königstöchter zu heiraten, laßt uns Künstler ins Land ziehen, das ist zugkräftiger. Wenn erst die sexuelle Übersättigung in der Welt um sich greift, machen wir das Geschäft. Benachrichtigen wir die Reisebüros. Kunst dauerhafter als Liebe! Welch ein avantgardistischer Werbeslogan! Bis zum Broadway drang die Kunde, selbst Buschmänner im dunkelsten Afrika spitzten die Ohren. Musenweimar sicherte sich damit einen unvergänglichen Platz auf den Landkarten der Reisebüros. Auch über die Epoche der Landesväter hinaus. Mit freudigem Tatsachensinn übernahmen Zahnärzte und Gattinnen die Idee. Die Behörden machten mit, da sie wiedergewählt werden wollten. Friedliche Steuerzahler schrien beim Schöppchen Wein nach Elektronenmusik als einer mündelsicheren Kapitalanlage.

Ja, es wurde sogar ein Wahrzeichen errichtet. Eine Art Turm auf dem einzigen Hügel der Stadt, höher als Türme gewöhnlich, weithin sichtbar und ganz nutzlos. Die Autobusse rasen durch den enttäuschenden Aftersheimer Teil der Stadt und bringen die Reisegesellschaft sofort im zweiten Gang auf den Hügel. Der naive Fremdling verrenkt sich schon beim Aussteigen den Hals und möchte ausrufen: Mein Gott, was soll das Ding da? Doch die Mitreisenden zücken bereits die Fotoapparate, denn sie haben die Prospekte aufmerksamer studiert und wissen, daß es sich um Kunst handelt. Und tatsächlich, der Turm ist einzigartig. Er ist kaum sechzig Jahre alt, aber er wird nie antik werden wie Wasserburgen und klassizistische Theaterportale. Er wird immer künstlich bleiben. Ein echtes Wahrzeichen!

Soweit die Historiker. Doch wie gesagt: zu spät! Ach, wäre ich doch ins Kino gegangen und hätte mir an Heideröslein und Geyerwalli den Magen verdorben! Stattdessen ließ ich mich durch die Zahnärzte verleiten, eine Premiere aufzusuchen oder eine Ausstellung mit kleinem Imbiß. Ich kam gar nicht erst dazu, auf die Schauspieler zu achten oder mir einen Imbiß in den Mund zu stecken. Denn sofort begann das Geraune im Parkett und im Foyer, und die zärtliche Vergasung mit Kunst nahm ihren Anfang. Wachsame Gattinnen stießen schlummernde Zahnärzte in die Rippen und flüsterten: Sollte das wohl ein Künstler sein? Ja, gewiß doch. Denn die Frau, die er da bei sich hat, trägt kein Nerzkollier. Auf, laßt ihn uns fördern, denn wir brauchen Nachwuchs. Komm, ach komm, Geliebter, du mein armes verlorenes Söhnchen. Musenweimar verzeiht dir wie nur eine Mutter ihrem Kind verzeihen kann. Schütte dein Herz an ihrem Busen aus und lasse alle Sorgen fahren. Musenweimar, du süßes Geniechen, wird die böse Welt von dir fernhalten. Mama wird dir eine niedliche Hütte auf dem Lilienhang oder am Veilchenhang bauen. Da kannst du mit deinesgleichen Kunst spielen, und später werde ich an deinem Grab weinen.

Sieh mich an. Dieser Musenweimaraner Busen hätte mich um ein Haar erstickt. Ich habe mich nicht aus eigener Kraft freigestrampelt, das wäre Prahlerei; ich habe nur Glück gehabt. Es war gerade ein alter General gestorben und begehrte, daß man einen Platz nach ihm benannte. Das lenkte die Gattinnen ab. Ich schlich mich zum Bahnhof. Ich fuhr zum nächsten Flugplatz und flog hierher. Und wohin soll ich morgen vor dieser Kinderlähmung fliehen?

Ich warne dich. Du sagst, du wärest wegen einer Tagung hier. Tagungen sind Musenweimar. Warum heißt dies Lokal ›Old Vienna‹? Warum auf Englisch? Das ist Musenweimar. Und hat man dein geliebtes Berlin nicht schon Theaterstadt genannt? Das ist Musenweimar. Musenweimar unterwandert die Welt links und rechts des eisernen Vorhangs.

Zeig mir einen Punkt auf dem Atlas, wo die Kunst nicht gefördert wird, und ich will ihn mit dem altmodischen Kosewort Heimat anreden.

Der ✱ **Wenzelsplatz** (Václavské náměstí, Pl. G. 7—8), früher *Roßmarkt* genannt, ist einer der größten Plätze Europas (682 m lang, 60 m breit). Eine Lindenallee flan-
piazza Duomo This gay centre is illuminated at night by a variety of many-
einer der schönsten, größten und berühmtesten Plätze der Welt - mit dem Kreml aufs engste verbunden. Er
Centre de la vie, c'est une vaste esplanade entourée de cafés et de gran-
ganzen Länge erfüllt mit Läden, Restaurants und Cafés, ein besonders interessantes Bild.

Manfred Bieler

Schlachten und Spazierengehn

Ich gehe also auf einen Platz, und vorerst ist es unwichtig, ob die Häuser rund um den Platz bewohnt sind. Wir begnügen uns auch mit bepinselten Leinewänden, die über haushohen Gerüsten hängen und die üblichen Fassadenzutaten aufweisen: Friese, Fenster, Simse, Türen, nur angedeutet, in der Art eines Bühnenbilds. Es reicht aus, wenn die Fenstergläser schraffiert sind, allerdings die Möglichkeit, mit dem Finger ein Loch in die Mauern zu bohren, muß gewährt sein. Ich will darauf verzichten, Klingelknöpfe zu drücken, die nur nichtssagende und ununterscheidbare Gesichter in die Türrahmen holen.

Der Platz hat eine gewisse Ähnlichkeit mit dem Prager Wenzelsplatz, und wenn ich nach dem Frühstück mein Hotel verlasse, bin ich sogar sicher, daß dieser Platz der Wenzelsplatz ist, mithin der auf der Welt am besten geeignete Ort, etwas aufzurollen. Meist stellt sich jedoch nach ein paar Schritten heraus, daß dieser Platz durchaus ein anderer Platz ist, auch wenn die Straßenbahnen in nordwestlicher und südöstlicher Richtung fahren, also vom Graben, wenn man so will, zu den Weinbergen und umgekehrt.

Ich beginne, wie beinahe jeden Tag, den Platz für mein ungewöhnliches Vorhaben zu arrangieren: Ich verteile die Jahreszeiten über den Platz. Der untersten Querstraße schenke ich den Frühling, das Reiterstandbild muß sich mit dem Winter abfinden, so daß der Platz von den Krokussen der Hut- und Handschuhgeschäfte, von den Mayonnaisen und Veilchen des Automatenrestaurants bis zum Schnee des Nationalmuseums und zu den Eisblumen der Bijouterieläden reicht. Dazwischen die Seerosen der Hotels und die Stoppelfelder der Cafés, der herbstzeitlose Taxistand und der Altweibersommer der Antiquariate.

Ich gehe in eine Sommer-Diele und bestelle einen Kognak. Jemand, der mir sehr ähnlich sieht, setzt sich zu mir, stützt wie ich die Ellbogen auf den Marmortisch und zündet sich eine Zigarre an.

Guten Tag, Landsmann, sagt er.

Verzeihung, antworte ich, ich bin Engländer. (Es dauert immer eine Weile, ehe wir uns zu erkennen geben.)

Ich auch, sagt er.

Ich beschwindle Sie, sage ich. Ich bin Eskimo.

Ich auch, sagt er.

Sie können nicht gleichzeitig Engländer und Eskimo sein.

Sie auch nicht, sagt er.

Doch, ich kann, sage ich.

Dann kann ich auch, sagt er, Landsmann.

Es ist sehr peinlich. Als ob ich keine Knochen in den Fingern hätte. Leere Haut. Nur die Ohren sind steif und heiß wie Kuchenbleche.

Insgesamt waren es sechzig? fragt er.

Oh nein, mehr. Dreihundert oder vierhundert sogar, vielleicht.

Und das Blut ließen Sie über den Asphalt vor die Ställe laufen?

Ja, sage ich, ein paar Schnitte mit der Rasierklinge, danach

das Fell über die Ohren, die Augen in den Eimer, die Pfoten für die Ratten.
Da waren Sie –
Zwölf. Zwölf Jahre alt.
Und die Kaninchen hießen –
Doktor Schwarzkopf, zum Beispiel.
So.
Er gab mir eine Ohrfeige, weil ich das Geburtsdatum von Marx vergessen hatte. Aber vor allem starb er für seine Eitelkeit. Er wußte, was ›die Brücke‹ auf französisch heißt, und ich wußte es nicht. Er zog sein Holzbein bis zu mir heran und spuckte mir ins Gesicht: le pont. Danach sagte er: Du hättest Maurer werden sollen. Oder Weichensteller. Weichensteller schien ihm Sturz in Berufsabgründe.
Warum aber schlachteten Sie Studienrat Bahlke? Er war doch so – zurückhaltend und zuvorkommend?
Er starb als Blauer Wiener. Für das Aufsatz-Thema: Was hat uns Effi Briest heute noch zu sagen?
Nun?
Herr Bahlke hatte drei schwachsinnige Kinder und prügelte jeden Sonnabend strich- und fadenweise seine Frau. Effi Briest hatte ihm überhaupt nichts zu sagen. Aber uns, mir sollte sie etwas sagen.
Nämlich?
Über dem Kellerfenster drehten sich die weiten Pausenröcke der Mädchen, aber Effi Briest sollte uns sagen: Gleichberechtigung der Frau. Daß sie, Effi, heute nicht mehr einem Ungeliebten nachzöge, irgend auf ein Kaff, sondern Effi frohen Wissens Straßenbahnschaffnerin würde, eventuell Polizistin sogar. – Dafür mußte Bahlke sterben. Ich schnitt ihm die Halsschlagader mit einer rostigen Rasierklinge auf. Er wurde eingeweckt, und wir aßen ihn im Herbst, zusammen mit Fräulein Bartuschewsky, der Musiklehrerin.
Beethoven – ein hervorragender Komponist seiner Zeit?

Ja. Fräulein Bartuschewsky, geschlachtet für den Satz: Beethoven war fleißig und taub, ein fortschrittlicher Mann und strich die Widmung an Napoleon durch.
Sie unterschlagen etwas.
Ja. Ich setzte, Musterschüler, noch hinzu: Lenin liebte besonders die Appassionata. Er konnte sie immer wieder hören. Bis zum Erbrechen. Das letzte ließ ich aus, dachte es nur. Fräulein Bartuschewsky wehrte sich lange, schlug mit den Hinterbeinen nach mir, zerkratzte mir den Oberschenkel, das Miststück. Hatte 39 eine Hitlerhymne komponiert, tanzte nun im Schulhof blauen Ri-Ra-Rundgang vor aufgehender Sonne, ein Kilogramm kunstgeschmiedetes Silber zwischen den Brüsten. Ich schlachte sie glatt nochmal.
Müller auch?
Müller... Ihm habe ich verziehen. Oh, er stank so furchtbar. Er saß neben mir, ein ganzes Jahr, furzte sich still über die Geschichtsstunden hin, über Lackmusproben, den Schwachsinn der Zinseszinsrechnung, die Verlogenheit der Zentralperspektive. Ich habe ihm verziehen. Obwohl er sehr stank.
Auffällig viele Frauen haben sie geschlachtet. Irgendein Komplex?
Vielleicht.
Also?
Meistens Freundinnen meiner Mutter. Sie baten mich jeden Mittwoch, daß ich mir den Deckel der Schreibmaschine vor die Brust hielte, Akkordeon imitierte und dazu Lieder sänge wie: Hörst du mein heimliches Rufen. Auch Capri-Fischer. Ich habe sie danach alle mit einem Bindfaden erwürgt: Heti, Gitti, Krilli, Pussy. Zwei von ihnen habe ich, wenn ich mich recht erinnere, einfach gegen die Wand geworfen, aus Mitleid. Sie hatten mir mal Zigaretten zugesteckt. Ich hab einfach zuviel Mitleid.
Woher kommt das?
Man wird selber zum Kaninchen. Mit dem Kaninchenfett,

dem Kaninchenbraten, dem Kaninchenfricassé, mit der Kaninchenleber und dem Kaninchenherzen frißt man die Seele des Kaninchens und merkt dabei nicht, wie die Kaninchenseele die eigene Seele überrumpelt, verschlingt, herunterwürgt – bis uns vom Kaninchen nichts mehr trennt als der aufrechte Gang und die seltsame Stimme. Es wird nicht lange dauern, und Sie machen Männchen, putzen sich den Bart, werden dick, kriegen ein seidiges Fell und warten geduldig auf den Schlag hinter die langen Löffel. Denn sehen Sie, da ist ein flaches Land mit einem großen Fluß und vielen Eichen um einen Wasserbogen. Das kann natürlich ein Hufeisen sein, nicht wahr? Aber auch das Halsloch der Guillotine. Kasernen stehen in Kiefernwäldern, Reihenhäuser sind das Schmucke an der Stadt, Eike von Repkow lehnt an der Wand des Amtsgerichts, ich wurde geboren im ehemaligen Betsaal der Gefangenen, seit 1933 Schlafzimmer meiner Eltern. Sie sollten sich also nicht wundern, wenn ich für Gerechtigkeit schwärme. Leider habe ich zuviel Kaninchenfleisch gegessen. Leider, leider.
Und nichts Versöhnliches?
Gut. Da gehen auch die Zigarettenalben auf:
Das bin ich! –: Herzog von Wellington, den Hengst zwischen den Schenkeln. Das bin ich! –: Wright, mit streichholzgestütztem Kartenhaus über die grünen Hügel. Das bist du! bist du! –: Varus, schielend und sandalettenwerfend durch den Teutoburger Wald. Der darfst du sein, wenn du willst! –: Edison, bebrillt und flatterhaarig, den Glühfaden zwischen vier Fingerspitzen. Aber der bin ich! bin ich! –: Richthofen, der blonde, der lachende Flugzeugführer, mit dem Freiherrnwinker überm linken Auge. Pour-le-mérite und Lederhandschuh, beinespreizender Draufgängerblick – der bin ich! – Lülülü düdüdü, singt die Heidelerche, und wir malen sie auf weißen Karton in den Farben braun, gelb und schwarz. –

Ich zahle den Kognak und gehe wieder auf den Platz hinaus. Es wird Zeit, den Leinewänden Tiefe zu geben, wenn die Potjomkinsche Stadt bewohnbar werden soll. Auch muß man Menschen entwerfen, sich dabei mit Ähnlichkeiten zufriedengeben, auf Spiegelung und Symmetrie verzichten, Variationen fördern, die erheiternden Unterschiede des Geschlechts.

Ich bin im Frühling, das heißt an der untersten Querstraße des Platzes, in Höhe eines kleinen Kinos. Aber es ist zu früh, in einen Film zu gehn. Ich bummele an den Auslagen eines Herrenausstatters vorbei, besehe mich im Schaufenster und entdecke auf meinem Kopf eine rotweißkarierte Mütze. Ich will die Mütze abnehmen, denn sie ist mir fremd. Aber es geht nicht. Die Mütze ist hinter dem Schaufenster. Ich vermute darin einen Hinweis, betrete den Laden mit Glockenklang und kaufe die Mütze um ein Billiges. Ich weiß mich nun behütet, gehe mit großen Schritten in den Sommer, pendele mich in Herbst und Winter, stehe neben dem Reiterdenkmal, vorm Nationalmuseum, und bin ein Jahr älter geworden.

h. c. artmann

Verfehltes unterfangen sich einer geografie zu erinnern

Mein schuß hat die ausgestreckte hand der steinnymphe um einige zentimeter verfehlt, ich habe zu wenig geschlafen, tauge nichts, habe vorbeigeknallt. Eine schar erschrockener krähen scheucht auf, schwärmt über den riesigen pinien, die vor dem herrenhaus stehen, und fliegt endlich davon.

– John, sagt miss C. zu mir, – John, du hast kein recht, dich hier auf meinem grund und boden derart aufzuführen! – Sie steht vor meinem halbgesenkten revolver, sieht mich nicht an und stößt einen ihrer hohen Absätze wütend in die weiche wiesenerde. Dann wendet sie sich mir zu und sagt mit ungewöhnlich scharfer stimme: – Warum kannst du dich nie wie ein normaler, gesitteter mensch aufführen? Du benimmst dich wie ein untier, wie ein monster, –

– Ich bin ein untier, ich bin ein monster . . entgegne ich ihr mit erzwungener ruhe. Ich stecke meinen revolver zurück; ich würde sie jetzt am liebsten erwürgen . . Fünfzig hellseherinnen, zweiundzwanzig giftmischer, drei hostienräuber, elf pferdediebe, zehn verräter und ein künstlicher mensch regen sich in der unterirdischen höhle über der ich eben stehe, du liebe zeit! es ist förmlich, als läge zwischen mir und dem da nichts als eine dicke daunendecke . . Ich laufe mit großen sprüngen an die chaussée, werfe mich in den kleinen Citroën und notiere, ehe ich den motor anlasse: C. county C. Ireland, sommer, enttäuschung, 5 Uhr nachmittags.

Ich kannte diese stadt einmal sehr gut. Heute erinnere ich mich an ihre straßen und gassen nur hin und wieder im traum. Es ist immer sommer und ich friere nicht. Manchmal ist ein breiter fluß in der nähe, er liegt im nordosten, manchmal gibt es auch einen stadtwald, sehr ausgedehnt, sehr tief, aber von häusern umgeben; seltener gelange ich in ihm an eine lichtung, auf dieser steht immer ein altes karussel mit känguruhs und schwänen, für die man tramkarten löst . .

Ich fahre durch diese stadt niemals mit bus oder trambahn, manchmal jedoch mit einem VW, und ich verliere stets seine räder, sie springen gummig irre irgendwohin in die gegend, der motor streikt, die steuerung wird frischer teig, ich muß halten und zu fuß weiter gehen. Meistens gehe ich ja zu fuß, manchmal aber bewege ich mich mittels riesenhafter, schwebender luftsprünge vorwärts, gleite gemächlich nieder,

verspüre einige meter vor dem wiederberühren des bodens eine art spannung – und lande frei und sicher. Es kommt auch vor, daß ich die vorsprünge und fassaden von hohen häusern erklettere; die steilen wände biegen sich von meiner last wie aufgestellte matratzen.
Vor dem bahnhof stehen die taxis in langen dreierreihen, es ist alles so einfach und jeder der fahrer hat den stadtplan fix und fertig im kopf. Ich nehme kein taxi. Ein lift bringt mich auf das schwindelerregende plateau eines eiffelturms, von welchem ich beobachten kann, wie verschwenderisch die architekten der dächer der stadt mit der anbringung von laufstegen umgegangen sind: blauuniformierte polizisten marschieren darauf, ihre maschinenpistolen sind entsichert, sie schnüffeln sich über ihre schmalen lebensunterhälte, sie suchen jemanden, mich wahrscheinlich.
In diesen straßen und gassen befinden sich häufig torturhotels, verhörszentralen (da schlagen sie dir die zähne in den kragen) und gewöhnliche gefängnisse. Das wirklich große gefängnis aber steht, unter vollkommen andersgearteten luftverhältnissen, außerhalb der stadt, schon auf dem lande, eine art zitadelle oder falsche tudorburg. Ich komme verstohlen oder mit mühsam gedämmter hast heraus, beginne zu laufen, laufe, laufe immer schneller, lasse die wachen weit hinter mir zurück, und ihre abzeichen werden planeten eines eben verlassenen sonnensystems . .
Ich erreiche wieder die stadt, sie öffnet sich mit gedröhn wie ein gefälschtes Mailand. Alle trambahnen sind dunkelblau, nicht eine olivgrün, wie ich es gerne hätte . . Ich muß mich zusammennehmen: am liebsten würde ich sie mit meinem revolver durchlöchern.
Neue häuserblocks werden aufgeführt, alte abgetragen; in der nähe einer lieben erinnerung hat man auf solch einem freigelegten grundstück eine schmiede aus der bronzezeit entdeckt: ich sehe mir die fundstelle an, es sind eine menge

dinge säuberlich am boden ausgebreitet. Ich denke abermals an meine ruhende waffe.

Oft meide ich die gegenden mit ausgrabungen und lasse sie, obgleich man vor ihnen nie sicher ist, links liegen, und schlage mich in andere stadtviertel, besonders in solche, die an breiten flüssen liegen, dort ist man am ungestörtesten. Zu den breiten flüssen kommt man meistens durch straßenunterführungen oder tunnels, man kommt an schlachthäusern vorbei, aus denen tiere brüllen, passiert vorstadtkinos mit stummfilmerinnerungen, und träumende bedürfnisanstalten, und vermoderte textilienhandlungen – bis man endlich die große brücke erreicht, die über den fluß führt. Hier ist immer die endstelle der trambahn, hier macht sie unter sommerlich versonnten bäumen, platanen, kastanien, was weiß ich, ihre schleife. Kirchen oder tempel sind keine da; möglicherweise eine verfallene alte moschee voller schlangen, grillen und storchen, aber viele wasserhydranten gibt es, die es vergessen haben, wie man den durst löscht . .

Jenseits des flusses wohnen einige mädchen, die ich von früher her kenne, die ich einmal gekannt habe, deren häuser ich aber nie wieder zu finden vermag, alles suchen vergeblich, wohl aber tauchen aus schattigen alleen hin und wieder die mütter der mädchen auf, sehen mich verdächtig an, halten regenschirme, lauern drohend . . Ich muß flüchten.

Ich gelange auf dieser flucht stets in gebietskrankenkassen oder andere bürohäuser, riesenkomplexe mit viel zu raschen paternosteraufzügen, unmöglich wieder auszusteigen, sinnlos, sie rasen förmlich auf und ab, ich stemme mich mit aller gewalt gegen die liftwände, dehne sie, stoppe solcherart den lift. Steige ich aus, bin ich immer in der 24. etage und sehe durch die fenster nach einer grünfläche, die zu einem college gehört, base-ballplatz, und nach den schmalen minaretten der St. Omarsmoschee, deren grüne und veilchenfarbene smalten am schönsten im frührot sind, und abermals, auf

den laufstegen der umliegenden dächer, die blauen polizisten, schnuppernd und schnüffelnd, mit abziehbereiten maschinenpistolen.
Und oft sehe ich mich selbst auf der leinwand eines immens großen kinos in vistavision: ich betrete einen dunklen raum, hotelzimmer oder ähnliches, drehe das licht an und sage: und da dachtest du, in dieser schönen stadt würden dir geschminkte Algerierinnen wie tauben ins bett flattern . .
Immer, wenn ich enttäuscht bin, kommt mir die lust, gezielte schüsse abzugeben – und ich stehe mit Cléo am rechten ufer des Lee in C. und sehe das theatergebäude, halbzerstört, ausgebrannt, wahrscheinlich schon um 1921 zeitgebombt, der zuschauerraum, glücklicherweise leer, hob sich in zeitlupe himmelhoch und verteilte seine stukkatur, seine kalkblumen, gerecht wie aus einem füllhorn der Iustitia . .
– Schau, sagte Cléo, – in diesen sprüngen hat sich der efeu festgesetzt. – Ja, sagte ich, – und in den dachbalken nisten die selben schwalben, die wir gestern im college durch den leseraum fliegen gesehen haben . .
Cléo lehnt sich immer an meine linke brustseite, glücklich über den schönen julitag. Plötzlich fährt sie wie von einem skorpion gestochen zurück, springt einige schritte von mir weg und schreit vollkommen aus der fassung geratend: – John, du hattest mir versprochen, nie wieder diesen revolver anzurühren, und eben habe ich ihn gespürt, leugne es nicht, ich bin ja kein narr, man kann sogar die leichte ausbuchtung an deinem jackett sehen . . Oh, du untier, du monster! – Ja, sage ich, – hattest du anderes erwartet?
Ich laufe gehetzt durch den wald, erreiche die lichtung, springe auf die riesige, bereits fahrende drehscheibe des karussels, steige ins innere des flitterschwans, er hat einen apfelsinfarbenen schnabel und schwarze augen, seine vielen spiegel reflektieren eben so oft mein bizarres bild, ich bezahle, bekomme mein trambillet und merke, gegenüber in

einem baum sitzend, ein mädchen, das aus einer großen tüte pralinen ißt, sie wirft mir welche zu, ich versuche zu fangen, mein karussel läßt mir dazu keine zeit. Ich beginne zu wassertreten und erhebe mich wie ein vogel aus dem nest, ich fliege mit gleichmäßigen beinbewegungen über die morgenfrische, glänzende stadt, ich lande auf einem nach teer und regen riechenden lagerplatz zwischen aluminiumhangars, man schießt sofort auf mich, ich schieße sofort zurück. Es ist ein jammer: meine projektile platzen bereits einige meter nach verlassen der mündung als lächerlich kleine graue staubpilze. Ich höre stimmen, die sich über meine unzulänglichkeit als schütze unterhalten: es sind nicht die stimmen von lagerwächtern oder polizisten, nicht die stimmen von mädchen oder eleganten passantinnen, es sind stimmen, die gar keine stimmen sind, überhaupt nichts besagen; ich ärgere mich gar nicht, ich weiß, ich kann besser schießen als tausend andere und versuche es: ich treffe ein zwischen zwei äste geklemmtes herz-as durch die mitte . .

... und sehe mich wieder vor dem einfamilienhaus in der viale San Gottardo, einer gegend voller brunnen und alphörnern. Ich gehe am garten vorbei, sehe aber nur die mutter und die jüngere schwester, sie aber sehe ich nicht. Ich beobachte eine weile mutter und jüngere schwester, sie beschäftigen sich mit farbigen wollknäueln, und mit einem male bin ich viele straßen weiter weg in einer gegend aus semaphoren, zeitungen und abschieden: telefonzellen gehen auf kleinen eisernen löwentatzen umher, sie machen dabei die typischen, knappen drehungen von polizisten, und speien beim mindesten druck auf einem ihrer vielen knöpfe beträchtliche summen münzen, meine taschen fassen diesen reichtum kaum . . Ich verliere alles wieder bis auf den letzten rappen, pfennig, groschen, öre, quäle mich mit unsinnigen gedanken aus reue und heimweh, eine septemberliche nostalgie nähert sich in einem flatternden kleid, klar taucht sie aus dieser irren geo-

grafie auf, ich sehe wieder das Annesley Voisey-haus in der dämmerung, es wendet mir wie stets die hinterfront zu, seine gänge und keller sind teils verschüttet, teils unversperrt, gefährlich zu betreten, die besitzerin ist immer ganz nah zur hand, sie hält ein lorgnon, sie darf mich nicht sehen, ich bin unerwünscht, aber ich bringe es dennoch fertig bis zu miss C. vorzudringen . . – Was suchst du hier in unserem haus, sagt sie, – ich hasse dich, lasse dich nicht mehr blicken! Da, schau hinaus auf die zerstörte balustrade . . du hast sie gesprengt! 1921, das theater, war es dir nicht genug? Du bist ein anarchist, ein untier, ein monster, mir graut vor dir, dein blut kommt aus der retorte eines Dr. Frankenstein, geh, ich ertrage es nicht länger, dich anzusehen . .
Sie weint. Ich möchte sie in diesem augenblick am liebsten erwürgen . . Im immer dämmriger werdenden garten bewegt die steinnymphe fast unmerklich die hand, sie will mir eine sinnestäuschung einreden, ich weiß schon, ich kenne sie doch von vielen begegnungen her; sie kann mir nichts vormachen, ich weiß genau: sie bewegt sich wirklich, und sie weiß: ich werde keines dieser mädchen mehr finden, obgleich ich sie alle noch immer so nahe vermute – fast so, als wären sie mir wie mein eigener schatten an die schuhe geheftet.

Peter Huchel

Exil

Am Abend nahen die Freunde,
Die Schatten der Hügel.
Sie treten langsam über die Schwelle,
Verdunkeln das Salz,
Verdunkeln das Brot
Und führen Gespräche mit meinem Schweigen.

Draußen im Ahorn
Regt sich der Wind:
Meine Schwester, das Regenwasser
In kalkiger Mulde,
Gefangen
Blickt sie den Wolken nach.

Geh mit dem Wind,
Sagen die Schatten.
Der Sommer legt dir
Die eiserne Sichel aufs Herz.
Geh fort, bevor im Ahornblatt
Das Stigma des Herbstes brennt.

Sei getreu, sagt der Stein.
Die dämmernde Frühe
Hebt an, wo Licht und Laub
Ineinander wohnen
Und das Gesicht
In einer Flamme vergeht.

Nelly Sachs

Mein Ort

Durchschnitten vom Meridian der Seufzer
der Tränen
dem Lächeln des Kindes
das in die Flammen geworfen wurde
diese Gründung des Leidens
wo der Erdball außer sich gerät
nur Glorien baut
der Baumeister mit Flammen
ferner und ferner
fort vom Tod
der eine namenlose Vision
rückwärts verfällt –

Autoren

Die Nachträge in anderer Schrift wurden für diese Ausgabe (2004) hinzugefügt und enthalten neuere Lebensdaten sowie Angaben über den jetzigen Standort und Verlag des Textes.
Wir danken Verlagen und Rechtsinhabern für die freundliche Genehmigung.

ILSE AICHINGER, 1921 in Wien geboren, wuchs in Linz und Wien auf. Nach dem Krieg Studium der Medizin; lebt heute in Groß-Gmain (Österreich).
Ilse Aichinger lebt jetzt in Wien. »Kleist, Moos, Fasane« in: »Kleist, Moos, Fasane«, S. Fischer Verlag, Frankfurt am Main 1987.

H. C. ARTMANN, 1922 in St. Achatz am Walde/Österreich geboren, lebte lange in Wien, heute in Malmö und Westberlin.
Er starb 2000 in Wien. Rechte bei Rosa Pock-Artmann, Wien.

WOLFGANG BÄCHLER, geboren 1925 in Augsburg, Gymnasium in Memmingen. Soldat, nach dem Krieg Studium in München. Wohnt in Blotzheim.
Lebt jetzt in München. Rechte beim Autor.

FRIEDEMANN BERGER, geboren 1940 in Schroda/Posen, aufgewachsen in Thüringen. Lebt seit 1961 in Ostberlin.
Lebt jetzt in Leipzig. »Lebus« in: »Archäologie. Von der Errichtung der großen Mauer bis nach ihrer Zerstörung. Gedichte, Verlag Faber & Faber, Leipzig 2000.

MANFRED BIELER, 1934 in Zerbst geboren. Germanistikstudium; lebte lange in Ostberlin und Prag.
Er starb 2002 in München. Rechte bei Marcella Bieler, München.

WOLF BIERMANN, geboren 1936 in Hamburg. Übersiedelte 1953 in die DDR. Regieassistenz und Philosophiestudium. Lebt in Ostberlin.
Biermann wurde 1976 aus der DDR ausgebürgert und lebt heute in Hamburg. »Der Hugenottenfriedhof in Berlin«, in: »Nachlaß 1«, Verlag Kiepenheuer und Witsch, Köln 1977.

ERNST BLOCH, geboren 1885 in Ludwigshafen. Studium. Lebte lange in Berlin. 1933 Emigration; 1949 Rückkehr. Professor für Philosophie in Leipzig, 1956 zwangsemeritiert. Lebt seit 1961 in Tübingen. Der erste Teil des Textes »Ludwigshafen-Mannheim« wurde, mit freundlicher Genehmigung des Suhrkamp-Verlages, dem Band »Verfremdungen 11. Geographica« [Frankfurt am Main, 1964] entnommen.

Bloch starb 1977 in Tübingen. »Ludwigshafen-Mannheim« in: »Gesammelte Werke«, Band 4, Suhrkamp Verlag, Frankfurt am Main 1962.

JOHANNES BOBROWSKI, 1917 in Tilsit geboren; Gymnasium in Königsberg. Kunstgeschichtestudium. Ab 1939 Soldat, kehrte zehn Jahre später aus russischer Kriegsgefangenschaft zurück. Starb 1965 in Ostberlin.
»Der Mahner«, in: »Gesammelte Werke in sechs Bänden«, Band 4. Die Erzählungen, vermischte Prosa und Selbstzeugnisse, Deutsche Verlags-Anstalt, Stuttgart 1999.

HEINRICH BÖLL, 1917 in Köln geboren, begann nach dem Abitur die Buchhändlerlehre. Soldat; nach dem Krieg Werkstudent. Lebt in Köln.
Böll starb 1985 in Langenbroich / Eifel. »Raderberg, Raderthal«, in: »Werke«, Bd.14, Verlag Kiepenheuer und Witsch, Köln 2002.

HEINZ VON CRAMER, geboren 1924 in Stettin, wuchs in Potsdam auf. Musikstudium. Lebt seit 1953 auf der Insel Procida (Italien).
Lebt jetzt in Fastello (Viterbo). Rechte beim Autor.

F.C. DELIUS, geboren 1943 in Rom. Wuchs in Oberhessen auf, lebt in Westberlin.
Delius lebte seit 1978 in Nijmegen, heute in Berlin. Rechte beim Autor.

GÜNTER EICH, 1907 in Lebus an der Oder geboren und in der Mark Brandenburg aufgewachsen. Jura- und Sinologiestudium. Lebt in Groß-Gmain (Österreich).
Eich starb 1972 in Groß-Gmain. »Arenzhain« und »Bei Torgau«, in: »Werke«, Band I, Suhrkamp Verlag, Frankfurt am Main 1973.

HUBERT FICHTE, geboren 1935 in Perleberg. Landwirt in Frankreich und Schweden. Lebt seit 1962 in Hamburg.
Fichte starb 1986 in Hamburg. »Lokstedt«, in: »Alle diese Straßen«, hg. von Wolfgang Weyrauch, List Verlag, München 1965.

ERICH FRIED, 1921 in Wien geboren und dort aufgewachsen, Emigrierte 1938 nach London, wo er seitdem wohnt.
Fried starb 1988 auf einer Lesereise und wurde in London begraben. »Die grüne Garnitur« zuletzt in: »Wunder Kinder Zeit«, Verlag Klaus Wagenbach, Berlin 2002.

GÜNTER BRUNO FUCHS, wurde 1928 in Berlin geboren, wo er auch lebt. Luftwaffenhelfer, Maurerumschüler, Kunststudent, Schulhelfer. Seit 1952 Schriftsteller und Grafiker.

Fuchs starb 1977 in Berlin. »Herrn Eules Kreuzberger Kneipentraum«, in: »Werke in drei Bänden«, Bd. I, Carl Hanser Verlag, München 1990.

FRANZ FÜHMANN, 1922 in Rochlitz/Riesengebirge geboren und dort aufgewachsen. Soldat; kehrte 1949 aus russischer Kriegsgefangenschaft zurück; lebt in Ostberlin. – Der Text »Die Berge herunter« erschien zuerst im Erzählungsband »Das Judenauto« (Ostberlin [Aufbau], 1962).
Fühmann starb 1984 in Berlin. »Die Berge herunter«, in: »Autorisierte Werkausgabe«, Band 3, Hinstorff Verlag, Rostock 1993.

GÜNTER GRASS, 1927 in Danzig geboren. Soldat; nach dem Krieg Steinmetz und Bildhauer. Kunststudium. Lebt in Westberlin.
Grass lebt heute bei Lübeck. »Kleckerburg«, in: »Gedichte und Kurzprosa. Werkausgabe in 18 Bänden«, Band 1, Steidl Verlag, Göttingen 1997/2002.

PETER HÄRTLING, 1933 in Chemnitz geboren, lebte von 1942–45 in Olmütz (Tschechoslowakai), dann in Niederösterreich, ab 1947 in Württemberg. Wohnt heute in Westberlin.
Härtling lebt in Mörfelden/Walldorf. »Das Ballerinaglas, Nürtingen, Marktstraße«, in: »Werke«, Band 9, Verlag Kiepenheuer & Witsch, Köln 2000.

HERBERT HECKMANN, 1930 in Frankfurt am Main geboren und dort aufgewachsen. Germanistikstudium. Wohnt in Neu-Isenburg bei Frankfurt.
Heckmann starb 1999 in Bad Vilbel. »Die Wurstesser«, in: »Ein Bauer wechselt die Kleidung und verliert sein Leben«, Erzählungen, Carl Hanser Verlag, München 1980. Rechte bei Sylvia Heckmann, Bad Vilbel.

GÜNTER HERBURGER, geboren 1932 in Isny/Allgäu, studierte in München und Paris. Lebt in Stuttgart.
Lebt jetzt in München. Rechte beim Autor.

STEPHAN HERMLIN, 1915 in Chemnitz geboren, aufgewachsen in Berlin. 1936 Emigration, 1945 Rückkehr nach Frankfurt am Main. Lebt seit 1947 in Ostberlin.
Hermlin starb 1997 in Berlin. »Kassberg«, in: »Entscheidungen«. Sämtliche Erzählungen, Verlag Klaus Wagenbach, Berlin 1995.

WOLFGANG HILDESHEIMER, geboren 1916 in Hamburg, Jugend in Hamburg, Holland, Mannheim, England und Palästina. Lebt, als Maler und Schriftsteller, in Poschiavo (Schweiz).

Freitod 1991 in Poschiavo. »Die Margarinefabrik«, in: »Gesammelte Werke«, Band 1, Suhrkamp Verlag, Frankfurt am Main 1991.

WALTER HÖLLERER, 1922 m Sulzbach-Rosenberg geboren und dort aufgewachsen. Studium; Professor für Literaturwissenschaft. Lebt in Westberlin. – Das erste Gedicht »Schiller Gedächtnis« wurde, mit freundlicher Genehmigung des Suhrkamp-Verlages, dem Band »Gedichte« (Frankfurt am Main, 1964) entnommen.
Höllerer starb 2003 in Berlin. Rechte bei Renate von Mangoldt, Berlin.

PETER HUCHEL, geboren 1903 in Berlin-Lichterfelde, aufgewachsen in der Mark Brandenburg. Literatur- und Philosophiestudium; Soldat. Lebte in Wilhelmshorst bei Potsdam, seit 1971 in Stauffen/Breisgau.
Huchel starb 1981 in Stauffen. »Exil«, in: »Gezählte Tage«, Suhrkamp Verlag, Frankfurt am Main 1972.

WALTER JENS, 1923 in Hamburg geboren und dort aufgewachsen. Studium; Professor für klassische Philologie und Allgemeine Rhetorik. Lebt in Tübingen.
Rechte beim Autor.

MARIE LUISE KASCHNITZ, geboren 1901 in Karlsruhe, Kindheit und Jugend in Baden und Berlin. Lebte viele Jahre in Rom. Wohnt seit 1956 in Frankfurt am Main.
Kaschnitz starb 1974 in Rom. »Rennen und Trödeln«, in: »Gesammelte Werke«, Band 3, Insel Verlag, Frankfurt am Main 1982.

WOLFGANG KOEPPEN, geboren 1906 in Greifswald, wuchs in Ostpreußen auf, lebte lange in Berlin. Studium; zahlreiche Reisen. Wohnt in München.
Koeppen starb 1996 in München. »Ein Kaffeehaus«, in: »Gesammelte Werke«, Band 3, Suhrkamp Verlag, Frankfurt am Main 1986.

KARL KROLOW, 1915 in Hannover geboren und dort aufgewachsen. Studium; wohnt seit 1956 in Darmstadt.
Krolow starb 1999 in Darmstadt. »Grüner Loden«, in: »Deutschland deine Niedersachsen«, Verlag Hoffmann und Campe, Hamburg 1972. Rechte bei Luzie Krolow.

GÜNTER KUNERT, geboren 1929 in Berlin, wo er auch heute lebt (Ostberlin). Nach dem Krieg Kunststudium, danach freier Schriftsteller.
Kunert lebt heute bei Itzehoe. »Fahrt mit der S-Bahn«, in: »Auf Abwegen und andere Verirrungen«, Carl Hanser Verlag, München-Wien, 1988.

SIEGFRIED LENZ, geboren 1926 in Lyck/Masuren und dort aufgewachsen. Studium. Wohnt in Hamburg.
Rechte bei Hoffmann und Campe Verlag, Hamburg 2004.

CHRISTOPH MECKEL, 1935 in Berlin geboren, aufgewachsen in Freiburg im Breisgau. Studium der Grafik und Malerei. Lebt in Westberlin und Oetlingen/ Südbaden.
Meckel lebt heute in Frankreich und Berlin. »Der Brand«, in: »Ein roter Faden«. Gesammelte Erzählungen«, Carl Hanser Verlag, München-Wien 1983

HANS ERICH NOSSACK, geboren 1901 in Hamburg und dort aufgewachsen. Studium in Jena. Lebte von 1963-65 in Darmstadt, seitdem in Frankfurt am Main.
Nossack lebte später in Hamburg, wo er 1977 starb. »Musenweimar«, in: »Glossen«, es 445, Suhrkamp Verlag, Frankfurt am Main 1971.

CHRISTA REINIG, geboren 1926 in Berlin und dort aufgewachsen. Kunsthistorikerin. Lebte bis 1963 in Ostberlin; wohnt seitdem in München.
Rechte bei der Autorin.

HANS WERNER RICHTER, 1908 in Bansin auf Usedom geboren und dort aufgewachsen. Buchhändler, Soldat; kehrte 1946 aus amerikanischer Kriegsgefangenschaft zurück. Lebt in München.
Richter starb 1993 in München. »Bansiner Topographie« in: »Bansiner Geschichten«. Nymphenburger Verlagshandlung, München 1988. Rechte bei Toni Richter, München.

PETER RÜHMKORF, 1929 in Dortmund geboren, aufgewachsen in Warstade. Studium in Hamburg. 1965 Stipendiat der Villa Massimo, Rom. Lebt in Hamburg.
»Ein Brief«, in: »Werke II«, Rowohlt Verlag, Reinbek 1999.

NELLY SACHS, geboren 1891 in Berlin und dort aufgewachsen. 1940 Emigration nach Schweden, seitdem in Stockholm lebend.
Nelly Sachs starb 1970 in Stockholm.

PAUL SCHALLÜCK, 1922 in Warendorf geboren und dort aufgewachsen. Soldat; nach dem Krieg Studium. Lebt heute in Köln.
Schallück starb 1976 in Köln. Rechte bei Mechthild Schwienhorst, Warendorf.

ERNST SCHNABEL, 1913 in Zittau geboren, 1931–45 Matrose. Nach dem Krieg Dramaturg und Rundfunkintendant. Lebt in Westberlin.
Schnabel starb 1986 in Berlin. Rechte bei der Ernst-Schnabel-Gesellschaft, Hamburg.

ANNA SEGHERS, 1900 in Mainz geboren und dort aufgewachsen. Studium. 1933 Emigration; 1947 Rückkehr nach Ostberlin, wo sie heute lebt.
Anna Seghers starb 1983. Rechte beim Aufbau-Verlag, Berlin 1997.

V. O. STOMPS, geboren 1897 in Krefeld. Lebte viele Jahre in Berlin, als Verleger und Drucker. Nach dem Krieg Umzug nach Stierstadt/Taunus, wo er heute lebt.
Stomps lebte später in Westberlin und starb dort 1970.

PETER WEISS, 1916 in Nowawes bei Berlin geboren, Kindheit in Bremen und Berlin. 1934 Emigration; seit 1939 in Schweden. Lebt in Stockholm.
Weiss starb 1982 in Stockholm. »Meine Ortschaft«, in: »Rapporte«, Suhrkamp Verlag, Frankfurt am Main 1968.

CARL ZUCKMAYER, 1896 in Nackenheim/Rhein geboren, aufgewachsen in Mainz. Lebte dann in Berlin und später in Henndorf bei Salzburg. 1938 Emigration (Schweiz, Amerika). Lebt seit 1958 in Saas-Fee (Schweiz).
Zuckmayer starb 1977 in Saas-Fee. »Mainz, versunkene Stadt«, in: »Die langen Wege«. Betrachtungen. Gesammelte Werke in Einzelbänden, S. Fischer Verlag, Frankfurt am Main 1996.

ARNOLD ZWEIG, 1887 in Glogau geboren, aufgewachsen in Kattowitz. Studium. Lebte viele Jahre in Berlin. 1933 Emigration; 1948 Rückkehr nach Ostberlin, wo er heute lebt.
Zweig starb 1968 in Ostberlin. »Glogau und Kattowitz, zwei Jugendstädte«, in: »Ein Lesebuch für unsere Zeit«, Aufbau Verlag, Berlin und Weimar 1987.

Figuren zu ihren Texten zeichneten Günter Grass (p. 29), Günter Bruno Fuchs (p. 97), Wolfgang Hildesheimer (p. 137), Peter Rühmkorf (p. 159), Peter Härtling (p. 241), Christoph Meckel (p. 245) und Erich Fried (p. 259).

Namens- und Ortsregister

Autoren im Verlag Klaus Wagenbach

Stephan Hermlin   Entscheidungen
Sämtliche Erzählungen
»Hier entsteht die Kunst aus der Intensivierung des Selbsterlebten. Diese Sprache wird zu einer Musik der Pausen, des Verstummens und des Schweigens.«
Gustav Seibt, Frankfurter Allgemeine Zeitung
Quart*buch*. Halbleinen. 412 Seiten

Stephan Hermlin   Abendlicht
Prosa
Hermlins wichtigstes Buch: Ein Portrait deutscher Irrungen, erinnert in Traum-Bildern und Lebens-Geschichten.
»Welch ein schönes Buch. Die Reinheit dieser Prosa ist fast vergleichslos.«
Hans Mayer
SVLTO. Rotes Leinen. Fadengeheftet. 96 Seiten

Stephan Hermlin   Lektüre
Über Autoren, Bücher, Leser
Stephan Hermlin erzählt von Büchern und Autoren.
WAT 276. 224 Seiten

Erich Fried   Wunder Kinder Zeit
Die besten Erzählungen Erich Frieds.
»Ein unermüdlicher Kritiker seiner Zeit war er, aber auch ein dem Leben mit Liebe und Zärtlichkeit zugewandter Mann.« Brigitte
SVLTO. Rotes Leinen. Fadengeheftet. 128 Seiten

Erich Fried   Mitunter sogar Lachen
WAT 183. 128 Seiten

Erich Fried   So kam ich unter die Deutschen
Wie zerrissen, wie fremd leben wir im eigenen Haus? Gedichte über deutsche Angelegenheiten.
WAT 183. 128 Seiten

Die erste Ausgabe erschien 1965 unter dem Titel *Atlas*, zusammengestellt von deutschen Autoren

2. Auflage im Juli 2004

Emser Straße 40/41, 10719 Berlin
Umschlagzeichung von Günter Bruno Fuchs
Gesetzt aus der Walbaum von Greiner & Reichel, Köln
Druck und Bindung von Clausen & Bosse, Leck
Bucheinbandstoffe von Schabert, Strullendorf
Gedruckt auf chlor- und säurefreiem Papier

ISBN 3 8031 3188 x